i

为了人与书的相遇

巴格达警报

[阿尔及利亚]雅斯米纳·卡黛哈 著

陈姿颖 译

www.xuelinpress.com

学林出版社

Author: Yasmina Khadra

Title: LES SIRÈNES DE BAGDAD

Copyright © Editions Julliard, Paris, 2006

Simplified Chinese character translation copyright © 2017 by Beijing Imaginist Time Culture Co., Ltd.

Published by permission of EDITIONS JULLIARD a part of the group S. A. EDTIONS ROBERT LAFFONT

through BARDON-CHINESE MEDIA AGENCY

All rights reserved

本简体中文版翻译由台湾木马文化事业股份有限公司授权

图书在版编目(CIP)数据

巴格达警报 / (阿尔及利亚) 雅斯米纳·卡黛哈著 ;陈姿颖译.
—— 上海：学林出版社, 2017.2

ISBN 978-7-5486-1184-4

Ⅰ.①巴… Ⅱ.①雅…②陈… Ⅲ.①长篇小说

– 阿尔及利亚 – 现代 Ⅳ.①I341.55

中国版本图书馆CIP数据核字(2017)第012841号

上海世纪出版股份有限公司学林出版社

上海钦州南路81号　电话／传真：64515005

网址：www.xuelinpress.com

责任编辑：许苏宜

执行编辑：张亦非

装帧设计：尚燕平

内文制作：龚碧函

全国新华书店经销

发行：上海世纪出版股份有限公司发行中心

地址：上海福建中路193号　网址：www.ewen.co

发行热线：010-64284815

山东泰安新华印务有限责任公司　印刷

开本：1230mm×880mm　1/32

印张：8.625　字数：181千字

2017年4月第1版　2017年4月第1次印刷

定价：36.00元

如发现印装质量问题，影响阅读，请与印刷厂联系调换。

目 录

贝鲁特

Bairut

夜幕再次降临贝鲁特，整个城市又蒙上了面纱。假如昨天的骚乱未曾将贝鲁特唤醒，恰巧证明了这城市正处于梦游状态。俗话说，就算冒着失去梦游者的危险，也不该打扰正在梦游的人。

贝鲁特和我想象的不一样。我还以为这城市应该很有阿拉伯风味，并且对此引以为傲。但我错了。她不过就是个无法定义的城市。比起真实历史，她更接近幻觉，弄虚作假，就像一场令人失望的闹剧。也许就是因为她固执地想模仿那些敌对的城市，守护她的圣人才抛弃了她，任由她饱尝战乱、前途多舛。这城市确实经历过惨痛的噩梦，但她学到教训了吗？我越观察贝鲁特，就越不了解她。在她那潇洒的态度中，有种毫无道理的傲慢。这城市扯谎就像呼吸一样自然，做作的神态只骗得了笨蛋。人们赋予她的魅力，根本不符合这城市实际的灵魂状态，就像仅用一块丝绸掩盖内里的丑陋伤疤。

每天，她都大声疾呼自己已经承受了够多苦难，却又不下定决心有所改变。昨天，城市满街紧闭的橱窗还吐露着她的怨愤；而今晚，她仿佛又要飞上极乐云霄，任凭自己再次沉溺于黑夜的怀抱。时间尚早，灯光与霓虹招牌已开始吸引人们的目光；车灯交错中，大汽缸的车子自以为高明地招摇过市。今天是星期六，夜晚已准备好好放肆一番，人们打算纵情声色直到天明，哪怕星期日做礼拜的钟声也吵不醒他们。

我来到贝鲁特是三个星期前的事，距离前总理哈里里遭暗杀已逾一年。一下计程车，踏上人行道，我就发觉这城市的虚情假意。她的哀悼不过是表面功夫。她的记忆像锈蚀的漏勺，什么也留不住。才踏上这块土地，我就已经开始讨厌起这个地方了。

早晨，市场的嘈杂声还依稀朦胧，一股隐约的厌恶便向我袭来；夜晚，见到寻欢作乐的人们坐在擦得晶亮的跑车上，放着高分贝的音乐时，我也感到同样的愠怒。他们到底想证明什么？证明就算发生恐怖袭击，他们依然可以大声欢笑吗？证明不论情况如何艰难，生活依然得继续吗？

我一点也不懂他们的闹剧。

我是贝都因人，生于卡拉姆村，一个位于伊拉克广袤沙漠里的荒凉小村落。那里十分隐蔽，经常埋没在海市蜃楼中，直到太阳下山才隐隐若现。大城市总让我深深感到不信任，但贝鲁特翻脸之快更使我眩晕。在这里，你越是相信自己已碰触到事实，就越难确定什么才是真的。贝鲁特就是这样：她的牺牲是骗局，她的眼泪是虚情假意。我恨透了她，恨她想要维护自己的尊严，却没胆量付诸行动，也无法贯彻到底，恨她总想脚踏两条船：国库空了的时候，就往阿拉伯世界靠拢；发现与西方世界共谋有利可图时，又朝那边贴过去。早上还奉为圭臬的，傍晚就弃绝；在此处要的，换个地方她又不要了。她总是紧追在不幸的屁股后面，像个习惯于逃家的乖戾孩子，不知道自己四处追寻的东西，其实近在咫尺……

"你该到外面伸伸腿，抖擞一下精神。"

贾拉勒博士站在我背后，鼻息拂过我的后颈。

他在后头观察我自言自语多久了？

我没听见他走过来，所以当我发现他像猛禽盯着猎物一般，盘踞在后头偷听我的想法时，我有些恼怒。

他猜到自己让我感觉不快，于是用下巴示意那条大马路。

"很棒的夜晚。天气好，咖啡座爆满，路上到处挤满了人。你应该好好把握难得的夜晚，别在这儿不断反刍你的忧虑。"

"我没有忧虑。"

"喔，那你刚刚在干什么？"

"我不喜欢人多的地方，而且我讨厌这个城市。"

博士把头往后缩，装出挨了一拳的样子，皱眉说："你搞错敌人了，年轻人。贝鲁特不讨人厌。"

"我就讨厌她。"

"你错了。这是个饱受苦难的城市，简直沦落到底了，还能有今天算是奇迹。现在她还在恢复，慢慢的，虽然依旧狂热不安，有点精神失常，但她会撑过来的。个人认为她令人钦佩。没多久之前，人们动不动就在这儿丢掉性命呢……所以有什么好怪的呢？这城市哪里惹你讨厌了？"

"所有一切。"

"好笼统。"

"一点也不笼统。我不喜欢这城市，就是这样，讨论结束。"

博士并未坚持下去。

"随你便吧。来根烟？"

他递来他那包烟。

"我不抽烟。"

他又递给我一瓶易拉罐。

"喝啤酒吗？"

"我不喝酒。"

贾拉勒博士把啤酒放回柳编小桌上，然后身体倚着栏杆，肩并肩站在我旁边。他满是酒气的呼吸让我窒息。我记不得什么时候见过他清醒的样子。才五十五岁就未老先衰，脸色泛紫，内凹的嘴角满布皱纹。今晚他穿着厚厚的运动外套，鲜艳的颜色让人想起黎巴嫩国家队的代表色；外套前襟敞开，里头是件血红色背心，脚上穿着簇新的篮球鞋，鞋带松开了。他看起来就像刚睡完一场舒服的午觉，动作还带有睡意，平常敏锐而狂热的眼睛，只透过浮肿眼皮之间的细缝看人。

他随手抚平头顶的头发，掩饰他的秃头。

"我是不是打扰到你了？"

我沉默不语。

"我一个人在房里有点闷。旅馆里一点儿新鲜事也没有，既没筵席，也没婚礼，活像个等死的地方。"

他拿起那罐啤酒靠近嘴边，仰头灌了好大一口，突出的喉结随之起伏跳动。我第一次发现他的颈部原来有一道可怕的疤痕，长长画过喉咙。

我轻微皱眉的动作没有逃过他的眼睛。他停下来，用手背擦擦嘴。接着，他轻轻摇头，目光又转向被歇斯底里的五光十色所吞没的城市。

"很久以前，我曾经上吊自杀，"他靠着椅子扶手说，"用一条麻绳。当时我还不满十八岁……"他又吞下一口啤酒，接着说，"我撞见我妈和别的男人在一起。"

贾拉勒博士的话使我有些张皇，他的眼睛紧盯着我。我承认他确实经常出其不意逮到我，率直的言辞总令我不知所措。我对这样的坦白不大习惯。在我的家乡，这种告白可是会出人命的。我从未听过任何人这样谈及自己的母亲，而且他揭开家族丑事的语调如此平淡，也让我感到狼狈。

　　"人生难免会遇到这种事。"他接着又说。

　　"我同意。"我敷衍着回答，打算转移话题。

　　"你同意什么？"

　　我感到尴尬，不知道他到底在想些什么，而且被问到词穷也让我手足无措。

　　但贾拉勒博士并未追问。我们不属于同一类人。当他跟我这种人说话的时候，他总觉得像在对牛弹琴。然而孤独压迫着他，即使再怎么微不足道的聊天，也能让他避免成天沉迷于酒精之中。贾拉勒博士不讲话的时候，就是在喝酒，酒一下肚，情绪就安分了，但他仍不敢信任这个刚刚抵达的世界。尽管他不断告诉自己，他在此受到很好的照顾，还是无法说服自己。这些"照顾"他的人，不也会暗地开冷枪、在驾驶座底下放炸弹、将人割喉、闷死，好摆脱看不顺眼的人吗？的确，自从他来到贝鲁特，还没见过那些血淋淋讨伐叛乱者的武装行动，但接待他的这些人，手上的人命也不少。他在他们眼中看到的信息绝对不会错：他们都是死神的化身。只要一个不小心，可能还没意识到发生什么事，就一命呜呼了。一个负责照顾我，名叫伊马德的男孩，两个星期前被发现倒毙在一个广场中央，趴在自己的排泄物里。警方认为他是注射毒品过量致死，这样也好。至于伊马德那些用感染针头将他处决的同伴，则没来参加他的葬礼，一副好像彻头彻尾不认识他的模样。自从那件事之后，贾拉勒博士钻进被窝睡觉前，总会再三检查床底下有没有人。

"你刚刚在自言自语。"他说。

"我有时会这样。"

"你都说些什么？"

"……我想不起来了。"

他点点头，转头再次凝望着这座城市。我们站在旅馆顶楼的露台，一个有点像玻璃包厢的地方，面对着交通要道。这里有几张柳编椅、两张茶几，放满书本和小册子的书架前面还有张沙发。

"别问自己太多问题。"他对我说。

"我没有。"

"人在独处的时候，常会问自己很多问题。"

"我不会。"

贾拉勒博士在欧洲几所大学教了很久的书，常上电视节目抨击那些同为伊斯兰教徒却被他称为"异端罪犯"的人。颁布宗教饬令，或者威胁要绑架他，都无法限制他激进的言论。就在他快要成为这一方的领袖人物时，不知为何突然转而成为另一方的先锋。出于对西方同僚的深切失望，并发现阿拉伯人的身份使他的学识不可能受到公平的认可，贾拉勒博士写了一篇文章，开始控诉西方知识分子的小集团存有严重的种族歧视。他的态度也突然一百八十度大转变，转而向另一方靠拢。起先，伊玛目[1] 还怀疑他是双面间谍，不过后来便为他平反，并委以重任。

1　伊斯兰宗教导师。

今天，他行遍阿拉伯与伊斯兰世界，用自己可畏的演说天赋与聪明才智为圣战组织服务。

"附近有家妓院，"他对我提议道，"想不想去看看？"

我讶异得说不出话来。

"也不算是妓院啦，总之跟一般的不同，能够进去的客人屈指可数。哈沙基尔夫人那里出入的都是有头有脸的人。大家喝喝酒、抽抽大麻，尽兴玩乐，不惹麻烦，你明白吧？完事就各自走人，假装谁也不认识谁。至于那里的女孩……长得漂亮，花招又多，非常专业；要是你突然不行了，她们也能一下子就让你再'站'起来。"

"我没兴趣。"

"怎么会？我在你这年纪，可是有得干绝不放过啊！"

他的粗鄙让我哑口无言。

我很难相信像他这样学识渊博的人，说话竟然也能如此粗鄙下流。

贾拉勒博士大约比我年长三十几岁。在我的家乡，根本不敢想象在长辈面前谈论这种话题。有一次我和一位年轻的叔叔走在巴格达街上，一名路人只是在我们面前骂了一句粗话，就让我们羞耻得吓呆了；当时地上要是有个洞，我肯定会毫不犹豫地钻进去。

"怎么样？"

"我说了不去。"

贾拉勒博士看起来为我感到万分可惜。他靠在锻铁栏杆上，手指一弹把烟头抛向黑夜的虚空中。我们两人望着烟头的红点顺着楼层弹飞、坠落，直到砸在地面，散落成破碎的火花。

为了转移话题，我问道："你觉得他们有朝一日会加入我们吗？"

"谁？"

"我们国家的知识分子。"

贾拉勒博士斜眼望着我说："你是处男，对吧？我在跟你说这附近的妓院……"

"而我在跟你讨论我们国家的知识分子，博士！"我坚决地抗议，试图把他拉回正常话题。

他终于了解自己猥亵的提议使我感到不快。

"他们会加入我们的行列吗？"我又问了一次。

"这很重要吗？"

"对我来说，很重要。知识分子会让一切变得有意义，会把我们的事迹传颂出去，我们的战斗就会受到纪念。"

"前人的经验还不够你得到教训吗？"

"我不需要靠前人的经验来寻找前进的动力。我以前遇过的丑恶行为与惨剧，足以催促我向前迈进。但是战争不仅于此。"

我看着他的眼睛，想知道他是否理解我的意思。他却只是定睛望着楼下的商店，然后微微点头。

我接着说："我来到巴格达，听过很多空话，也有很多人对我说教。这些废话让我愤怒得像只发狂的骆驼。我只有一个念头——把地球从北极到南极整个扔进粪堆里！然而，当我心中对西方的怨恨从像你这样学识渊博的人口中说出来时，我的怨恨忽然都转变成骄傲。我不再对自己感到怀疑，因为你已经解答了我所有的疑问。"

"什么疑问？"他抬头问道。

"当你盲目开枪的时候，心中真的会闪过一堆疑问，因为倒下的不一定是叛徒。我们的子弹有时也会搞错目标，令人挫败。"

"战争就是如此，孩子。"

"我知道。但战争两个字不能解释一切。"

"没什么好解释的。你杀人，人杀你，从石器时代就这样了。"

我们沉默了一会儿，各自望向城市的两端。

"如果我们国家的知识分子也能认同我们的战斗，那就好了。你认为有可能吗？"

他叹了口气，然后说："会认同的人恐怕不多，但必然会有一定数量的人加入我们。对西方，我们已经没什么可期待的了。我们的知识分子最终一定会清醒地认识到这个现实，西方世界只爱他们自己，只为了他们自己着想。他们对我们伸出援手，也只是为了利用我们，让我们自己人打自己人。等玩够了，就把我们扔了、忘了。"

博士的呼吸激动起来，胸膛起伏。他又点燃一根烟，点烟的手颤抖着。打火机点燃的瞬间，火光照亮了他的脸，扭曲得像块抹布。

"可是你以前不是也常上他们的电视……"

"对。但让我上电视又代表什么？"他低声抱怨道，"西方世界永远不会认同我们。对他们来说，阿拉伯人都是不折不扣的蠢蛋。我们越是证明自己的聪明才智，他们就越不认同我们。要是不巧，那些雅利安人的小集团被迫得给我们这些阿拉伯奴隶一点认可，他们最终仍会以瑕掩瑜，忽视我们真正的价值。我对此很有经验，太清楚是怎么回事了。"

博士好像想一口气抽完整根烟，他的烟因快速燃烧而发亮，照亮了露台。

我聆听着这些话。他对西方的抨击，和我的执念有相似之处，加强了我的定见，为我的思想注入一股力量。

他继续愤恨地说："在我们之前，前人已经为此付出过代价。

他们到了欧洲，以为找到一片能理解他们、提供他们希望的乐土，然而他们很快就发现自己根本就是不受欢迎的人物。天知道怎么会那么蠢，他们对此还是尽量忍耐，因为他们依然相信所谓的'西方价值'。别人随口的承诺，他们都当真；言论自由、人权、平等、正义……这些伟大却空洞的字眼，就像消失的地平线。发亮的东西不一定都是黄金。从前那些天才，有谁成功过？大部分都郁郁而终。我打赌他们在坟墓里都还在怨叹时不我与。然而，他们哪里晓得自己所受的一切痛苦，摆明了都是徒劳。所谓的'西方友人'根本从未打算认同他们。真正的种族歧视总是来自知识阶层。随便打开一本书，都透露着种族隔离。我们永远不可能恢复旧日的辉煌。过去的伟人花了很久才意识到，平反的日子永远也不会到来……我们永远不可能受到公平对待，甚至我们自己都对这种否定免疫、麻木了。古老的谚语说得好，'不拥有的人，不能给予。'西方人的心既无慈悲，又如何能将爱心施舍给我们？西方的友谊只是苦涩的谎言，一种精美巧妙的邪恶，一首金嗓海妖（Sirènes）[1] 吟唱的魅惑之歌，为的是淹没、毁灭我们的自我认同。西方美其名为乐土，事实上却是让我们万劫不复的地狱……"

"你认为我们已经别无选择了吗？"

"没错。共存已经没有可能了。他们不喜欢我们，我们也受不了他们的傲慢，双方必须彻底分割，老死不相往来。但是在筑起隔离的高墙之前，我们一定要报复，给他们一点颜色瞧瞧。一定要让他们明白，真正的懦弱不是我们的忍耐，而是他们的欺压。"

1　Sirènes 既是希腊神话中的金嗓海妖，也有"警报"之意，呼应本书书名。

"最终哪一方会赢呢？"

"无可失去的一方。"

博士将烟头扔到地上用力踩熄，仿佛在踩碎一只毒蛇的头。

他闪烁着光芒的瞳孔再度使我无所遁逃。他盯着我说："我希望你会好好教训那帮混蛋。"

我默不作声。他应该不知道我来贝鲁特的目的。任何人都不该知道，甚至连我自己都不清楚我的任务将会是什么。我只知道这将是敌境从未见过的大规模行动，爆炸性比"9·11"更甚千百倍……

博士猛然发现自己正让我们两人都陷入危险的境地，于是捏扁了手中的易拉罐，投入垃圾桶中。

"到时候场面一定很浩大……"他低声地说，"我可绝对不能错过。"接着他起身和我道别，回他的房间去。

再度剩下我一个人。

我转身背对着城市，想起我的家乡……卡拉姆村，既丑陋又可悲的小村庄，但在我心目中，即使再多绚丽的嘉年华也不能与之交换。那是广袤沙漠中的悠闲角落，尚未遭受人工装饰破坏的原始环境。不知道多少世代以来，村民们一直住在用柴泥盖的土围堡垒里，远离尘世与肮脏的野兽。他们满足于微薄的餐食，感谢上天的恩赐。不论面对新生命的到来，或者亲人的逝去，都只有赞美与感谢。我们虽穷困而卑贱，却平和而安详。直到有一天，我们的私有空间遭人践踏，禁忌受到挑战，尊严被践踏在污泥与鲜血之中……

直到有一天，带着手榴弹与手铐的野蛮人，借口带来民主、自由，却毁灭了巴比伦的花园，平和的诗人这才知道：自由必须奋起争取才能获得……

卡拉姆村

Kafr Karam

第一章

每天早上，我的双胞胎姐姐巴希亚都会把早餐拿来我房间，她总是边推开门边喊："起来，里面的！再睡，你就要像发酵的面团一样胀起来了。"接着把托盘放在床尾的矮桌上，打开窗户，然后捏我的脚趾。她的举止带有一股权威，果决的态度和温柔的声音大相径庭。只因为比我早出生几分钟，她就把我当成自己的孩子一样，没意识到我早已长大了。

她是个瘦弱的女孩，有一点古怪，而且对秩序和卫生的要求极为严格，不容讨价还价。在我还小的时候，都是她帮我穿好衣服，带我去上学。虽然不同班，不过我总是会看见她站在学校游乐场的一角远远地观察我。要是让她发现我做出半点"让家族蒙羞"的事，我就惨了。后来，当我开始冒出胡须，渐渐长成虚弱多病、满脸青春痘的男孩，她又将对付我的反抗期视为己任。每当我和其他姊妹大呼小叫，或者我吃的饭食不足成长所需时，便会遭她严厉斥责。我不是难缠的小孩，但她觉得我在青春期的举止还是有几分粗野，必须纠正。有时候母亲觉得她做得太过火，便出声提醒她，此时巴希亚会缓和一两个星期。但要不了多久，她就像为了弥补落后的进度一样，再次开始严格管教我。

对于她过度的控制，我从未反抗过，很多时候反而觉得很有趣。

"今天穿白色的长裤和格子衬衫，"她指向我用来充当书桌的塑胶板小桌子，上面放着叠好的衣服，说道，"昨晚我已经洗好、熨好了。而且你该考虑买双新鞋。"巴希亚一边把我发霉的旧鞋推到角落，一边抱怨道："这双鞋的鞋底都快磨光了，而且好臭！"

她把手伸进上衣口袋，拿出几张钞票。

"这些钱应该够你买双鞋了。别再买低档次的凉鞋！还有，也买点古龙水吧！假如你再这么臭的话，我们家很快连杀蟑剂都不用买了。"

没等我起床，她把钱放在我的枕头上，就离开房间了。

巴希亚没有工作。她十六岁时就被迫辍学，准备下嫁给一位表亲，然而新郎在婚前六个月突然死于肺结核，结果她只好待在家里，等待其他求婚者。她在这方面的运气并不好，但其他姐姐也好不到哪儿去。大姐艾莎之前嫁给很有钱的养鸡商人，搬到邻近的村子和婆家同住在一间很大的宅子里，可是大姐和他们的相处每况愈下。直到有一天，大姐再也忍受不了他们的欺侮，他们也受不了大姐的恶习，于是她带着四个孩子回到老家来。我们本来以为她丈夫迟早会来接她回去，但对方一点表示也没有，甚至过节来探望孩子的时候，也只字未提。年纪次长的姐姐阿法芙也三十三岁了，她小时候得过某种传染病，后遗症害得她一根头发也没有，父亲怕她去上学会成为同学的笑柄，便认为还是别送她上学比较好，于是阿法芙就一直住在家中的小房间里，像个残疾人，每天躲在房里，或修改旧衣服，或缝制裙子，让母亲拿去四处兜售。当父亲意外受伤无法再工作之后，阿法芙的收入竟成了负担家计的支柱。当时我家方圆几里内，整天都听得到阿法芙的缝纫机不停运转的声音。至于三十一岁的法拉荷，则是家族里唯一上过大学的女孩。尽管整个部族都反对，并用异样眼光看待她，认为一个女孩子远离父母就会接近诱惑，但法拉荷还是坚持己见，并且轻松取得大学文凭。后来，舅公打算介绍一门亲事给她。男方也是亲戚，一名虔诚而亲切的农夫，而法拉荷断然拒绝了舅公的好意，选择在医院工作。她的态度使整个部族感到十分沮丧懊恼，那位感觉受到羞辱的对象，从此也不再与我们家往来，他的父母也是。现在，法拉荷在巴格达一间私人诊所工作，过着自给自足的生活。我的双胞胎姐姐不时塞给我的钱，就是来自于她。

在卡拉姆村，我这年纪的年轻人已经不像从前，还会因为姊妹或母亲塞钱给他，假装感到羞辱愤慨。起初当然会有些别扭，然后为了挽回面子，总会许下尽快还钱的承诺。每个男孩都想快点工作，好让自己抬起头来，然而时局艰难，战争和禁运把整个国家给压垮了，村子里的年轻人又太虔诚信教，不肯到脱离神灵庇佑的大城市工作。大城市里，魔鬼能轻易使人的灵魂堕落，就像变戏法一样快。卡拉姆村的人无法这样讨生活。我们宁愿饿死，也不愿去偷、去抢。金嗓女妖的歌声纵然诱惑，却永远无法取代祖先的召唤。诚实是我们的天命。

美军占领巴格达前几个月，我才刚进入大学。我欣喜若狂，因为我的大学生身份让父亲感到骄傲。他，一名不识一丁、衣衫褴褛的凿井工人，儿子竟然可能成为医生，说不定还是未来的文学博士！这可不是对一切不幸的最佳复仇吗？我对自己保证绝不让他失望。这辈子我可曾让他失望过？我想为了他而成功，看见他骄傲地抬起头来，我想在他蒙尘面容的双眼里看见收获的喜悦：他种下的种子，一颗身心健康的种子终于发芽了。当别人的父亲急于使后代像祖先一样为承担家计而服苦役时，我的父亲却为了供我读书，竭尽所能勒紧裤带。不论他或我，都不确定是否读了书就一定能出人头地，但他深信穷而有知识，总比又穷又无知来得好。读书识字，能自己填写各种表格，就已使他感到很有尊严了。

第一次迈入大学校园时，尽管生来就具有鹰般的锐目，我还是戴上了近视眼镜，以显示自己的博学，纳瓦勒也才会在教室门口对我一见倾心。看到我，她的脸就红如罂粟花。尽管我还不敢接近她，她的笑容却足以让我感到幸福。当我正在幻想中为她构筑更多美好前景时，巴格达的上空却亮起异常的烟火，警报声划破黑夜，建筑物冒出浓烟。隔天，最美妙的田园牧歌全化作眼泪与鲜血。我的讲义档案夹和爱情都在地狱中烧毁，大学成了文物破坏者横行的天堂，美梦也跟着埋葬。我回到卡拉姆村，精神恍惚、不知所措，并且再未重返巴格达。

回到父母家，我没什么可抱怨的。我要求不多，很容易知足。我住在由洗涤间改建的房间，用旧箱子充当家具，床则是用四处捡来的木板拼凑而成。我对自己构筑的这个包围私生活的小宇宙感到很满意。我没有电视，但有一台声音朦胧的收音机，为我的孤独生活带来一丝暖意。

我的父母住在二楼面对院子的房间。走廊尽头的另一边，面对院子的两个房间，由我的姐姐们共享。那两间房里堆满了旧物和许多从巡回市集买来的宗教绘画，有些是拼写如迷宫般的阿拉伯书法，有些则描绘领主阿里[1]重创恶魔或痛宰敌军的英姿。画中，他握着

1　十字军时期英勇抗敌的穆斯林领主，后成为伊斯兰教传说中的圣人。在以色列有一处清真寺，供奉的就是领主阿里。据说阿里在该处阵亡。

传说的双刃圆月弯刀，像一阵龙卷风般扫过那些不信神者的头。房间、客厅都有这些绘画，门窗上也挂了一些，不是为了装饰，而是因为它们就像护身符，保护我们免于诅咒。有一天我在踢球时，不小心踢中了其中一幅画。那是一幅很美的画，黑色背景上用黄线绣满《古兰经》的经文。被我的球砸中后，它立刻像镜子一样破了。母亲看到差点没中风。至今我仍清楚记得她当时的模样：手压着胸口，双眼突出，脸色像混凝土一样灰白。就算要遭逢连续七年的厄运，恐怕都不会让她如此惊恐。

屋子一楼是厨房，对面就是阿法芙的小工作间，隔壁则是两间紧邻的客房，还有一间宽敞的起居室。起居室里的落地窗则正对着外面的一片菜园。

我一整理好东西，就下楼去向母亲问安。她是个结实快活、眼神坦率的妇人，家庭杂务或岁月的耗损都不能消磨她的勇气。只是亲吻她的脸颊，就已经为我注入一股来自于她的充沛活力。母子连心，轻触一下或眼神交会就足以使我们理解彼此。

父亲盘腿坐在内院一棵大得几乎看不到边际的树下。每天在清真寺做完必要的晨祷后，他就回到内院这棵树下开始拨捻念珠，手边放着一杯咖啡，受伤的那只手藏在衣袍的凹陷处。他在重建一口水井时，因为工程坍塌受伤，一只手于是残废。受伤让父亲一下子衰老许多，过去他身上那股老成持重的光彩衰退，身为一家之主的眼光也变得短浅。之前他曾经加入过附近一个团体，在聚会上大家各抒己见；刚开始大家的言论还算得体，但话题渐渐变成毁谤和中伤，父亲就退出了。每天早上他一离开清真寺，在街道都尚未醒来之前，他就已经回到内院的树下坐定，手边搁着一杯咖啡，开始专心倾听四周树梢随风摆动的呢喃，仿佛想从中辨析出什么真谛。父亲是个好人，一个没什么钱的贝都因人，节俭、克制，饿了不一定就要吃。除了父亲的身份之外，他也一直是我最尊敬的人。然而每次看到他坐在那棵树下，我就忍不住深深地同情起他来。没错，他严肃而正直，但生活的困苦却悄悄破坏了他竭力想维持的庄严神态。我想他永远都不可能从手臂受伤的意外中恢复过来了，而且依赖女儿的缝补活计度日，也正在压垮他的自尊。

我记不起上次与他亲近或者靠在他胸口撒娇是多久以前的事了。不过我确信只要我先踏出第一步，他不会拒绝我。问题是：怎么才能冒险踏出第一步呢？他总像一幅永恒不变的图腾，毫不透露一丝情绪……小时候，他的存在对我而言经常有如鬼魅。清早晨曦微现时，我就朦胧听见他窸窸窣窣整理包袱准备上工的声音。等到我起床的时候，他早已出门了，而且总是工作到很晚才回来。我不知道他算不算是好爸爸。也许因为谨慎，也许因为穷困，他从来不曾给我们买过任何玩具。而且不论我们大吵大闹，还是吵闹后突然安静，他似乎都不当一回事。有时我会思索他到底有没有爱人的能力？仅在血缘上还带有父亲身份的他，会不会有一天突然变成一根僵硬的盐柱？在卡拉姆村，父亲总是刻意和孩子保持距离，因为他们深信亲密会有损父亲的权威。多少次我都看见威严的父亲眼中确实闪过渴望，但总是马上恢复往常的模样，清清嗓子，让我吓得逃开。

这天早晨，父亲如常坐在那棵老树底下。当我严肃地拥抱他，亲吻他的头顶，向他问安的时候，他也如常清了清嗓子，却没有立刻抽走我握着亲吻的手。我明白这表示如果我在那里陪他待一会儿，应该不会打扰他。但独处时该说些什么好呢？我们甚至无法直视彼此的脸。有一次我在旁边坐着陪他，结果好几个小时我们两人都没能说出一个字。他只是拨弄念珠，而我则一直不安地拧着席子的一角。要不是母亲过来叫我去跑腿，父亲和我可能会一直沉默地坐到天黑。

"我要出门一趟。要不要帮您带什么回来？"

他摇头表示不用。

我赶紧趁此机会借故离开。

*****

卡拉姆村一直是个井井有条的小村庄。这里所需的一切都无须外求。我们有自己的校阅场，还有游玩的场地，通常都是不特定的空地。我们也有自己的清真寺。星期五早上想抢个好位子做礼拜，可得早点起床。这里也有杂货店。咖啡馆有两家，"信差"是年轻人去的，另一家叫"山顶"。村子里有个了不起的修车技师，只要是吃柴油的引擎，他没有不会修的。有一个铁匠，偶尔兼做水电工。有帮人拔牙的，有送信的。还有以收集药草为业的人，闲暇时也替人接骨。市集里还有一个长得人高马大，看起来平静但心不在焉的理发师，他剃一个头比醉鬼穿针引线还花时间。还有一个摄影师，人就和他的工作室一样阴沉。我们还有一个瘸脚的厨师，但因为朝圣的人都不愿在我们村里停留，他只好改行做鞋匠。

对许多人来说，我们村子不过是个横跨道路的小地方，像只陈尸在马路上的动物，才刚瞥见，就已经消失于视线外。然而我们却对这一点倍感骄傲，因为只要人们绕远路避开我们村子，我们就安全了。如果偶然刮起的风沙逼得这些旅人不得已得到我们村子里来，我们也会遵照先知的劝诫，就算他们要动身离开，也不试图去留住他们。过去外来者给我们带来太多不好的回忆了。

卡拉姆村大部分的居民若不是有亲戚关系，就是从几代以前就定居这儿，大家都彼此认识。诚然，这里的人也有些怪癖，但任何争吵都不会过火，因为事情若有任何差错，耆老们就会介入，出面让大家把头脑冷静下来。如果被冒犯的人觉得所受的伤害已无可挽回，至多就是不再跟对方说话，事件也就结束了。此外，卡拉姆村的人最喜欢聚集在空地或清真寺，踩着旧鞋穿过蒙尘的街道，或者懒洋洋地站在柴泥筑起的墙边晒太阳。而且泥墙处处可见破损、裸露在外的混凝土块。卡拉姆村固然不是天堂，我们也清楚这是个小地方，但我们的心却不狭隘，懂得把握机会放声大笑，也知道如何正面思考，以有尊严的态度面对生命中的逆境。

在所有表兄弟当中，卡德姆是我最好的朋友。每天早上我离开家，一定都是去找他。他总是在肉铺街的一角、在一堵矮墙后面，单手撑着下巴，定定坐在一颗大石头上，整个人和他的宝座简直快合而为一了。他是我见过的最厌倦生活的人。每次一看见我，他就会从口袋掏出烟递给我。他知道我不抽烟，不过每次见到我还是会这么做。长久以来，为了礼貌，我也都会接受他的烟，拿起一根来抽。他总会立刻递上打火机，见我抽第一口就开始咳嗽，便偷笑起来，然后又立刻退回到自己的壳里，恢复空洞的眼神，面无表情。所有的一切都使他感到厌倦。朋友间的夜晚聚会对他来说就跟守灵夜没两样。跟他聊天总搭不上几句话，而且有时聊一聊他还会莫名其妙地生起气来。至于为什么生气，只有他自己才知道。

"我得买双新鞋。"

他瞥了我的旧鞋一眼，又望向地平线。

我试图找点话题，让场面融洽点，不过他不是个很会接话的人。

卡德姆是鲁特琴的演奏高手，靠着在婚礼演奏维生。他本来打算组一支乐团，但命运打破了他的计划。他的第一任妻子，也是我们家族里的一个女孩，因为得了肺炎，在医院去世了。时值联合国提出"石油换食品"计划的时期，急救药品全都短缺，连黑市都缺货。妻子的早逝让卡德姆痛不欲生，他的父亲为了减轻他的悲痛，逼他娶了第二任妻子。然而再婚不到一年半，新任妻子又因突如其来的脑膜炎丧生，让他再次成为鳏夫，结果卡德姆从此失去了信仰，也失去了生存的动力。

我是少数能够接近他，却不会让他立刻感到不愉快的人。

我走到他身边蹲下来。

在我们的对面，以前是一间党营的电台。成立时搞得轰轰烈烈，后来却因为在理念上缺乏可信度而成了废墟。在封条封闭的电台大楼后面，有两棵弯腰驼背的棕榈树。我觉得那两棵树仿佛从远古时代就存在了。树的剪影弯曲，干枯的枝叶随风摇摆，看起来有些古怪。除了偶然路过的狗儿，和几只找地方栖息的飞鸟之外，没有人会多看它们几眼。小时候我常困惑地想：这两棵树怎么不趁着天黑的时候从此消失呢？定期到村里来的庸医说，这两棵树其实是远古时期众人集体幻想所创造出来的幻影，古人逐渐消逝，却忘了把树带走。

"今天早上你有听广播吗？意大利人好像要离开了。"

"对我们来说又没什么区别。"他低声说。

"我认为……"

"你不是得买双新鞋吗？"

我高举双手表示投降，不再提及战争的话题。"对，我得活动活动我的双腿！"

卡德姆终于转身面对我说道："请原谅我的态度，新闻总让我觉得头昏脑胀。"

"我明白。"

"别拿这种事来烦我。我每天无论昼夜都觉得好厌烦。"

我起身离开。

当我走到矮墙尽头时，他开口说："我应该有一双鞋子，你等一下可以到我家看看，如果合脚就送你吧。"

"好，等会儿见。"

我话还没说完，他已经转身不理我了。

第二章

充当足球场的空地上，一大群孩子喧嚣地踢着一个老旧的球，混乱地进攻、离谱地犯规，吵吵嚷嚷就像一大群为了一小粒玉米争执不休的麻雀。突然，有个小子一马当先超越众人，独自像大人一样往敌方的球门冲去。他先越过一个对手，又超过另一个，一抵达边界，他便退到一边，将球传给另一名队友。队友像流星般快速射门，却很可惜射偏了，最后还跌倒，让小石子划伤了屁股。然后有个胖得离谱的男孩，刚刚一直乖乖蹲在一旁观战，此刻竟毫无预警地冲过来，抱了球便全速逃走。众人起先都看呆了，过了一会儿，踢球的孩子们才惊觉球被抢走，又一窝蜂地冲过去开始追那个胖小子，嘴里辱骂着。

"他们不想让他加入球队，"和学徒一起站在铺子前面观看的铁匠向我解释，"所以他才会来扫大家的兴。"

我们三人看着胖小子消失在一堆建筑物后面，其他人则尾随追赶。铁匠脸上带着同情的微笑看着这一幕，他的学徒则是一脸心不在焉。

"你听说新闻了吗？"铁匠问我，"意大利人要撤退了。"

"新闻没说什么时候。"

"重点是他们要离开了。"

接着他开始冗长的分析，提出各种关于国家重生、自由等模糊的理论。他的学徒是个矮小瘦弱、干瘪黝黑得像根钉子的黑人，在一旁带着可悲的顺从听着，看起来就像个拳击手，在两回合激烈拳赛间的休息时刻听着教练的建议，不停地点头，眼神却如堕五里雾中般茫然。

铁匠是个客气的人。就算在很离谱的时间为了一点小事麻烦他，比如储藏室有点漏水，或者建筑鹰架有个没什么大不了的小裂缝，他都会马上赶过来。他又高又瘦，手臂满是淤青，有张瘦长的脸，眼睛闪耀着一种金属般的光泽，一如他手里焊枪所冒出的火星。爱开玩笑的人都说，跟他正眼对看恐怕得戴上防护面罩。事实上，他的眼睛受过伤，很容易流泪，因此他的视力已经有好一阵子都是模模糊糊的。身为六个孩子的父亲，他到铺子里与其说是为了工作，不如说是为了躲开家里的混乱。

他的长子苏莱曼和我差不多年纪，是个心智迟缓的孩子，可以躲在角落一整天不动弹，又会毫无预警地发作，拔腿狂奔直到昏倒为止。没有人知道他为什么会这样。苏莱曼平常不说话，也不抱怨，更没有攻击性。他活在自己的世界里，对我们的世界也毫无知觉，可是安静的苏莱曼也会突然一声尖叫，头也不回地往沙漠冲去。刚开始，大家就这样看着他在酷热的沙漠里狂奔，他的父亲追赶在后。渐渐大家才发现这狂奔会使他心脏衰竭，最后这个可怜虫恐怕会昏倒，然后死于心肌梗死，于是村里人便团结起来，每当他一发作，便立刻出动拦截他。当我们抓住苏莱曼的时候，他也不挣扎，只是双眼翻白，张开的嘴带着一抹迟钝的微笑，任由我们捆绑、送回家，毫不反抗。

"那孩子怎么样？"

"像尊雕像，"他说，"几个星期没发作，叫人以为他痊愈了。你父亲呢？"

　　"还是坐在他的大树下……我得买双新鞋。今天有人要去城里吗？"

　　铁匠搔搔头顶想了一下。

　　"我记得一个小时前好像有辆货车经过，但不知道去不去城里。祷告吧，然后就只有等待了！还有啊，现在上哪儿去都变得越来越麻烦了。多了那些检查哨，还有随之而来的一堆麻烦事。你要不要先去鞋匠那儿看看？"

　　"我的旧鞋修不好了，得买双新的。"

　　"反正鞋匠那儿连修鞋的鞋底和黏胶也没了。"

　　"他那边卖的鞋也都过时了。我想要新的，软一点、流行一点的。"

　　"现在这种景况，你觉得有人在乎你的新鞋吗？"

　　"那不是我买新鞋的原因……如果有人可以载我到城里就好了，我还想买件体面的新衬衫。"

　　"我看你恐怕得等上一段时间了。哈立德的计程车抛锚了，客车自从上个月在路上差点被直升机压毁后，也不再走这条路了。"

　　终于把球抢回来的孩子们踏着征服者的胜利步伐走回空地。

　　"那个扫兴的胖小子没跑多远嘛！"铁匠指给我看。

　　"他太胖了，甩不掉追兵。"

　　两队重新摆开阵势，各据一方。球赛从刚刚被打断的地方衔接起来，又是一阵喧嚣吵嚷，逼得睡在场上的老狗不得不赶紧跑开。

　　既没别的事可做，我就在一旁的混凝土块上坐下来，饶有兴味地看起比赛。

　　比赛结束的时候，我发现铁匠和他的学徒都不见了，铺子也关了。太阳正急速下沉。我起身往清真寺的方向走去。

理发店聚集了很多人。卡拉姆村的耆老们习惯在星期五集体祷告后上理发店去。刚才，一个人高马大的家伙正披着理发用的披风，在众人的围观下坐着剃头。以前大家讨论什么都只能拐弯抹角地说，因为到处都有萨达姆的秘密警察，只要说错一个字，全家都会被送进集中营。坟场和绞刑架如雨后春笋般冒出来。然而自从那个暴君被从老鼠洞挖出来、扔进另一个老鼠洞之后，卡拉姆村众人的嘴巴就解了禁，游手好闲的人也发现自己原来都拥有惊人的流利口才。

今天早上理发店聚集了村里的耆老，虽然有些年轻人，但也是为了听耆老的精彩辩论而来。我认出人群里有人称"博士"的贾比尔，他在巴士拉的中学教了二十年的哲学，是个七十几岁、很唠叨的人，曾因为某个不知所以然的字源问题被抓进复兴党[1]的苦牢蹲了三年。出狱后，复兴党警告他不准在伊拉克境内教书，否则情报局随时要他的命，博士才明白自己的生命朝不保夕，于是逃也似的回到家乡装死，直到萨达姆的铜像都被推倒，他才敢暴露身份。博士很高，有种领主的气息，身着一尘不染的蓝色长袍，更增添一股庄严的神态。缩在博士旁边凳子上高谈阔论的是翔鹰巴苏拉，他以前是土匪，带领一群不知餍足的无赖洗劫了整个区域，后来才以劫掠的战利品当做融入乡土的"入会费"，躲到卡拉姆村。他不是部族的人，但耆老们宁愿让他留在卡拉姆村，省得被他抢劫。巴苏拉对面的安静人群中，站着伊萨姆两兄弟，他们两人看起来弱不禁风，但其实是很可怕的老人。任何人提出的论点遇到他们都会被撕扯成碎

1　复兴党为萨达姆所属的政党。

片。他们天生就爱唱反调，而且如果对手采取和他们一样的论调，他们也能够马上放弃自己的坚持，改采其他观点。另一角，坐在柳编椅子上不动如山的是大长老，他刻意和大家保持距离以突显自己。他的支持者到哪儿都会帮他准备那张柳编的宝座，而他则一手捻掐着念珠，另一手拿着水烟筒。他从不介入论战，总是在最后才发表意见，绝不容许别人抢了他总结的风头。

"他们总归还是帮我们摆脱了萨达姆。"伊萨姆弟弟边说边征求观众的支持，以反驳刚才对手的论点。

"我们又没要求他们这么做。"翔鹰低声抱怨。

"还有其他人能做到吗？"伊萨姆哥哥说。

"确实如此，"弟弟也说，"有谁能够打倒萨达姆，又不会遭到严惩，当场以侮辱元首的罪被逮捕、吊死的呢？"

"萨达姆会如此横行霸道，也是因为我们在大大小小的事情上不断忍让的结果。"

翔鹰强调："怎样的人民，就配怎样的君主。"

"我不同意你的说法。"一位老人发出羊一般扭扭捏捏的声音说道。

"你连自己的意见也不同意。"

"你怎么这么说？"

"因为事实就是如此。你总是今天这个意见，明天那个意见，从来也没听过你连续两天意见相同的。事实就是，你根本也没定见，就像看到火车来就上车，见到另一班车要出发又跳上去，根本不管它们开往何处。"

像羊一般咩咩叫的老人只好愤慨地撇撇嘴，隐身退到人墙后面去。

翔鹰用和解的口气又接着说道："我这么说不是为了冒犯你，

我的朋友。我宁愿死也不愿对你不敬，但是我却不能任由你把我们犯的错全都推到萨达姆头上。他是怪物没错，但也是我们自己的国家生产出来的怪物，身上留着我们的血液。他如此狂妄自大，我们每个人都有责任。不过因为如此，就容许世界另一头那些没有信仰的人来玷污我们的土地，也未免太过分了。那些美国大兵只不过是野蛮人、开着战车来到我们孤儿寡妇面前的野兽，还毫不留情地对我们的医务所投下炸弹。看看他们把我们的国家变成什么样子了？地狱！"

"但是萨达姆把这里变成了尸堆。"伊萨姆弟弟提醒他。

"把这里变成尸堆的不是萨达姆，而是我们的恐惧。如果我们表现出一点勇气和团结，那只疯狗不可能蛮横专制那么久。"

"你说得对，"正在剃头的那个人从镜子里回应翔鹰的话，"是我们让他这样的，他逮住机会利用我们的懦弱。但你不可能改变我的意见，不管怎么说，还是多亏美国人帮我们摆脱了那个怪物，否则我们一个个都会被他给生吞活剥。"

"你以为那些美国人为了什么来这里？"翔鹰固执地说，"出于基督徒的慈爱吗？还不是为了商业利益，把我们当成商品一样买卖。昨天还说以油换粮，今天又说以油换萨达姆。我们这些人，还有这一切，到底算什么？只会用空话敷衍我们！要是美国人有一点良心，也不会把非洲的黑人和拉丁人都当成次等人种了。与其花费时间、漂洋过海去帮助那些干瘪可怜的黑人，他们宁愿去照顾本土那些在保留地里腐烂的印第安人。把人圈在保留地，当成观光名胜，其实是想把他们像可耻的疾病般藏起来吧！"

"没错！"咩咩叫的老人也强调，"想想看，美国大兵不远千里来这儿，只是出于基督徒的慈爱吗？一点也不像他们的作风。"

最后，贾比尔开口了："我可以说句话吗？"

大厅突然处于一股肃穆的宁静当中。贾比尔一开口，气氛总是很严肃。过去的哲学教授经过萨达姆的苦牢洗礼，已经成了英雄。他的话虽少，但只要他介入，总能让许多争论回到正轨。他的声音高昂，话语公正，论点不容置疑。

"我可以问个问题吗？"他用严肃的语气问道，"为什么布什要在我们的国家费这么大劲儿？"

环顾全场，与会者没有人敢接话。每个人都觉得这问题一定带有陷阱，不敢贸然回答，以免让自己成为笑柄。

"博士"贾比尔握拳咳嗽，很清楚已将全场的注意力紧抓在自己一个人身上。他那双像白鼬般机灵的眼睛搜寻在场任何迟疑不决的眼神，但无人如此，于是他乐意地开始详述自己的想法："美国人帮我们摆脱了独裁者萨达姆？这个人昨天还是他们的走狗，今天却拖累了他们的名声，是吧？华盛顿之鹰来这儿，难道是被我们的牺牲者给感动吗？要是你们相信这个童话故事，你们就完了！美国人只关心两件事。第一，我们的国家差一点就可以取得完整的自主权，也就是核武。在新的世界秩序中，只有拥有核武的国家才能出头；没有核武的国家，就只能沦为其他强权对垒的温床，或者认命地成为强国的谷仓。世界是透过国际金融管理的，而和平就等于是技术性失业，这可是攸关生存空间[1]的大问题。第二，伊拉克是中东

---

[1] 生存空间（Lebensraum），德国地理学家拉采尔于1897年提出的理论，认为国家必须透过不断扩张领土来增加生存空间，这是必然的现象。

地区唯一有能力与以色列抗衡的国家。只要让伊拉克跪地求饶，以色列就可以在阿拉伯地区称王了。这两个原因才是美国人大老远跑来占领我们国家的真正理由。萨达姆根本不算什么！就算在舆论眼中，他为美军入侵提供了一个合理的理由，但是再怎么说，他都只是个混淆视听的圈套，为了掩盖真正的目的——避免任何阿拉伯国家取得战略型武器、帮助以色列威权在中东坐稳宝座。"

全场目瞪口呆，大家未料到博士的论点竟是如此。对大家的反应非常满意的博士，品尝着他的话语所制造的效果，并傲慢地清清喉咙，深信自己已震慑全场，于是又接着宣布："先生们，我希望你们能好好思考我所说的话。或许明早起床，你们还有希望发现自己头脑清醒了、成长了。"

说到这里，他站起身来，高傲地抚去长袍前面的皱褶，极度傲慢地离开了理发店。

刚刚张三讲了什么，李四又说了什么，理发师压根儿没在听，此刻却发现周遭一片寂静。他疑惑地挑起一边眉毛，但是也没多想，继续无精打采地帮客人剃头，像只默默啃食草皮的大象。

博士贾比尔离开了，大家的眼光于是都集中到大长老身上。坐在柳编椅上的他动了一下，咂咂嘴唇说道："那的确也是一种可能性……"

沉默了一会儿，他才接着说下去："我们确实正在承受自己过去种下的苦果。一切都是因为我们背叛了信仰，未尽到责任。我们以前未受人影响，大家都是诚实、有品格的阿拉伯人，有足够的荣誉和胆识。然而随着时光流逝，我们没有长进，反而堕落了。"

"我们哪里做错了呢？"翔鹰急切地问。

"错在……没有坚定信仰。我们失去了信仰，同时也把脸皮给丢了。"

"可是据我所知，清真寺总是人山人海啊！"

"没错，但有上清真寺就代表他们有坚定的信仰吗？他们只是机械化地祷告，礼拜一结束，便又回到虚幻的尘世。那不叫信仰！"

大长老的支持者递上一杯水。

他喝了几口，吞水的咕噜声响彻整间店。

"五十年前，当我领着我叔叔的商队，带着上百只骆驼在约旦旅行的时候，经过安曼附近的一座小村庄。当时正好是礼拜的时刻，我便带着我的人马一起到附近的清真寺，在铺石地板的小庭院里净手，准备加入礼拜。此时，一名穿着闪耀红色长袍、仪态威严的伊玛目走过来问我们：'年轻人，你们在做什么？''我们正在净手准备祷告。''你们以为用水就能使自己洁净吗？''进入祈祷大厅前都必须用清水净手。'我对他说。此时他从口袋里拿出一颗无花果，看起来漂亮又新鲜。他在一盆水里仔细清洗那颗果子，然后在我们面前剖开它，没想到里头爬满了蛆！伊玛目于是说：'该洁净的不是身体，而是灵魂，年轻人。如果内在腐败，就算用再多的清水也洗不干净。'"

所有聚集在理发店里的人都点点头，被大长老的故事给征服了。

"我们别把自己造成的错怪在别人头上。美国人会到这儿来，就是我们的错。失去信仰，我们也失去了生活的指标与荣誉感。我们……"

"好啦！"理发师突然喊了一声，一边用毛刷清理客人泛红的后颈。

在场的人全都愣住了，火很大。

理发师完全没想到自己打断了受人敬爱的大长老，激怒了在场渴求大长老教诲的人群。他仍然毫无所觉地兀自替客人刷掉后颈的头发。

坐着理发的客人听到理发师的话，拿起眼镜想看个清楚。他的眼镜很破旧，用胶带和铁丝修补过。一把眼镜架到大鼻子上，仔细在镜子前端详一下后，客人脸上的笑容立刻僵住了。

"搞什么？"他痛苦地呻吟，"你把我剪得像只被剃完毛的山羊！"

"你早就没什么毛可以剃了。"理发师不为所动地说。

"是没错啦，可是这也太过分了，你几乎把我的头皮都剃掉了！"

"那你刚刚就应该制止我啊。"

"怎么制止？我又没戴眼镜，哪里看得到？"

理发师露出有点尴尬的表情，说道："对不起，我已经尽力了。"

此刻两人才发现身边的气氛好像有点不对劲。他们转身一看，正好和店里群众的愤怒眼神对个正着。

"怎么了？"理发师怯生生地问。

"大长老正在教诲我们！"一个人责怪地说，"而你们不仅没听，还为了剪发失败这种无聊的小事打断我们，真是不可原谅！"

理发师和那个客人这才发现自己的冒犯，于是像被抓到说了脏话的孩子般，不好意思地捂住嘴。

本来站在台阶上聆听的年轻人踮着脚尖溜走了。在卡拉姆村，当耆老间有问题要解决的时候，年轻人和单身者都会礼貌地自动回避。我也借机往鞋匠的铺子走去。他的铺子在一栋很破烂的建筑物侧面，离这里只有几百米，店前面耸立着一堆像鬼怪盖的丑陋房子。

太阳已落到地平线上，夕阳很刺眼。从两栋破房子中间，我看见表哥卡德姆。他依然缩在之前那块大石头上，跟刚才我离开的时候一模一样。我挥手跟他打招呼，可是他没看到，我便继续往鞋铺走去。

鞋匠的铺子没开。反正他卖的鞋子款式也太旧了，只适合老人。那些鞋子会卖不出去，不全然是因为这里的人没钱买鞋。

建筑物的大铁门粉刷成一种令人厌恶的咖啡色。下士奥马尔正在前门逗一只狗，他一看到我，就朝狗屁股踹了一脚。那只四足动物哀号着跑开，并责怪地看了我一眼。

"我打赌你一定正在发情，才会跑来这里想看看有没有天真的少女在四处乱逛吧？"他对我说。

奥马尔是个令人很不舒服的家伙。村子里的年轻人既不喜欢他粗俗刺人的言语，也不喜欢他病态的外表，大家看到他就像在躲避瘟疫一样躲开；都是因为在军中的日子使他堕落了。

五年前，奥马尔在军队里担任炊事兵。美军占领巴格达的隔天，他突然回到村子里，而且无法解释到底发生了什么事。那天晚上，他的部队还处于高度警戒，炮弹都上了膛，步枪也都装上了刺刀。然而，隔天早上，所有人都离开了自己的岗位，逃走了，尤其军官溜得最快。奥马尔一路躲躲藏藏回到家乡，可是军队叛逃给他留下很大的阴影，从此他就一直喝着掺假的烈酒，想洗去羞耻与悲哀。他的粗鄙可能也是来自于此，因为看不起自己，所以伤害身边的亲戚朋友让他有种恶毒的快感。

"这里的人都很正派。"我提醒他别乱说话。

"我说的话又有哪句不正派了？"

"拜托……"

他张开双臂说：“好啦，好啦，随便说说都不行。”

奥马尔比我大十一岁。他入伍前刚好失恋。他喜欢的女孩已经许配给别人，可是他不知道，那个女孩也不知道。当他终于鼓足勇气请他的姑姑去提亲时才发现这个事实，他的心都碎了，从此没恢复过。

“我在这个屎坑都快无聊死了，”他咕哝抱怨道，“我刚把村里每个门都敲遍了，却没人想上城里去。真不知道为什么他们都宁愿窝在自己的狗屎破屋里，而不愿意到城里有空调的商店去逛逛，或者到花团锦簇的露天咖啡座去坐坐。这里除了狗和蜥蜴之外，还有什么好看的？到城里至少还可以在露天咖啡座看看路过的车、扭腰摆臀的女孩，这样才觉得自己还活着啊！你明白吗？我在这里没这种感觉。我跟你发誓，我在这儿简直在一点一点慢慢死亡。这里真的好闷，闷死我了！靠！哈立德的计程车坏了，客车也好几个星期不走这儿。”

奥马尔上半身胖胖的，看起来就像两条腿上驮着一个包袱。他穿着旧格子衬衫，尺寸故意挑得比较小，包着他的大肚子，免得它垂到膝盖上。沾有油污的长裤也好看不到哪里去。他的衣服上总有一块块黑色的油污，即使在最干净的手术室、穿上刚从包装袋里拿出来的全新衣服，他也有办法立刻把它弄脏，让人总觉得那些油污好像是从他身上渗出来的一样。

“你要上哪儿去？”他问我。

“去咖啡馆。”

“和昨天一样看人玩牌吗？还有前天、大前天、明天、二十年后——永远！真让人火大！我上辈子到底干了什么好事，这辈子要落得跑到这肮脏的鬼地方？"

"这是我们的村子，奥马尔，是我们的家乡。"

"家乡个屁！连乌鸦都不飞到这儿来。"

他深吸一口气，好缩起小腹把衬衫塞进长裤里。呼气的时候，他说："算了，反正我也没别的选择，就跟你去咖啡馆吧！"

我们走回广场。一路上奥马尔都气得要命，一看到人家门前停的车子，不管多旧，他都要抱怨一番："这些混蛋既然买了车，为什么把车停在破房子前面生锈？"

他刚忍了一会儿，又开始咕哝："你表哥？"他用下巴示意坐在马路尽头一堵墙边的卡德姆。"他怎么搞的，一天到晚都待在同一个地方，动也不动？我告诉你，总有一天他会发神经的！"

"他只是喜欢一个人待着罢了。"

"要不要赌一把？"

* * * * *

"信差"咖啡馆的老板叫马吉德，也是我的表哥之一。他日渐萎靡的样子看起来多病而悲伤，身上的蓝色工作服很丑，好像雨衣。他站在简陋的吧台后面，像一尊做坏了的雕像。他头戴旧军帽，戴得很深几乎遮住耳朵。因为店里的客人都是来玩牌的，他也懒得打开店里的咖啡机，每天都从家里用保温瓶装热红茶带来店里，最后也都是自己喝掉。他的店里总是聚集一些游手好闲、身无分文的年轻人，他们早早就进来店里，不到天黑不回去，可是从来也没掏出一分钱。

马吉德常想不干了，但不干还能做什么呢？卡拉姆村弥漫着一股无依无靠的孤独感，已超乎想象。任何人若是有份看起来还像样的工作，无论如何都会紧抓住不放，以保持心理上的稳定。

马吉德一见到奥马尔走进来，就露出苦涩的表情。"麻烦上门了。"他低声抱怨。

奥马尔用厌倦的眼神环视店里的年轻人。"感觉就像是到了军营，每个人都被分配了位置。"他边搔屁股边说。

他发现了双胞胎哈桑和侯赛因，他们俩站在窗边，正在看人打扑克牌。玩牌的四个人有博士的孙子雅辛，一个阴沉易怒的男孩；萨拉赫是铁匠的侄子；阿代勒，有点笨的健壮男孩；还有比拉勒，他是理发师的儿子。

奥马尔走过去和他们打招呼，然后站到阿代勒后面。

阿代勒动了一下，恼怒地说："你挡到光了，下士。"

奥马尔退后一步，却说："那是因为你的脑袋里有阴影，我的孩子。"

"别烦他，"雅辛说，视线没离开自己的牌，"别让我们分心。"

奥马尔轻蔑地窃笑，但不敢再多说。

四个玩牌的人都认真审视自己手中的牌。经过很长一段时间的算计后，比拉勒清清喉咙说："该你了，阿代勒。"

阿代勒噘起嘴巴，再次审视手中的牌，慢吞吞地无法下定决心。

"好了，你到底玩不玩？"萨拉赫不耐烦地问。

"喂，我总要想想啊！"阿代勒抗议。

"少来了！"奥马尔说，"你最后一点脑细胞，都在今天早上打手枪打掉了吧！"

小咖啡馆突然笼罩了一股沉重的气氛……

坐在附近几桌的年轻人都跑掉了，其他人则不知该把眼光往哪儿摆。

奥马尔这才发现自己说错话。他吞了吞口水，准备挨骂。玩牌的人虽然也很震惊，但还是埋头看着自己手上的牌。只有雅辛小心地将牌放到一旁，愤怒地翻白眼瞪着前下士奥马尔："奥马尔，我不知道你说这种垃圾话到底想干什么，但是你说得太过分了！我们村子里的年轻人和耆老都懂得互相尊重。你也是在这儿长大的，难道不知道吗？"

"我又没……"

"闭嘴！给我闭上你的大嘴巴，然后马上滚！"雅辛单调的语气和他眼中涌出的愤怒形成强烈对比，"这里是卡拉姆村，不是让你随便搅和的肮脏地方！在这里大家都是兄弟、表亲、邻居、亲戚，每个人行事说话都小心谨慎。我已经跟你说过一百次了，不准说亵渎的话！把那些恶心的军中笑话留给你自己！"

"好啦，我只是开开玩笑嘛！"

"你有看到人笑吗？告诉我，有吗？"

前下士奥马尔的喉结在紧绷的颈部起伏。

雅辛专断地指着奥马尔说："从今天起，你，我叔叔和姊姊的儿子，不准再说半句脏话，连一个脏字都不准再说！"

"喂！我比你大六岁！不准你用这种口气跟我说话！"奥马尔这么说，并非真的想纠正雅辛，只是为了挽回面子。

"那又怎样？"

两个男人彼此打量着对方，鼻翼因愤怒而颤抖着。

最后奥马尔还是先让步了。

"好啦！"他愤愤不平地说，一边用力把衬衫塞进长裤里。

走到门口，他停下脚步回头咆哮道："你知道吗？我……"

"想说什么，先给你的嘴巴消消毒！"雅辛打断了他的话。奥马尔只好摇摇头走了。

*****

奥马尔走后，咖啡馆里的不愉快气氛更沉重了。双胞胎率先朝不同方向离开，其他人也不想继续玩牌了。之后雅辛起身离开，阿代勒也跟着走掉。无所事事的我只好回家。

关在房间里，我听着收音机，试图驱散刚刚"信差"咖啡馆里发生的不愉快。我感到双重的悲哀，一方面是为了奥马尔，另一方面是为了雅辛。奥马尔固然需要纠正，但雅辛却对比自己年长的人如此严厉，让我感到不安。我越同情奥马尔，就越难为他的堂弟雅辛找借口。事实上，村里的人际关系每况愈下，都是因为费卢杰、巴格达、摩苏尔和巴士拉传来的各种新闻，使得卡拉姆村越发像座孤岛，离那些使我们国家人口锐减的悲剧好像有几光年那么远。自从两国冲突以来，尽管已经发生几百次进攻、死了好几兵团的人，到目前为止却从来没有一架直升机飞过我们这个区域，也没有任何巡逻队来打扰我们这个小村庄的安宁。这种被动荡的历史排除在外的感觉，已经从隐约的感受转化为清楚的意识。虽然耆老们看起来似乎比较适应，可是年轻人却很难接受。

广播没能转移我的心绪。我躺在床上，用枕头压着脸。窒闷的热气加重了混乱的心情。我不知该做什么好。到村里去，我觉得压力大，待在房里又好闷热；我快融化在不愉快的情绪里了……

到了晚上，一丝微风吹动了窗帘。我搬了张金属折叠椅坐在房门口。距离村子两三公里的地方，海特姆家的果园在岩石间繁茂生长，那是方圆几里内唯一的绿地。太阳已逐渐沉入云层，果园依然放肆地反射着白天太阳的光和热。很快地，地平线两端也如陷入火海，使远方山峦和幽谷的轮廓越显加深。马不停蹄往南延伸的荒芜平原上，可容车辆通行的道路让人想起干枯的河床。一群孩子从果园回来，双手空空，步履蹒跚。这些小小劫匪的远征显然无功而返。

"有你的包裹。"我的双胞胎姐姐巴希亚一边说，一边将一个塑胶袋放在我脚边。

"晚餐再过半小时就好了。你能等吗？"

"没问题。"

她拍掉我领子上的灰尘，问道："你没去城里吗？"

"找不到人载我去。"

"明天再试试看吧！"

"好。这个包裹是什么？"

"卡德姆的弟弟一分钟前拿来的。"

她走进我房里检查一切是否都井然有序，然后就回去煮饭了。

我打开塑胶袋，拉出里面用胶带捆起的纸盒。打开盒子，我发现里面是一双很漂亮的黑色鞋子，依然簇新。盒里还有张纸条，上面写着："这双鞋我只穿过两次，就是我第一次和第二次婚礼的当天。现在送给你，希望你不介意。卡德姆。"

第三章

卡拉姆村被自己的空虚给困住了，随着时间流逝，逐渐开始四分五裂。

在理发店、咖啡馆、大马路边，大家不断反刍着同样的话题。说得太多，做得又太少。无处宣泄的愤怒不断原地打转，越来越没意思。论述不是流于情绪的迸发，就是演变成无止境而令人厌倦的冗长秘谈。渐渐的，谁也不仔细听谁说话了。然而，不寻常的事情显然即将发生。尽管对村子里的耆老们来说，阶层的分际依然严明，然而年轻一辈之间已经有种奇怪的变化开始酝酿。自从雅辛狠狠斥责了奥马尔后，长幼辈分似乎化为泡影。大多数人对"信差"咖啡馆所发生的事都抱持谴责的态度，但也有少部分的人受到暴躁激进的影响，将此事作为强化他们立场的借口。

耆老们假装无视这个"小差错"，因为这事件尽管传遍了整个村子，倒也没到必须摊在大太阳底下检视的地步。卡拉姆村的日常依旧寻着可悲的缓慢步调循环：太阳要升起的时候，自然会升起；想何时落下，也随它的意。我们依然被困在自己孤独、平凡的小幸福里，或张口呆望，或无所事事，就像处于另一个星球，过着呆板的生活，与那些正在蚕食我们国家的噩梦毫无瓜葛。早晨，我们在惯常的细微声响中醒来；夜晚，我们在平凡无奇的睡眠中度过。况且，面对一片光秃秃的地平线，做梦又有什么用呢？长久以来，卡拉姆村的围墙一直将我们囚禁在与世隔绝的昏暗中。最可恨的统治阶层欺凌过我们，不过我们幸存下来了，就像我们豢养的牲畜活过传染病一样。偶尔，当一个暴君把另一个暴君赶下台，新的打手会到我们村子来找寻猎物，巴不得立刻抓到某个害群之马，当众将他就地正法，以正全村视听。然而他们很快就会如梦初醒般返回老巢，虽然有些窘迫，仍然很高兴能够离开这儿，而且永远不必再回来这个鬼地方。因为在这儿，他们连身边的村民到底是人是鬼都分不清。

不过老祖宗的俗语说得好："即使关上门不想听邻居鬼哭狼嚎，他们的声音还是会从窗户传进来。"也就是说，厄运当头，谁也躲不了。绝口不提，静静待在角落，就以为厄运只会找上别人，而不会找上自己。那只是鸵鸟心态。太过谨慎，反而弄得自己终日提心吊胆，最后当不幸要来时，依然避免不了，该发生的终究会发生。厄运来临时，既不掩饰，也不夸耀，只是悄悄来到我们身旁，不显露出真正的意图。当我正坐在铁匠的铺子里喝茶的时候，他的女儿突然冲进来大喊："苏莱曼……苏莱曼……"

"他又发狂跑掉了吗？"铁匠大吼问她。

"他被门夹到手，手指都被夹断了！"小女孩哭着说。

铁匠立刻大步跨过我面前的矮桌，往他家的方向冲去，还不小心打翻了桌上的茶壶。铁匠的学徒快步跟上，并且示意我也过去。街道另一头传来女人的尖叫声。铁匠家内院的门大开，前面已经聚集了一群孩子。苏莱曼将受伤的手放在胸前，安静地微笑，着迷地看着自己流血。

铁匠吼了他太太，要她闭嘴，并去找条干净的毛巾来。尖叫声于是立刻止住。

"断指在那儿。"学徒指了指门边的两小块肉。

带着令人讶异的冷静，铁匠用手帕包起两截断指收进口袋里，接着弯腰查看儿子的伤口。

"得带他上医务所去，"他说，"不然血会流光的。"

他转身对我说："我需要一辆车。"

我点点头，立刻往计程车司机哈立德家跑。我到达的时候，哈立德正在院子里替儿子修玩具。

"我们需要你，哈立德，"我对他说，"苏莱曼压断了两根手指，我们得带他去医务所。"

"对不起，我不能去。我中午有客人。"

"情况紧急啊！苏莱曼流太多血，会出人命的！"

"可是我不能去。需要的话，就自己开车吧！车就停在车库里。我不能载你们，等一下有人要来我家提亲。"

"好吧，车钥匙给我。"

他扔下儿子的玩具，要我跟他到车库去。那辆破破烂烂的老福特就停在那儿。

"你会开车吗？"

"当然会……"

"那帮我把这辆老爷车开到街上去。"

他打开车库的门扉，吹口哨招来门口附近懒洋洋在晒太阳的孩子们，要他们过来帮忙。

"车子的启动器不太灵光，"他解释说，"你去开车，我们在后面帮你推。"

孩子们涌向车库，既兴奋又开心，因为有人叫他们帮忙。我放开手刹，打到二档，在孩子们的欢呼声中把车开出去。滑动五十几米后，老福特总算达到差强人意的速度，于是我放开离合器的踏板，引擎便顺势发动了，所有破烂的阀门突然像活过来一样。车后的孩子们发出欢欣的尖叫，就像断电很久之后重新看到电灯亮起般开心。

我把车开到铁匠家的时候，苏莱曼的手已经用毛巾包好了，手腕也绑了一条止血带，脸上看不出一丝痛苦。我觉得好奇怪，很难相信断了两根手指竟然还能如此无动于衷。

铁匠将儿子安置在后座，然后坐在他身旁。铁匠的太太跑过来，披头散发、满头大汗，手里拿着一叠边角都折损的纸。她把那叠用橡皮筋扎起的纸递给丈夫。

"这是他的病例。人家一定会跟你要。"

"很好。你进去吧，镇定点，又不是世界末日。"

我们全速驶离村子，车后跟着一群孩子，一路叫嚷陪着我们开进沙漠，一直跟了好远。

时间大约是十一点，阳光洒落在人造绿洲的平原上。在白炽的天空中，一对鸟儿振翅飞翔。苍白而令人眩晕的道路笔直延伸，将崎岖的平原剖成两半，给人一种近乎怪异的感觉。七零八落的老福特每遇上道路坑洞便起伏蹦跳，简直像匹直起身子反抗的马儿，让人感觉它仿佛有种不轻易屈服的个性。车子后座，铁匠紧搂着儿子，以免儿子的头撞到车门。他没说一句话，静静地让我专心开车。

我们穿过一片无人的田野，然后经过一个转作他途的抽水站，之后就没再碰到什么地标了。放眼望去，无边无际的地平线空无一物。我们四周既没有破房子，也没有机械，更没有任何生物的踪影。医务所在往西六十公里处，一个铺有柏油路的邻近村庄。那里还有一间警察局和一所中学，但我们村里的人，出于某些我不懂的原因，都不愿上那所学校。

"你觉得汽油够吗？"铁匠问我。

"我不知道。仪表板上所有的指针都降半旗了。"

"我有点担心。一路上都没遇上车，要是抛锚我们就完了。"

"真主不会抛弃我们的。"我跟他说。

半小时后，我们看见远方升起一团巨大的黑云。这里距离国道只有几百米，黑烟让我们很讶异。绕过一座小山，国道终于出现在眼前。冒出黑烟的地方有一辆正在燃烧的油罐车横在路当中，车厢陷在壕沟里，油罐则倾覆了。冲天的火焰可怕地吞噬了整辆车。

"停车！"铁匠说，"这一定是突击队干的。军队很快就会赶到这里。我们掉头回匝道，走刚刚那条路吧！我可不想困在两军交火当中。"

我转弯掉头。

一回到原路，我便扫视四周，看看是否有隐匿的军事设施。大约几百米外，与我们平行的地方，国道在太阳下闪烁，让人联想起灌溉的渠道，笔直而极度荒凉。很快地，刚才那团巨大的黑烟，现在看起来已经远得像一条紧缚着不幸的灰色细丝。铁匠不时将头探出车窗外，看看是否有直升机锁定我们。在这附近，我们是唯一的生命迹象，要是被误会就惨了。铁匠很担心，脸色因而越来越阴沉。

至于我则很平静。我们只不过要去邻近的村庄，而且车上还有个病人，没什么可疑的。

道路为了避开一个火山口，转向山坡延伸，往上蜿蜒好几公里，终于又打直了。国道再次映入我们眼帘，依旧笔直而渺无人烟，荒芜得令人心慌。便道逐渐到了尽头，最后与国道连接在一起。老福特的轮子一踏上柏油路，声音立刻不同，引擎也不再发出失礼的怪声。

"再有十分钟就到村子了，却还是没看见一辆车，"铁匠说，"太奇怪了！"

我还没来得及回答他，就看见一个检查哨挡住了我们的去路，道路两边都立着栅栏，两具迷彩火箭炮立在人行道另一头，机关枪则埋伏着伺机而动。面前一座小丘上立着临时岗哨，堆着桶和沙包。

"保持冷静。"铁匠对我说，火热的呼吸吹在我的后颈上。

"我很冷静啊，"我想让他安心，"我们没什么可疑的，车上还有个伤患，他们不会找我们麻烦的。"

"怎么没看到士兵？"

"埋伏在沙包后面吧——我看见那儿冒出两个钢盔，他们应该正在用望远镜观察我们。"

"好，你减速缓慢前进，他们叫你做什么你都照做。"

"别担心，没事的。"

首先离开防御工事上前来的是个伊拉克士兵。他示意我们在一个路标旁把车停下，我照做了。

"引擎熄火！"他用阿拉伯语命令道，"然后把双手放在方向盘上，不要开门，也不要下车，等我们指示，听到了吗？"

他站得离我们很远，枪口朝向我的挡风玻璃。

"听到没有？"

"听到了。我会把双手放在方向盘上，没有指示不会轻举妄动。"

"很好。你车上有几个人？"

"三个，我们……"

"我问什么你答什么！不准轻举妄动，听到没有？你们是从哪里来的？来这里干什么？”

"我们是从卡拉姆村来的，要去医务所。因为有人夹断了手指，他是个心智障碍者。"

伊拉克士兵用冲锋枪枪口对着我来回游移，手指扣在扳机上，脸颊紧贴着准星。然后，他又将枪口转向铁匠和他的儿子。接着两个美国大兵走上前来，神态警觉。要是我们稍有妄动，他们随时准备用手上的武器把我们打成蜂窝。我保持冷静，双手放在方向盘上。在我身后，铁匠的呼吸系统有些运行不良。

"看好你儿子，"我低声对他说，"一定要让他安安静静的。"

"闭嘴！"其中一个美国大兵不知何时跑到我左侧对我大吼，并用枪抵着我的太阳穴，"你跟他说什么？"

"我叫他保持冷……"

"闭嘴！给我闭嘴！"

他是个身材像巨人一般的黑人，弯身举着机关枪，眼睛涌出愤怒，嘴角堆积着口水泡沫。他巨大的身影震慑了我，喝令的大吼像扫射般使我瘫痪。

"他为什么一直吼？"铁匠恐慌地问，"这样会吓到苏莱曼的！"

"闭嘴！"伊拉克士兵也跟着吼道，他大概是在这里充当口译。"在检查哨里不准交谈，不准质疑我们的命令，也不准抱怨，"他像是在背诵手册里的指示一般说，"保持安静，人家说什么你就照做，听懂了吗？懂不懂？你，开车的，把右手放在车窗玻璃上，慢慢用左手打开车门，然后双手抱头，慢慢下车！"

另外两个美国大兵也来到老福特后面，全副武装，头盔上还戴着沙漠专用的厚重护目镜，身上穿着臃肿的防弹背心。他们朝这边靠近，高举冲锋枪瞄准我们。黑人士兵扯开嗓门大吼。我的脚一踏上地面，他就把我扯下车，逼我跪下。我任由他摆布，丝毫不敢反抗。他站到一边，改把枪口朝向后座，喝令铁匠下车。

"拜托你不要大声吼，我儿子有心智障碍，你会吓到他。"

但是黑人士兵听不懂铁匠的话，而且好像因为陌生的语言而更加不耐烦。他的吼叫声穿透我的耳朵，让跪着的我更加感觉到关节的刺痛。"闭嘴！给我闭上嘴！否则我轰了你！把手放在头上！"身边的士兵严密监视我们的一举一动，看来沉默而无动于衷。其中一些人带着太阳眼镜，令人望而生畏，其他人则无声地交换着意义不明的眼神，以维持沉默造成的压力。看到四周围绕着我们的枪管，让我惊呆了。好像通往地狱的通气口，小小的枪口在我眼中比火山口还大，随时准备把我们吞没在汹涌的岩浆与鲜血中。我僵直得像座石雕，定在地上，喉结好像卡在喉咙里，说不出话来。铁匠也下了车，双手放在头上。他浑身颤抖，像片寒风中的叶子。他想要对那个伊拉克士兵说话，但站在他后面的士兵用脚踢他的小腿肚，逼他跪下。正当黑人士兵打算处理车上的第三个人时，赫然发现车上的苏莱曼手上和衬衫都沾满了鲜血。"这混蛋受了伤！"此时苏莱曼已经受到惊吓，在找爸爸了！"把手放在头上！把双手放在头上！"那个美国黑人大兵斥责到口水都喷出来。"他是心智障碍者！"铁匠对着那个充当口译的伊拉克士兵大叫。苏莱曼由后座滑下了车，完全搞不清楚方向。他混浊的双眼在失血的苍白脸庞上快速打转。美国大兵大吼大叫地呵斥，每一声都让我的理智下降一度。全场只听见他一个人的声音。突然间，苏莱曼也大叫起来，声音尖锐、难以理解，可是在各种吵嚷声中，却有如末日来临般清晰可辨。那怪异的尖叫震慑了黑人大兵。铁匠还没来得及冲向他的儿子、抱住他、阻止他拔腿狂奔，苏莱曼就像箭一般快速冲了出去，直往前跑，速度快得让美国大兵全都目瞪口呆。一个中士大喊："让他跑远点！他身上说不定绑满了炸药！"这下所有枪口全都指向逃跑的苏莱曼。"别开枪！"铁匠哀求，"他是个心智障碍者！别开枪，他只是个神经病！"苏莱曼跑啊跑，背脊挺得笔直，双臂不停摆动，身体却怪异地歪向左边。光从他跑步的样子就看得出他根本不是正常人。但在战时，一点风吹草动都足以让人失去冷静，攻击也成了所谓的"正当防卫"。第一枪让我整个人感觉头上脚下，仿佛电击心脏的强力电流通过全身。接踵而来的枪响有如洪水般袭来。我呆立原地，只是看着苏莱曼身后的沙子连番飞起，标记了子弹击中地面的位置。每颗子弹一打中他，就像打中了我。一股深重的麻痹感先侵蚀我的小腿，接着又窜往腹部。苏莱曼一直跑，一直跑，射中背部的子弹几乎没有使他动摇。在我身边，铁匠发狂似的喊得声嘶力竭，泪流满面。"迈克！"下士大吼，"那混蛋一定穿了防弹背心！瞄准他的头！"哨所的迈克于是通过狙击枪的望远镜头瞄准、调整射程，屏住呼吸后小心地扣下扳机，一枪便命中目标。苏莱曼的头像西瓜一样炸开，任性的奔驰戛然而止。铁匠双手抱头，神情恍惚，一声尖叫陡然打住，只剩嘴巴还张着。他看着儿子的身体在远处，好像一块丧事用的黑色布幔垂直落下，屁股先跌坐在自己的小腿肚上，接着胸口倒在大腿上，破碎的头颅才垂向自己的双膝。平原被一片沉默笼罩，有如坟地。我的腹部仿佛被浪潮拍打，一道炙热的熔岩穿透了我的喉咙，从我的嘴迸发出来。太阳也黯淡了……接着是一片虚空。

*****

一点一点地，我逐渐恢复意识，依然感到耳鸣。我的脸埋在一洼呕吐物里，身体动也动不了，蜷缩在老福特的前轮旁，双手被反绑在背后。醒来的瞬间，我看见铁匠在伊拉克士兵面前挥舞着他儿子的病例，而士兵则是一脸尴尬。其他士兵则安静地看着这一幕，但枪口已经放低了。随后我又再次昏迷过去。

当我恢复部分意识时，已经日正当中，岩石被酷热晒得都要发出嗡嗡声响了。他们帮我解开充当手铐的塑胶止血带，然后把我带到哨所的阴凉角落。老福特还在刚刚我停下的地方，像一只羽毛蓬乱的鸟，四个车门都被打开，迎着风，后车厢盖也高高竖起，备用轮胎和看起来很不协调的工具组被堆放在一旁。搜车的结果，既没找到枪，也没发现刀，甚至连急救箱都没有。

一辆救护车抵达哨所，车身漆着醒目的红色十字，打开的车门迎入放着苏莱曼遗体的担架。遗体被白布盖着，双脚却可悲地露在外面，右脚的鞋子还掉了，破皮的脚趾斑驳沾着鲜血与沙砾。

稍远处，一名伊拉克警官正在和铁匠谈话。一名乘吉普车到达的美国军官正在听取下士报告情况。显然所有人都知道是个误会，却也没真的当一回事。如今在伊拉克，这类事件有如家常便饭。在混乱之中，任何人都会首先保障自己的安全。人难免有错，而命运的安排更是经常出乎人的意料。

黑人大兵将他的水壶递给我，我不知道该用它来喝水还是洗脸。无论如何，我拒绝了他焦躁不安递上来的好意。他一脸表示哀悼的神情。但是没用！至少我知道他这副充满同情心的样子，根本和他的气息不符。野蛮人就是野蛮人，即使微笑，眼睛还是透露出他的本性。

两名阿拉伯护士走过来安慰我，站在我身旁，拍拍我的肩膀，轻柔的拍抚对我来说却好像狼牙棒在敲击。我比较想一个人静一静。任何同情的表示都会将我拉回那可怕创伤的源头。我用尽一切方法克制，啜泣依然时不时向我袭来。我在克制与宣泄之间拉扯、撕裂，全身被一股不可思议的疲惫包围。我只听见自己呼气的声音。流过我太阳穴的血液，与这唯一的巨大声响同步应和着。

铁匠想领回儿子的遗体，但是警察对他解释，有很多行政程序，尽管是个令人难过的意外，但还是得遵守规定。苏莱曼的尸体必须先留在停尸间，直到这起"小意外"结束调查，才能回到家人身边。

我们被一辆警车载回村子。我还无法完全理解刚才发生的事，就好像被包在一层逐渐消逝的泡泡里，一会儿被吊在半空中，一会儿好像碎成细丝、化作一缕轻烟。我只记得铁匠回到家时，苏莱曼的母亲发出那声令人难忍的尖叫。人群立刻聚集过来，惊恐、难以置信。年长者捏着自己的手，全都吓呆了，年轻人则义愤填膺。我回到自己家，一副可怜相。才刚跨过内院的门槛，长年坐在树下没完没了念着经的父亲，看见我却突然惊跳起来，马上知道一定是有不幸的事发生了。母亲只是用双手抚着脸颊，根本没有勇气追问到底怎么一回事。我的姊妹们也跑过来，她们的孩子跟在身边。坏消息已经在外面传开。悲鸣声此起彼落，充满了怒火与激愤的情绪。我的双胞胎姐姐巴希亚挽着我的手臂，扶我走到房间。她将我安置在床铺上，又为我拿来一盆清水，帮我脱下被呕吐物弄脏的衬衫，然后帮我擦洗上半身。期间，坏消息已传遍了全村，我们全家人也都赶去铁匠家安慰他们，只有巴希亚留下来照顾我。等我上床休息后，她也走了。

而我沉沉坠入梦乡……

隔天早上，巴希亚过来帮我打开窗子，又为我换上干净衣裳。她说，昨天有位美国中校在伊拉克官员的陪同下来到村里，想对苏莱曼的父母表示哀悼。大长老接见了他，可是只让他站在院子里，没有让他进门，表示并不欢迎他来。大长老不相信他的解释，因为他说这起事件只是单纯的意外。而且大长老也不能认同美军竟然如此随便开枪，而且还是对一个纯真无辜的孩子，一个甚至比圣人更接近神的心智障碍者！电视台的人也来了，想了解整起事件，并为铁匠做个专题报道，好让大家听听他的看法。大长老也断然拒绝了，坚持不让任何陌生人来打扰村里的哀悼。

第四章

　　三天后，大长老亲自派一辆小货车将苏莱曼的遗体由停尸间载回家。那一刻十分哀凄，卡拉姆村的人从来没有经历过这种气氛。大长老坚持举行庄严的葬礼，并且严格限制只许近亲参与。村民之外，只有一些同盟部族的长老代表获准参加。仪式一结束，每个人都回到自己的角落去思考，到底苏莱曼是着了什么道，才会遭此横祸。他是卡拉姆村最纯真的人，就像这里的吉祥物或者幸运星。当晚，村中老少都聚集到铁匠家为苏莱曼诵经直到深夜。雅辛和他的同党不屑去，反而聚集到赛义德家里。赛义德是翔鹰巴苏拉的儿子，不太多话，是个有些神秘的年轻男子，听说和基本教义派的活动有密切关系，而且被怀疑很有可能在塔利班时期经常出没于白沙瓦[1]的学校。他长得很高，年纪大约三十几岁，一张像苦行禁欲者的脸上没有胡须，只在上唇有一层薄薄的细髭；加上脸颊有一颗美人痣，让他的脸看起来很美。他平时住在巴格达，只有特殊场合才会回家乡来。他昨晚抵达，就是为了今天参加苏莱曼的葬礼。将近午夜时分，其他睡不着的年轻男子都聚集到他家。赛义德很客气地在铺设柳席、摆放许多靠垫的客厅招待大家。正当所有人都在吃花生、小

1　白沙瓦（Pashawar），巴基斯坦西北边境城市。在阿富汗对抗苏联时期，曾为反苏分子的政治中心。

口啜饮热茶的时候，雅辛却坐不住，好像鬼上身似的。他激烈的眼神不停搜索，想找那些唯唯诺诺的人吵架，结果因为没人理他，他便转向对他最忠心的伙伴萨拉赫，也就是铁匠的侄子，说道："我见你在葬礼上哭了。"

"是啊。"萨拉赫承认，但不懂雅辛背后的意图是什么。

"为什么？"雅辛问。

"什么为什么？"

"你为什么哭？"

萨拉赫皱起眉头说："你觉得呢，人为什么哭，当然是因为难过啊！我哭是因为苏莱曼的死让我很难过。为了所爱的人流泪，有什么好奇怪的吗？"

雅辛却继续说："这我明白。但为什么要哭？"

萨拉赫无法理解雅辛的话。

"我不懂你的问题是什么意思。"

"苏莱曼的死让我心碎，"雅辛说，"但我却不会流一滴眼泪。真不敢相信你竟然这么夸张，哭得像个娘们儿，这怎么行？"

"娘们儿"这个字眼激怒了萨拉赫，下巴都气歪了。

"男人也会哭！"他提醒自己小团体的头头，"就算先知也有这样的弱点！"

"我不管！"雅辛爆吼，"你也没必要哭得像个娘们儿！"他特别强调最后三个字。

萨拉赫气愤地一鼓作气站起来，一副受伤的样子瞪着雅辛，然后穿上凉鞋，步入黑夜中离开。

客厅里聚集了大约二十几个人，大家的目光都四处打转，不知该看哪儿好，也不知道雅辛到底哪里不对劲，为什么用如此可鄙的态度对待铁匠的侄子，因此每个人都有种奇怪的感觉。沉默良久后，赛义德用拳头掩口咳了几声。身为主人，他必须对这情况有所决断。

他抬头用锐利的眼神望着雅辛，说道："小时候，父亲曾经告诉我一个故事，但是我以前一直不懂它的意义。在那个年纪，我还不知道原来每个故事背后都有道德寓意。故事是说，以前有一个很强壮的埃及人，在开罗地区很吃得开。他强壮得就像希腊神话里的大力士，做人处世既严以待人，律己也甚严。他的两撇胡髭很丰厚，形状让人想起山羊的双角。我已经记不得他的名字，但是他的形象却很深刻地印在我的脑海里。他就像正义的罗宾汉，在脚夫和赶骆驼工人充斥的广场上，不论是驾驶机具或卷起袖子帮忙，他随时准备为大家出力。当邻居之间意见分歧时，也都会来请求他仲裁，而他决断后就不容再有其他意见。不过他的话很多，既自负骄傲，又易怒、爱挑剔，而且因为没有人敢挑战他的权威，他便自封为低下阶层的王，整天居高临下、颐指气使，弄得大家连正面看他都不敢。他说什么，大家都照做。有一天晚上，警察局的局长突然传唤他，但谁也不晓得为什么。隔天他回家的时候，却不再像平常一样——他变得胆小懦弱、眼神畏缩，让人根本认不出来。他身上既没受伤，也没有被打的痕迹，但突然下垂的肩膀却明确显示他受到了污辱。回家以后，他就一直关在自己家里，足不出户。直到有一天邻居闻到腐烂的味道，撞开他家的门，才发现他直挺挺躺在床上，早已气绝多时。后来一名警察说，当强壮的大力士来到局长面前，他突然跪倒在地，请求原谅，可是局长根本没责怪他任何事。跪下的国土，从此再也没站起来了……"

"然后呢？"雅辛想知道故事到底有什么隐喻。

赛义德露出一抹挖苦的微笑说："我父亲的故事说到这里就打住了。"

"简直是胡说八道！"雅辛低声抱怨，发现自己根本无法猜出故事的寓意。

"我一开始也以为如此。后来才一直试着想找出这故事背后的意义。"

"可以告诉我吗？"

"不，我想出的意义只属于我。属于你的意义，应该由你自己去想。"

赛义德说完，就上楼回房了。

在场的客人都知道这表示聚会已经结束，纷纷穿上自己的凉鞋，离开赛义德家，

最后只剩下雅辛和他的"小喽啰"。

雅辛很生气，认为自己被耍了，在自己人面前被贬低了。没有搞清楚那个故事，休想让他离开。他对其他人点头告退，便上楼去敲赛义德的房门。

"我不懂这个故事。"雅辛对赛义德说。

"萨拉赫也同样不懂你刚刚说那些话的意思。"赛义德站在门口说，没打算请他进房。

"我被你的蠢故事搞得像白痴一样。我打赌这故事一定是你瞎掰的。根本没有什么寓意，只有愚蠢的废话。"

"你说的才是愚蠢的废话，雅辛。你的行为就像故事里那个开罗的大力士。"

"要是不想让我在你家放火，就告诉我故事的意义。我最讨厌别人自以为比我聪明。我绝不准任何人把我当成笨蛋，任何人都别想！我也许没受多少教育，但至少懂得维护自己的尊严。"

赛义德没有被吓倒，眼见雅辛的怒火升高，脸上的笑意反而变得更深了。

他停顿一下，语气平淡地对雅辛说："越是利用他人的弱点来威吓他人的人，自己就越软弱。他的勇气迟早会消耗殆尽，最后连灵魂也会失去。你霸道的行为持续好一阵子了，雅辛。你破坏了这里的规矩，不尊重部族中的长幼伦理；你一天到晚大放厥词，搞得全村子就只听得见你的声音。"

"凭什么要我在乎那些废物？"

"你的行为跟他们一样，只不过是五十步笑百步，没什么差别。在卡拉姆村，没有人有必要嫉妒他人，也没有人有权责备他人。"

"我不准你把我跟那些废物相提并论。我不是懦夫。"

"那就证明给我看。去啊。没有人阻止你。伊拉克已经和敌人开战很久了。每天，汽车炸弹、埋伏，还有轰炸，都在逐渐粉碎我们的家园。监狱里关满了我们的弟兄，死去的人多到连坟地都不够埋。而你，就只会整天躲在这个即将破碎的家乡里吹毛求疵、指责别人。你高高在上，到处宣泄你的怨恨和愤怒，发泄完就回家关灯睡觉，未免太容易了吧。想想你自己说的话，有本事就付诸行动，让那些美国人尝尝教训。不然的话，就冷静下来，靠边站。"

后来，根据我的双胞胎姐姐巴希亚的描述，雅辛一句话也没说，很没面子地离开了。赛义德的妹妹隔着门听见了整段对话，便告诉了巴希亚。

*****

苏莱曼的死，让卡拉姆村陷入混乱。全村简直不知该怎么面对这起不幸。上一次这里发生战争，得追溯到两伊战争。那已经是上一代的事情了。当时村里共有八个男丁战死，送回来时已经入了棺，当局甚至不准村民打开棺木。当时到底埋葬的是什么？是棺材板？壮烈牺牲的爱国志士？还是村子的尊严？然而，苏莱曼的事件却完全是另外一回事儿。这是一起可怕而丑陋的意外，村民甚至无法判定苏莱曼究竟算是为国牺牲，或者只是倒霉出现在错误地点的可怜人。耆老们想息事宁人，他们说，马有失蹄，人孰无过，况且美国中校已经真诚道歉了。他唯一不可原谅的地方，就是不该向铁匠提出赔偿。在卡拉姆村，我们从来不对服丧者提起钱的事。没有任何赔偿可以化解在儿子坟前痛哭的父亲心中的悲伤。要不是博士贾比尔的介入，这件事早就演变成双方的对立冲突了。

过了几个星期，村民渐渐恢复正常作息。逝者已矣。一个单纯孩子的惨死固然令人悲愤、伤痛，但，唉，生活总是要过下去。对万物一视同仁的主，连对圣人也不会偏颇顾念；只有魔鬼才会对自己的走狗施以小恩。

理发店里的辩论又重新开始，年轻人也回到信差咖啡馆去打发时间，桥牌玩腻了就玩玩骨牌。至于翔鹰巴苏拉的儿子赛义德则没停留多久，就因为急事赶回巴格达去了。为了什么急事？没有人知道。不过他在卡拉姆村的短暂停留却给大家留下了深刻印象。年轻一辈很受他的率直言语吸引，迷人的风采让大人小孩都对他尊敬有加。以后我和他还会有很多交集。教我如何尊重自己的人，是他；

教我游击战基本规则的人，也是他；还有，帮我打开至高牺牲大门的人，还是他。

赛义德一走，雅辛和他的同党又开始在村里四处晃荡，而且总是一脸怒气、四处挑衅，因此奥马尔变得很少出现在街上。自从上次信差咖啡馆的事件之后，奥马尔就活得像个影子，整天躲在家里，离群索居。要是被迫出门，就快速穿过街道，直到天黑才偷偷摸摸地回家。与其说他躲起来是不想遇上雅辛他们，不如说出门会使他想起自己所受的羞辱。街上的顽童常见到他在墓园深处喝酒，或者双手抱胸、醉倒在坟墓堆里，衬衫下摆大开、露出如鲸鱼般的胖肚子。直到有一天，他突然消失了。

我没有参加苏莱曼的葬礼。葬礼之后，我一直待在家里。那起事件的回忆不停地折磨我，不肯稍稍停歇，我只要一睡着，那个美国黑人大兵的吼叫声便立刻在我耳边响起；我梦见苏莱曼奔跑着，背脊僵直、双手摆动，身体一会儿歪向左边，一会儿歪向右边，背上还有好几道细小的喷泉正在喷发。我总是在他的头爆开的那一刻大吼着惊醒，然后看见巴希亚站在我的枕边，一旁放着一只锅子，里面堆满吸饱水的毛巾。"没事了，"她对我说，"我就在这儿。只是噩梦而已……"

有一天午后，表哥卡德姆过来看我。他终于下定决心离开那块矮墙边的大石头，并拿了一些录音带来给我。他第一次来的时候显得有些别扭，好像很怕打扰到我似的。他问起送我的那双鞋子是否合脚，气氛因此缓和。我回答鞋子还放在盒子里。

"鞋子是新的，你知道吧？"他问。"我知道，"我回答，"而且我明白那双鞋对你的意义。你的好意让我十分感动。谢谢。"

他建议，如果我已经准备好重新开始生活，就不要一直待在自己的房里。巴希亚和他意见相同。要重新回到正常生活，就应该克服意外带来的震惊。但是我暂时还无法上街，因为害怕大家要我描述意外当天在检查哨发生的一切细节。这样无异是在我刚愈合的伤口上再划一刀，因此我很害怕。卡德姆却不认同，他说："要是有人问起，就叫他们去撞墙好了。"

他持续来探望我。我们总是花好几个小时天南地北地聊天。一晚，多亏了他，我才能鼓起勇气走出我的窝。卡德姆提议我们走离村子远一点，让双脚活动活动，于是我们往海特姆的果园走去。在村子和果园中间，平原的地势突然降低，形成一道广阔的半圆形缺口，将绵延数公里的山谷分割成几块。砂岩堆和荆棘丛星罗棋布地散落于谷底河床。这里的风声听起来就像浑厚的男中音。

这天天气很好。尽管地平线蒙着一层沙，我们还是看到了一场美妙的日落。

卡德姆将随身听的耳机递给我，我认出里面播放的是黎巴嫩著名歌手法依鲁兹[1]的歌声。

"你知道我又开始弹鲁特琴了吗？"卡德姆问道。

"真的吗？"

"我正在创作几首歌，一完成马上让你听听看。"

"是情歌吗？"

"所有的阿拉伯歌曲不都是情歌吗？"他说道，"如果西方能够了解我们的音乐，如果他们能够听我们唱歌，经由齐特拉琴来了解

1　法依鲁兹（Fairouz，1935—　），黎巴嫩传奇女歌手。

我们的脉动，如果他们能够经由小提琴所表达的灵魂，来了解我们的心灵……这还只算开头。若是他们也听过苏卜希·法赫里[1]或瓦迪·萨菲[2]的歌声，还有阿卜杜勒·瓦哈卜[3]那永恒的叹息，阿斯马汉[4]那令人哀伤的呼唤，还有乌姆·库勒苏姆[5]的高八度音……假如西方人能够和我们一同领受这些音乐的奥妙，我想他们就会放弃他们的尖端科技、太空卫星，还有枪炮火药，进入我们的世界，追随我们的艺术了……"

跟卡德姆在一起，我感觉很自在。他总是能找到安慰我的适当字眼。他好像受神灵启示般的空灵声音也帮助我逐渐恢复生气。看着他重新振作起来，我也觉得放心了。他是个很好的人，不应该一辈子待在矮墙底下任自己沉沦。

"当时我几乎就要坠入谷底了，"他对我坦承道，"我太太死后，好几个月过去了，我的脑袋却变成一个骨灰坛，里面的骨灰阻挡了我的视线，还不断地从鼻孔和耳朵流出来。我在黑暗中，看不到光明的终点，直到苏莱曼死去，才让我复活过来。就像这样。啪！"他一边说，一边弹了一下手指，"他的死好像打开了我的双眼。我不能再如此下去，还没活过就死去。之前，我只是一直在忍耐，就像

1　萨巴赫·法赫里（Sabah Fakhri, 1933—　），来自叙利亚的阿拉伯歌手。曾为叙利亚国会议员，也是阿拉伯世界最具代表性的歌手之一。

2　瓦迪·萨菲（Wadih El Safi, 1921—2013），黎巴嫩歌手、作曲家与演员，被尊为黎巴嫩的文化象征，有"黎巴嫩之声"之称。

3　阿卜杜勒·瓦哈卜（Abdel Wahab, 1907—1991），埃及歌手与作曲家，被公认为最伟大的阿拉伯歌手之一。

4　阿斯马汉（Asmahan, 1912—1944），埃及女歌手、演员。

5　乌姆·库勒苏姆（Umm Kulthum, 1898—1944），埃及女歌手、作曲家与演员，被称为东方之星。

苏莱曼一样，我不懂自己到底为什么会遇上这种事，但是我不想像他一样结束。当我听到他的死讯，我的第一个疑问是'什么？苏莱曼死了？可是他真的算活过吗？'而且，表弟，这可怜的孩子跟你同年。我们每天看他在街上、活在自己的世界里，有时追着自己脑袋里的幻象狂奔；如今他死了，我却不知道他到底算不算活过……当我离开葬礼，机械性地要往我的矮墙走去时，我突然发现自己已经在回家的路上。我上楼回到房间、打开皮箱，放在杂物堆深处的箱子重得像具石棺。我把鲁特琴从琴盒里拿出来。然后，我是说真的，我都还没开始弹奏和弦，心中便立刻响起即兴流泻的曲调，就好像被附身、着了魔一样。"

"我真等不及想听听看了。"

"只要再修改几个小地方。"

"你已经取好歌名了吗？"

他看着我的眼睛说道："我很迷信。事情在完成前就公布会带来厄运的。不过为了你，我可以破例一次，只要你帮我保守秘密。"

"一言为定。"

此时，他的眼睛在昏暗中闪起了异样的光芒。他偷偷告诉我："我把这首歌取名叫《巴格达的金嗓女妖》。"

"这女妖唱出的是媚惑的迷人歌声，或是醒世的警报？"

"这就由人各自想象了。"

第五章

卡拉姆村的日常生活又回到了过去的老样子，空洞而贫乏。人若是一无所有，还是能如常过活。拥有，只是一种心态问题。

人只是一种可悲、狭隘的生物，一生在世不过是偷偷摸摸追求名利，强忍着痛苦，生来就注定像希腊神话的西西弗斯[1]般，不断承受苦刑，直至死亡到来。

日子一天天过去，就像飘荡的无主孤魂。一大清早，既不优雅也无巧饰的平淡生活无来由地就开始了；到了夜晚又偷偷摸摸地消失，被夜的幽暗吞食无踪。然而，生命依然不停诞生，死亡也不停发生，以维持生死的平衡。我那七十三岁的邻居今年第十七次当爸爸，而我的舅公也在子孙的围绕下，于今年寿终正寝。人生在世就是如此。沙漠的风带走的，记忆会将它归还；沙尘暴抹去的，我们会用双手再次将它的轮廓描绘出来。

计程车司机哈立德把女儿嫁给了村子附近经营果园的海特姆。这还是海特姆家族第一次和我们村里的人联姻，有人甚至宣称这根本是一场玩笑，因为富有低调的海特姆家族物色媳妇通常都会往大城市去，找那些比较开放的人家，她们懂得社交礼仪，也知道如何

---

1 希腊神话中的悲剧人物，被天神宙斯惩罚，必须将巨石推上山坡，一旦到达山顶，巨石又会滚下来，如此往复。意喻无穷无尽、徒劳无功的苦行。

接待上流人士。海特姆家族的突然改变，确实让不少人很是讶异，不过回归本土总算是好现象。他们家族对我们摆架子已经不是一两天的事，但既然他们家的孩子爱上了我们村里的女孩，我们也就不太去严苛挑剔他们了。无论如何，即将到来的婚礼，不管穷或富，都值得一去，因为总算有个令人开心的活动，可以改变一下我们日复一日的乏味生活，好过要命的空虚！

信差咖啡馆也有一些新的变化。老板添了一台电视，还附一根弯弯的天线。电视是翔鹰巴苏拉的儿子赛义德捐的，说是为了"时时提醒卡拉姆村的年轻人，勿忘祖国正在发生的悲剧"。结果，从装电视的那天早上到隔天，不入流的小咖啡馆突然成了一间专供激动小兵们聚集的食堂。老板马吉德都快疯了。店里的财务状况本来就已经不好，现在客人们更是背着背包，把大堆饭菜都带来店里吃，这对咖啡馆的经营来说简直是末日，客人却一点儿也不觉得不好意思，每天早上脸还没洗，就跑来敲门，要马吉德开店，让人怀疑他们是不是晚上根本就睡在门口等待天明。电视一开，大家总是把全部的频道先浏览一遍，以"掌握人间的脉动"。接着频道就会锁定在半岛电视台。

每到中午，小咖啡馆便充斥着兴奋过度的年轻人，评论和谩骂都达到高潮，画面每报道一段国家的惨剧，抗议与威胁要杀人的叫喊就大到撼动整个地区。要是有人对战争持保守态度，主张防守，大家就报以嘘声；对持激进态度、主张与美国人展开大战的人，大家便鼓掌欢迎。看见那些被收买的议员，观众会大声嘘他们，骂他们是机会主义者、美国的走狗。雅辛和他的同党每天占据最前排的位置，好像特别来宾一样，即使他们晚到，位子也都会为他们空着。

第二、三排坐的是附和他们的人。坐在咖啡馆最里侧的则是那些毫无用处的人。老板根本不知道自己该做什么好，他双手撑着头，装茶的保温瓶被晾在柜台一边。他痛苦地斜睨这群像麻雀般嘈杂的人在令人目瞪口呆的混乱中破坏着咖啡馆里的家具。

刚开始几天，卡德姆和我也都会去信差，为了听些新鲜的想法。有时候几句胡说八道就可以让大家笑到几乎把木棚屋顶给掀了；而让我们俩恢复健康的最好方式，莫过于听听这种超乎常理的可笑意见。看眼前这些眼神空洞的人扮演可悲的小丑，对我们而言就是最有效的治疗。但是玩笑开久了也会物极必反。狡猾的人经常为了引大家发笑，一有机会就开骂，完全不理会他人的心情，逐渐开始让人觉得不愉快了。这种情况似乎可以预见，雅辛也顺水推舟、成为理应重建秩序的人。

夜晚已降临一段时间，大家还在看半岛新闻。新闻主播将镜头带往费卢杰，伊拉克军队在美军支援下正与当地的民兵反抗军作战。被包围的城市声称他们宁死也不会放下武器。新闻说已经有上百人死亡，大多为妇女与儿童。咖啡馆里立刻陷入一股如葬礼般的沉默，折磨着大家的心。我们看着这场等同于屠杀的围城，却无能为力。一方是装备精良的军队，有坦克、直升机，还有无人驾驶的飞机；另一方则是一群手无寸铁的平民，被一小群衣衫褴褛、饥饿无援、四处逃窜的所谓"反抗军"挟持，而他们手上只有轻型枪支和积满污垢的小型火箭炮。此时，一名留着络腮胡的年轻人突然大喊："这些美国异教徒永远别想上天堂！真主会降祸在他们身上，美国大兵一个也别想安然离开伊拉克！继续耀武扬威吧，他们迟早会像从前的异教徒一样，被神之燕[1]咬成肉酱。真主一定会派来他的燕子、惩罚美国人！"

"胡说八道！"

大胡子闻言突然僵住，喉结因紧张而上下移动。

他转身面对说话的"亵渎者"。

"你说什么？"

"你听见了。"

大胡子非常震惊，充血通红的脸因愤怒而扭曲："你说我胡说八道？"

"没错，胡说八道！我说你胡说八道，就是这四个字，一个字也不差，胡、说、八、道。有问题吗？"

整间屋子里的人都转过身来看这两个年轻人到底想做什么。

"你明白自己在说什么吗，马利克？"大胡子喘着气问道。

"当然。说蠢话的是你，不是我，哈伦。"

室内一阵骚动。

雅辛与他的同党饶富兴味地看着咖啡馆里的这段对话。大胡子哈伦看起来气得快要中风了，马利克的亵渎、无礼已超越了界线。

"我说的是神之燕，你知道吗？"大胡子痛苦地呻吟道，"那是《古兰经》里的重要章节啊！"

"我不懂这和费卢杰发生的事情有什么关系，"马利克一点也不肯让步，"我在屏幕上看到的是一个被包围的城市、一堆处在废墟里

---

1 根据《古兰经》描述，神在"大象战争"中，将"燕子"与"标有天上记号"的石头飞降在敌人头上。燕子因此意喻天谴、神怒。

的穆斯林、一些在火箭和导弹下死里逃生的人；一群无法无天的野蛮人正包围我们，在我们自己的国家把我们的同胞践踏在脚下，而你还在讲什么神的燕子。你有稍微想过这有多荒谬吗？"

"别再说了，"哈伦警告他，"你被恶魔附身了。"

"是啊！"马利克讽刺地继续说道，"只要论点站不住脚，就说人家被恶魔附身。醒醒吧，哈伦，神之燕早就跟恐龙一起绝种了。我们的历史都快三千年了，那些外国杂种还在侮辱我们、杀害我们，这就是真主赐予的生活。伊拉克被占领了，先生，看看电视吧！电视上说什么？你装着一副博学模样、捻着胡子的时候，到底从电视上看到了什么？肮脏的异教徒正在奴役穆斯林，使高贵的人变得堕落，把我们的英雄都当成疯子关进牢笼。在监牢里，肥胖的女兵扯他们的耳朵、捏他们的卵蛋，还拍下照片留给后世观看。真主不把他们赶回去，还在等什么？他们一直在他的圣殿嘲笑他，也在他信徒的心里嘲笑他。这些混蛋趁我们举行市集、祭典的时候轰炸我们，像宰杀畜生一样到处杀害我们的同胞，为何真主还迟迟不行动？那些在大象战争中把践踏圣地的敌人啄成肉酱的燕子——你说的神之燕——到底在哪里？我刚去过巴格达，亲爱的哈伦，细节就不说了，但是我告诉你，伊拉克人民真的孤立无援，只能靠自己！援助不会从天而降，没有奇迹会来解救我们。真主有别的事要忙。每天晚上，当我躺在床上，屏住呼吸，安静倾听，我甚至无法听到神的呼吸；整个夜晚，每个夜晚，都是属于敌人的。而到了早上，当我仰望天空祈祷时，我只看到敌人的直升机——那才是敌人的神之燕！而那些燕子拉的屎还会着火把我们给埋了。"

"现在我一点也不怀疑，你真的把灵魂出卖给恶魔了。"

"我已经很恭敬地把灵魂献给他，可惜他不肯收。"

"求主原谅！"

"对了，美国大兵正在亵渎我们的清真寺、侮辱我们的圣人，把我们的祷告当成封在罐子里的苍蝇嗡嗡叫，而你的真主到底要等到何时？到底要怎样他才肯出手？"

此时雅辛突然大吼一声："你还期待什么，笨蛋？"

所有人都不敢与雅辛四目交接。

雅辛双手叉腰，轻蔑地看着亵渎真主的马利克说："我问你期待什么，啊？你期待真主会骑着白马，穿着斗篷，乘风而来，然后亲自和那些智障杂种打一仗吗？"最后他放低声音补一句："我们才是神之燕。"

他的吼叫声在咖啡馆里制造了爆炸性的效果。此刻店内安静得只听得到吞咽口水的声音。

马利克想迎战雅辛的视线，却忍不住紧张地吞起口水。

雅辛用手掌拍打胸口："我们要让他们瞧瞧真主的愤怒！我们就是神之燕、神之雷电、神之怒吼；我们要教训那些美国佬、践踏他们，直到他们屁滚尿流、肚破肠流！听清楚了吗？你懂了吗？你到底知不知道真主的愤怒在哪儿，小蠢蛋？真主的愤怒就在这里，在我们身上！我们要把那些恶魔一个一个赶回地狱，一个也不留下，就像每天太阳从东边升起一样理所当然。"

当雅辛边说边穿过整间店走到后头时，众人焦急地让路给他；他双眼狂热地盯着那个亵渎者，呼出的气息让人联想到步步进逼猎物的大蟒蛇。

他走到马利克的面前停下，把脸贴近对方的，眯起双眼以集中视线放出火力："要是让我再听到你说一句分裂我们信仰的话，或听到你质疑我们未来的胜利，我当着这里所有人的面，向真主发誓，我一定会亲手把你的心给挖出来！"

此时卡德姆拉拉我的衣角，撇头示意我跟他离开。

"气氛好像带电一样紧张。"我对他说。

"雅辛脑袋烧坏了。就算给他穿十件神经病的束缚衣，也无法制服他。"

卡德姆说着，一边递烟给我。

"不了，谢谢。"

"抽吧，"他坚持，"可以让你改变一下心情。"

我只好让步，却发现我伸出去拿烟的手正在颤抖。

"他真的让我很害怕。"

卡德姆先把打火机递给我，然后才帮自己点烟。他仰头在微风中呼出烟雾，说道："雅辛是个蠢货。我觉得他随时都可能跳上车、跑去巴格达参战。这种戏码总会演腻的，不然就会惹火真正的敌人。我们上我家去吧？"

"有何不可？"

卡德姆住在石造小屋里，就在清真寺后头。那是他父母的家。他父母是一对老而多病的夫妇。他带我上二楼去他的房间，里面很宽敞、明亮。他有张周围铺着小毯的双人床、一组"台湾制造"的音响，放在两个巨大音箱旁边，看起来有点矮小。他还有个侧面附镜子的五斗柜，以及一张连着椅垫的扶手椅。

靠近门边的墙角，竖立在一块雪白公羊毛上的是一把鲁特琴——就是"那把"鲁特琴，东方交响乐团之王，最高贵、最神秘的乐器。鲁特琴足以将他的演奏能耐提升到神的地位，可以把赌场变成最高贵的帕特农神庙。我知道关于这把鲁特琴的奇特故事：它是卡德姆的祖父亲手打造的，他也是举世无双的音乐家，1940 年代走红于开罗地区，后来又征服了贝鲁特、大马士革、安曼，成为整个阿拉伯世界由东到西无人不晓的传奇。卡德姆的祖父曾为王子与苏丹国王表演，不论平民还是暴君都醉倒在他的音符之下；他的演奏也虏获了不少女人与孩童的心，无论妻子或情人都为他的音乐倾倒。传言他引起阿拉伯富有阶层家庭不计其数的夫妻冲突，有一次，一位嫉妒心很重的上尉还在亚历山大城朝他的肚子开了五枪，当时他正在"克利奥帕特拉"夜总会昏暗稀疏的光束下演奏。那个夜总会可是 20 世纪 50 年代末期最时尚的去处。

鲁特琴对面放着一个雕刻相框，好像主人刻意为了时时不忘影中人对他的影响似的，显眼地放在床头柜上。照片里是法坦，卡德姆的第一任妻子。

"她很漂亮，不是吗？"卡德姆一边把外套挂到墙上的钉子上，一边说道。

"确实很漂亮。"我承认。

"这个相片从来没移动过。即使是我第二任妻子也一直让它留在那儿。当然她很介意，但她还是表示理解我的心情。只有一次，在新婚之夜，她伸手把相片背转过去，因为她说不敢在法坦率直的视线下脱衣服。后来，她也渐渐试着和那照片共处。你要喝茶还是咖啡？"

"茶。"

"我下楼去给你拿。"

他一下子冲下楼去。

我靠近相片观看，里面年轻的新娘微笑着，脸上洋溢的光辉几乎让周围的灯光都相形失色。我想起当我们都还是青少年的时候，常看到她跟她母亲上街买东西；我们一发现她，就会急急忙忙地绕过那些曲折的巷子，想趁她经过时偷看她。她真的是非常美丽。

卡德姆拿着托盘回来了。他把茶壶放在五斗柜上，亲自为我们两人斟了两杯热腾腾的茶。

"我从第一眼看见她，就爱上她了。"他突然对我这么说，让我很惊讶（在卡拉姆村，大家从来不会谈论这类话题）。"当时我才七岁，"卡德姆又接着说，"我虽然没有特别早熟，却已经知道我们两个注定要在一起了。"

他将一只杯子推向我，眼中满是闪烁的光彩，像置身在云端，笑得很开心，平时紧蹙的双眉也舒缓下来。

"每次我听见鲁特琴的声音，就想起她。我觉得我之所以想成为音乐家，就是为了要歌颂她。她是个很棒的女孩，大方又谦恭。有她在身旁，我再也不需要其他任何东西。她就是我期盼的一切。"

一颗眼泪在卡德姆的睫毛上滚动，几乎就要落了下来。他立刻转身，假装忙着摆好茶壶盖。

"好啦，我们来听听音乐吧。"他说。

"好主意。"我立刻同意他的提议，感到松了口气。

他翻找抽屉，拿出一卷录音带，放进收音机里。

"听听这个。"

又是阿拉伯天后法依鲁兹，她唱着那首永不凋零的老歌《让我来吹笛》。

卡德姆躺在床上，双腿交叠，手里握着茶杯，感叹地说："唱得真好，就算天使也及不上她的万分之一。她的声音已经不只是歌声，而是宇宙发出的永恒叹息……"

他用手肘撑起身子，凝视着我，但眼神却穿过我，好像我隐形了一般。

他把这首歌听了一遍又一遍，一副心醉神迷的样子。

"你知道吗？要是让我选择一个能够救赎灵魂的声音，我一定选法依鲁兹。像此刻这样听着她的声音，仔细品味歌声里最细微的颤动，就让我觉得有种……好像已经活了千年，却又像朝生暮死的感觉。"

我们把录音带一直听到最后，沉浸在各自的小宇宙里，就像两个迷失在自己幻想世界里的孩子，完全听不见街上顽童的吵嚷；我们已飞舞在小提琴的漩涡中，远远离开了卡拉姆村、离开了雅辛和他的过激行为。金黄色的阳光将我们暖暖地包裹着。此刻，我仿佛看见相框里去世的法坦脸上也闪动着微笑。

卡德姆卷起一根大麻烟，津津有味地吸着，安静地微笑，时不时随着法依鲁兹那永恒不渝的歌声，用一只手懒洋洋地打起拍子。她重复副歌的时候，卡德姆也开始跟着哼唱，胸口为之起伏。他的歌声也很优美。

"你何时才要让我听你那首《巴格达的金嗓女妖》？"

他扬起一边眉毛，用手指着我说："你啊，真是不肯放弃。"

"你自己答应我的。"

他转身用手肘撑起身子，对我说："时机到了，自然会让你听。"

录音带播完，卡德姆又换了一卷，接着又是一卷，从哈菲兹[1]、阿卜杜勒、尤尼斯[2]，到阿塔布[3]等，都是阿拉伯音乐中的经典。

就在我们心满意足地抽着大麻烟、听着好音乐之际，夜幕不知不觉地降临了。

*****

赛义德的电视在卡拉姆村造成了严重的混乱，最后成了有害的礼物，只给村子带来吵嚷和纠纷。其实村里很多家庭都有电视，但是在家里，父亲兄长都在场，个人看了电视有什么评论，也只能留在自己心里；在咖啡馆就不同了，看到不满意的新闻，可以喝倒彩，可以辩论，也可以随心情改变自己的观点。赛义德这个礼物算是达到目的了：憎恨就和笑声一样会传染，争论一旦开始，对立两方之间的鸿沟就只会越来越深。有些人上信差咖啡馆是来娱乐的，但现在却有另外一些人认为他们是来"受教育"的。最后，后者的主张还是压倒了前者，全体也就开始一起关切追踪国家正在发生的不幸。费卢杰、巴士拉的围城，还有其他城市发生的流血攻击，大大地搅动了村民的心绪。恐怖袭击会激起暂时的恐惧，但更常令大家感到振奋。每遇新闻报道哪里的埋伏成功，村民便高兴地喝彩；若是报道说哪个小型武装冲突遭遇挫败，村民便大感惋惜。萨达姆被捕的

1　哈菲兹（Abdel Halim Hafez, 1929—1977），20 世纪 50 到 70 年代中东最受欢迎的歌手，阿拉伯人将其誉为四大歌王之一。
2　尤尼斯（Hiam Younes, 1945— ），黎巴嫩歌手。
3　阿塔布（Najat Aatabou, 1960— ），摩洛哥歌手、词曲作家。

消息却让大家感到困惑了：国王像老鼠一样被擒获，邋遢的胡子和迟钝的眼神让人几乎认不出那就是萨达姆。过去不可一世的独裁者，如今却被美军像战利品般可耻地展露在全世界的人面前。对雅辛来说，这一幕才是对伊拉克人民最严重的侮辱。他提醒我们，没错，萨达姆是怪物，但终归是我们伊拉克的怪物。这样侮辱萨达姆，就等于是在侮辱整个阿拉伯世界。

我们越来越不知道该如何看待事情：到底怎样的恐怖袭击才算是英勇的义行？怎样又是懦夫的行为？有时今天还受毁谤辱骂的事件，隔天却又受到认可、歌颂。各种意见在不可靠的哄抬与许诺间碰撞，斗殴事件因此变得越来越频繁。

情况逐渐失控，但村里的耆老拒绝公开介入，只希望大家私下告诫自家的孩子尽量别往外跑。卡拉姆村的村民面临历史上前所未有的严重隔阂。经年累月积聚下来的沉默与忍让，却转变成暴虐，开始浮上台面，就像淹死的尸体，突然厌倦于沉没在河底，想冒出水面来吓吓活人。

雅辛和他的同党——双胞胎哈桑和侯赛因、铁匠的侄子萨拉赫，还有理发师的儿子阿代勒和比拉勒一干人等突然消失。与之前相较，村子又变得宁静多了。

三个星期后，距离村子大约二十公里外的废弃抽水站突然遭不明人士纵火。有人说，有一队伊拉克巡警遭到伏击，而且官方的部队好像还有人死亡，两部汽车被毁。攻击者也抢走一些军火。谣言甚嚣尘上，将这起埋伏事件提升到武装攻击的层次。街上到处有人传说在夜里看见逃走的袭击部队，可是谁也没能接近到认出他们的身份，或者抓住他们。村里因此弥漫着一股紧张气氛，人人提高警觉；大家每天都在等待新闻从"前线"传来，并认为这附近一定会再发生事情。

某天晚上，终于有一架直升机掠过村子上空。这还是美军占领伊拉克以来的头一遭。直升机总共在这区来回盘旋了三次。看来已经没什么好怀疑的了：这里一定会有事情发生。

村民都在等着迎接更可怕的厄运。

然而，十天、二十天、一个月都过去了，却什么事也没发生，既没有派遣军队，也没看到一丝行动的鬼影。

既然村子看似已经脱离了军事行动的目标，村民也就渐渐放松下来。耆老们又开始上理发店辩论时事，年轻人也回到信差咖啡馆继续吵嚷喧嚣。沙漠里的生活再度回复光秃秃的一无所有，和无止境的平庸乏味。

一切仿佛又回到了正轨。

第六章

计程车司机哈立德今年三十一岁。他戴着廉价的太阳眼镜,把头发抹油全部往后梳。他跑到门前的路上,不耐烦地频频看表。尽管天气热得要命,他却穿着正式的三件式西装,只是西装很旧,看起来好像从上辈子就一直穿到现在;他的脖子上还系着一条橙黄底栗色条纹的领带,颜色鲜艳到看起来有些可笑,还垂在他的肚子上。他不时从西装口袋里拿出一把迷你小梳子来梳整他的胡须。

"他们来了吗?"他向站在阳台监视的十四岁儿子问道。

"还没。"男孩回答。虽然背对着太阳,他却把手掌像敬礼似的抬在眉尾处,好像在遮阳一样,眼睛盯着远方。

"他们到底在干什么?希望不会突然改变主意才好。"

男孩踮起脚尖巡视远方,以显示自己正尽心尽力做好监视的工作。

海特姆家族让他们等了很久,已经迟到了一个半小时,果园方向却还看不到一丝车队激起的沙尘。卡拉姆村这边,送嫁的车队早已准备好了,总共有五辆车,全都擦得晶亮、绑上装饰缎带,停在新娘家的前院。由于天气太热,全部车门都打开来了。有个男子负责看顾车子,烦躁地驱赶围绕在一旁的孩子们。

哈立德不知道第几次看表,最后也跑去阳台跟儿子一起监视远方。

海特姆家并未邀请很多卡拉姆村的村民参加婚礼。经过精挑细选后,他们的宾客名单很短,只有大长老和他的老婆们、博士贾比尔家、翔鹰巴苏拉，还有他家的女儿，再加上五六个其他知名人士。我父亲并未有幸得此殊荣。虽然三十年来他一直负责海特姆家的灌溉工作，整片果园的每一口井都是他开凿的，所有的汲水泵、旋转自动洒水器也都是他装的，大部分的灌溉渠道也都是他规划的，但是在老东家海特姆的眼里，他依然只是个陌生人。我母亲认为他们这种态度十分忘恩负义，不过一向待在老树底下念经的父亲却丝毫不在意，反正他也不怎么想去凑这个热闹。

夜晚降临村子，数千颗星星撒满整片天空，但酷热的气温依然不肯让出宝座，看来暑气可能要持续到深夜。卡德姆和我在我家阳台上摆了两张吱嘎作响的椅子，一边喝茶乘凉，一边望着邻近海特姆家的果园。

因狂风卷起了沙尘暴，从果园到村子的道路看上去泛着白光、忽隐忽现。目前似乎还没有任何车辆打算上路。

巴希亚不停地过来关心我们，问我们需不需要任何东西。我觉得她似乎有些兴奋，而且越来越频繁上来关心我们，一会儿送饼干，一会儿帮我们添茶，最后弄得我都有些难为情，也开始注意起她来。姐姐很喜欢卡德姆，她隔着玻璃偷偷看他的时候，被我逮个正着。我微笑地望着她，结果她羞得脸都红透了。

车队终于抵达了，村子随之陷入疯狂的欢庆，大家到处乱鸣喇叭、开心地大喊大叫；街上挤满了鼓噪的孩子，左求右求，就是为了想靠近饰满鲜花的豪华奔驰礼车。车子好不容易才从人群中开出一条路。海特姆家也没吝惜花钱：十辆迎亲轿车都是大汽缸的车子，挂满了各色亮片、气球，还有四处飘扬的长长彩带，夸张的装饰看起来简直像圣诞树。驾驶员一致穿着白衬衫，打上正式的蝴蝶领结；一名从城里请来的摄影师将会用摄影机记录这永恒的一刻，他把摄影机扛在肩上，身边跟着一大群顽童，闪光灯则不论对象地闪个不停。

　　新娘出场的时候，现场的卡宾枪鸣响了好几声礼炮。新娘穿着白纱，看起来美极了。当新娘的队伍绕清真寺一周，然后再走回马路上时，人群间起了不小的骚动。孩子们追在车队后面极尽能事地又喊又叫，所有参加婚礼的体面人士则陪同新娘离开村子，沿途把路上的流浪狗都赶跑了。

　　卡德姆和我站在阳台的栏杆旁看着新娘的队伍。卡德姆沉浸在他的回忆中，我则对这盛大的场面感到既有趣又惊讶。远处看去，在逐渐降临的夜幕下，还能从黑暗的果园间隐约看到庆典的光亮。

　　"你认识新郎吗？"我问表哥。

　　"不算认识，但五六年前在一位音乐家朋友的家里见过。人家没有介绍我们认识，但我看他应该是个单纯的人，不像他爸爸。我认为这是桩好姻缘。"

　　"希望如此。哈立德是个好人，他的女儿也很和蔼可亲。你知道我喜欢过她吗？"

　　"我不想知道。她现在已经嫁作人妇，从此属于别人，所以你最好忘了她吧！"

　　"我不过说说罢了。"

　　"连说都不该说，就连想想都是种罪恶。"

　　巴希亚又来了，眼神充满热情。

　　"你留下来跟我们一起吃饭吧，卡德姆？"她声音发颤，快速问道。

　　"不了，谢谢。我爸妈有些不舒服。"

"不行，你得留下来吃饭，"我断然对他说，"都快九点了，要是你在我们开饭的时候离开，很失礼的。"

卡德姆抿着嘴唇，有些迟疑。

巴希亚在等他的回答，紧张得把自己的手都捏痛了。

"好吧，"最后他让步，"我也很久没尝尝阿姨烧的菜了。"

"晚餐都是我准备的喔！"巴希亚提醒他，脸上满是光彩。

然后她就像个期待庆典的小女孩般开心地跑下楼。

*****

晚饭还没吃完，就突然听到远方传来爆炸的声响。卡德姆和我立即离开餐桌，登上阳台查看。邻居也都跑到自家阳台上。街上有人在问到底发生了什么事，可是除了果园那边透露些许微光之外，平原上一片平静。

"是飞机！"有人在夜里大喊，"我看见一架飞机从天上掉下来了！"

一阵跑步声从街上传来，朝出事的方向而去；邻居纷纷离开阳台下楼，想到街上打探消息。街上到处是聚集的村民，他们的身影在黑暗中形成令人担心的混乱。"是坠机！"有传言说，"易卜拉欣看见有架着火的飞机掉下来！"村里的广场满是好奇的村民；妇女们依然站在家门前院，试图从路人口中得知一点消息。"有飞机坠毁了，还好离这里很远。"有人向她们保证，要她们安心。

忽然，一辆亮着大灯的车子从果园方向驶来，冲向马路，高速往我们村子驶来。

"出事了，"卡德姆看着车子以疯狂的速度一路颠簸而来，对我说，"大事不妙！"

他冲下楼梯。

车子在连接卡拉姆村的道路上蹦跳起伏，差点失控。一路上我们都听到驾驶员断断续续按着喇叭，可是和刚才庆典的喇叭声不一样，听起来令人不安。车子的大灯现在已经可以照到村子最外围的房屋了，喇叭声也猛烈地敲击着村民的耳朵。车子穿过足球场地，滑动了好几米，在清真寺前扬起的一片沙尘中紧急刹车。驾驶员一跳下车，群众立刻跑向他。他的表情扭曲，眼中闪烁着恐惧，一边用手指着果园的方向，一边口齿不清地说着大家听不懂的话。

没多久另一辆车接着抵达，车上的驾驶员连下车都来不及，就对着我们大喊："快上车！海特姆家那边需要帮忙！庆典中途突然有个炸弹从天而降！"

了解事情严重性的人纷纷开始往各个方向奔跑。卡德姆把我推上第二辆车子的后座，然后自己也跳上车坐在我旁边，后来还有三个青年跟着挤进来，另外又有两个人挤到前座。

"快啊！"驾驶员对群众大吼，"要是找不到车，就走路过去！那里有很多人被埋在瓦砾堆里！把找得到的工具都带上：铲子、毛毯、被单、药箱，然后快点赶过去！拜托你们一定要快！"

说完他立刻回转车子，往果园的方向冲去。

"你确定是导弹轰炸吗？"车上一个人问他。

"我不知道，"仍然处于震惊当中的驾驶员回答，"我真的什么也不知道。宾客本来都在玩闹，突然一片混乱，桌椅四分五裂、到处乱飞。太疯狂了！从没见过这种事！到处都是尸体，大家都在哭喊。要不是导弹轰炸，那一定是天降神雷了。"

一股不舒服袭来。我不懂自己为何要上车,在黑夜中冲往那个人间炼狱。我不懂自己为什么会答应去目睹那场恐惧。我才刚刚经历过一桩可怕的惨案,尚未从中恢复过来。一道冷汗从我背后流下来,我的前额也冒着汗。我看看驾驶员,看看坐在前座的人,再看看我身边紧咬着嘴唇的卡德姆,简直无法相信自己竟然答应跟他们一起过来。"你想去哪儿,可怜虫?"我心里有个声音对自己大吼。不知道是车子的颠簸使我摇晃,抑或是我自己的身体在打战。我一直责怪自己,下颌紧缩,双拳紧紧握住逐渐在腹部聚集的恐惧。你想跑到哪里去呀,蠢蛋?"我心里的声音又骂道。渐渐地,我们越来越接近果园,我的恐惧也越来越扩大、膨胀,却又有种迟钝麻木侵入我的四肢与精神。

果园埋没在一片令人不安的黑暗中。我们穿过果园,像是穿越一片受诅咒之地。海特姆家的房子没事,但房子的台阶处却立着几个影子,一些人跪在阶梯上,双手掩面,另一些人则靠在墙上。出事的地点是在花园那边,离这里还有一小段距离。那里立着一幢高大的建筑,想必就是举行宴席的地点,现在被包围在层层冒烟的瓦砾堆中,熊熊燃烧着。爆炸的威力将座椅和宾客抛散在方圆三十米的区域内。生还者衣衫褴褛、四处游荡,像盲人一样伸出双手摸索着前进;走道旁排列着几具尸体,支离破碎,烧得焦黑。车辆的大灯照亮了好似屠宰场般的现场,生者像幽灵一般在瓦砾堆中四处逃窜。还有号叫声,无止境的咆哮、呼唤与呐喊仿佛占领了此地。妇女在混乱中呼唤寻找着自己的孩子,越是得不到回应,便越加声嘶力竭。还有一名浑身是血的男人跪倒在亲人的尸体旁,止不住地号啕大哭。

一下车，我便感觉自己的身体好像被恶心感切成两半似的，四肢着地趴在地上，翻肠倒胃地吐了起来。卡德姆试着扶我起身，但很快他便急忙加入救助伤患的行列。我好不容易扶着一棵树站起来，双手撑着膝盖，看着眼前这场疯狂的混乱。从卡拉姆村赶来的车子陆续抵达，载着更多志愿帮忙的人手，带着铲子和小包袱出现。毫无组织的救援让场面更显失控。村民徒手搬开着火的梁柱和坍塌的墙面碎块，搜寻生还者的踪影。某人把一名垂死的伤者拖到我面前。由于伤者似乎渐渐瘫软，即将昏迷，于是他一边用力拍打伤者的脸颊，一边哀求道："千万别睡着啊！"另一人走过来看了一眼，便说："走吧！你已经无能为力了。"但那个人仍然固执地拍打将死之人，力道越来越大。"撑着点，喂！我叫你撑着点啊！"另一人又对他大吼："撑什么？你看清楚，他已经死了！"

我像在梦游一样摇晃着站起来，朝火场中心奔去。

不知道过了多久，我一直待在那里，前后左右转来转去帮忙。当我回过神来，只见自己双手沾满鲜血，又肿又淤血，手指的关节也受了不少擦伤。因为太不舒服，我跪了下来，肺里充满了火场的黑烟与尸体燃烧的臭味。

*****

黎明在悲凄中来临。

黑烟像是焚烧的祷告，从被炸毁的建筑物间冉冉升向天空。空气中弥漫着一股浓重的臭味。死者共有十七人，大多是妇女和儿童，尸体被摆放在花园侧边，用床单掩盖着。护士与家人围绕着的伤者此起彼落地痛苦呻吟。救护车不久前才赶到，负责抬担架的人简直不知该从哪里开始。大家渐渐搞清楚状况，不再那么困惑。然而越清楚这场灾难的规模，群众的焦躁不安也越发升高。三不五时就会有某个女人发出一声哀号，接着全场的人便再次陷入歇斯底里的号叫与呐喊之中。有些人则是困惑而呆滞地在原地打转。警车赶到了，是伊拉克警方，他们的头头立刻遭到群情激愤的生还者包围质问。情况失控了，在场的人开始朝他们扔掷石块，警察只好迅速上车逃离现场。一个小时后，警察再度回来，这次带了两卡车的士兵增援。一名肥胖的警官要求与海特姆家的代表谈话，但立刻遭人扔掷石头；士兵对空鸣枪，使群众冷静。此刻，大批电视台记者也包围了现场。一名有亲人遇害的父亲一边指着灾难现场，一边对记者大吼："你们看！死的全都是女人和孩子！我们正在举行婚宴，哪有什么恐怖分子！"他拉着摄影师的胳膊，要他拍那些蜷缩在草地上的尸体："那些朝我们扔导弹的人，那些混蛋……他们才是恐怖分子！"

双手裹着纱布、穿着破烂的衬衫和沾血的长裤，我离开了果园，像是走向迷雾一般，蹒跚地往家的方向走去。

第七章

我生来就是多愁善感的人，即使是他人的悲伤，也经常使我同情到不堪负荷。面对不幸，我根本不可能无动于衷。从小我就经常躲在自己房里哭，房门锁得紧紧的，生怕被我的双胞胎姐姐撞见。毕竟我还是不愿被女孩子撞见自己泪流满面的样子。大家常说巴希亚比我坚强，不像我那么爱哭。我也不会认真去和她比较，因为我就是我，我就是这么脆弱，像瓷器般易受伤害。母亲常告诫我："你要坚强，要懂得放下，不然对别人、对你自己都没好处。你运气太差了，才会总是因为别人的命运感到痛苦。"可是怎么劝也没用。野蛮的人不是生下来就野蛮，而是逐渐变成野蛮人；智者也不是生下来就有智慧，而是经年累月习得了智慧。而我既然生在不幸之中，不幸也就自然与我亲近、伴我成长。我对所有的痛苦都会自然感同身受。至于我到底该不该改掉这一点，就留给上天决断了。若是该改，神自然会修正；若是没必要改，他也就不需有任何动作。

念书的时候，同学也因此把我当成柔弱的懦夫，把我欺负得很惨。不过就算不甘愿被欺负，我也从未还手。我的拳头总是放在口袋里，绝不反击。久而久之，因为我总是忍耐，其他孩子觉得没意思，也就不再来烦我了。其实我不是懦夫，只是讨厌暴力。当我在游乐场看见其他孩子鲁莽的行为，我总是缩着脖子，很担心上天会因此降下惩罚。也许，海特姆家发生的事给我的感觉就是如此：像上天降下的惩罚。我觉得那场被诅咒的婚宴，还有当晚不绝于耳的哀号，大概永远也无法从我脑中清除。我和那场婚宴的命运已经联结，必须共同背负痛苦，直到更糟的事情发生，才能将我们分开。一直有个声音猛烈地敲击我的太阳穴，对我说：使海特姆家的果园发臭的死亡，同样腐败了我的灵魂。我也死了，我也已经死了。

如果命运决定了当晚我必须去海特姆家的果园，必须到那个曾经骄傲轻视我们的富裕之家，让我自己亲眼去见证生命的无常，去仔细忖度人类的信心是多么不足采信，让我理解到知识是多么不可靠，那么我确实因此觉醒了。

然而，踏过燃烧的木炭，又怎么可能不烫伤双脚。

我不记得自己曾经怨恨过谁，可是此刻我却觉得自己满怀愤怒，像只随时准备咬人的疯狗，即使有人伸手来安慰我，也可能会被我咬伤。我只是还在忍耐。愤怒的我病了，从头到脚浑身是刺，像是受难到极点的耶稣基督，四肢都被有毒的荆棘扎伤，救赎之路却仍在原地踏步；因为我就是想不通：海特姆家发生的事情毫无道理！欢庆怎么会突然转变为悼念呢？即使世事经常说变就变，有时变化仅在一秒之间，但生活不是变戏法！前一刻还在跳舞，下一刻怎么可以莫名其妙就死去？不！海特姆家的惨剧根本不合常理……

隔天晚上新闻报道，投下炸弹的是美军的无人侦察机，因为在婚宴举行的地点侦测到可疑的信号。不过新闻没有解释详情，只说之前这个地区就曾经发生过恐怖袭击。附近的居民完全驳斥这个论点。美军高层原先还想用其他安全上的理由搪塞，最后却也不得不对这个"错误"表示哀悼，并对罹难者及其家属表示遗憾。

这件事就这么草草了结。

整起事件不过是另一条社会新闻，就算传遍全球，最终也不过回到原点，很快就会被其他更重大的事件覆盖。

然而对卡拉姆村来说，愤怒却已累积到必须血债血偿的地步：六个年轻人要求村民为他们祷告，誓言为死者报仇，除非一死，否则绝不回故乡。大家按惯例彼此拥抱后，六名战士便摸黑上路，消失于夜色中。

过了几个星期，便传来警长在公务车里遭到枪杀的消息。同日，也有一辆军车遭到土制地雷破坏。

没多久就传来消息：六人全部牺牲了，他们在准备袭击一处检查哨时被逮个正着。卡拉姆村全村则因哀悼壮烈成仁的义士而沉浸于悲凄之中。

村里的气氛已紧张到狂乱的地步。每天都有年轻人凭空消失。我不再上街，因为受不了那些耆老看我的眼神，好像觉得奇怪：怎么与我同辈的年轻人都英勇起义了，我却还躲在村子里。那些小孩子的笑容也很讽刺，因为总让我想起小时候大家都把我当成懦夫、欺负我的日子。我把自己彻底关在家里，躲在书本和卡德姆送来的音乐当中。没错，我确实也很生气，也想对联军展开报复，但我还是无法想象去胡乱伏击不相干的人。作战本来就不像我会做的事，我不适合使用暴力。我认为自己恐怕宁愿再忍耐千年，也不可能为了报复就对他人暴力相向。

然而，一晚，更可怕的灾难真的降临了。一开始，房门在混乱中倒下，我以为又是炸弹。还没来得及打开电灯，一连串的咒骂和刺眼的光线便将我包围。美国特种部队冲进了我的陋室。"躺着！不许动，否则我毙了你！""站起来！""躺着！""站起来！把双手放在头上！不许动！”一连串矛盾的命令让我不知所措。手电筒的光线和围绕的枪口把我钉在床上，动弹不得。“不许动！否则我轰掉你的头！”疯狂而凶暴的咆哮似乎随时准备要破坏一切，把你一点一点拆毁、肢解，让你都认不出自己的样子。好多人伸手把我从床上扯下来，扔到房间的另一头，其他人却又从中把我拦下，拉我去撞墙。“把双手放在背后！”“到底发生了什么事？我到底做了什么？”美国大兵又踢又踹地破坏了衣柜，翻箱倒柜地将我所有的东西都扔在地上，我的老音响也在他们脚下粉碎。“到底发生了什么事？”“你到底把武器藏在哪里？”“我没有武器，这里根本没有任何武器。”我说。“等着瞧，混蛋！把他带到其他人那里去！”一名士兵于是抓住我的脖子，另一个人则用膝盖狠狠朝我的下腹踢了一下。我被推来拉去弄得晕头转向，此起彼落的吵嚷也让我摸不着头绪。我一定是在做噩梦，就像梦游的人，说不定是被鬼缠住了。隐约中，我被拉向阳台，又被扯着下楼。我都不知道自己到底是滚下来还是滑下来的。楼下也和楼上一样，翻箱倒柜的吵闹声充塞整间屋子。我侄女的哭声划破了周遭的混乱，传进我耳里。我听见姐姐巴希亚不满的抗议，但随即遭到枪托的殴打或军靴的踢踹，因而闭上了嘴。我的姊妹们全都衣衫不整、面色苍白，被集中在大厅后头。孩子也和她们在一起。大姐艾莎把孩子紧紧搂在身旁，浑身发抖，像一片秋风中的落叶，更别提她的胸部已经暴露在内衣外头了。阿法芙站在她右边，手指紧抓住自己的罩衫，因为突然在睡梦中被扯下床，来不及戴上假发。少了假发的头，光溜溜的，给人一种残缺不全的感觉。她羞耻极了，整个脖子不停往下缩，看来就好像想把头藏进自己的身体里去。巴希亚的情况还好，双手抱着一个年幼的侄儿，但是头发蓬乱，脸色同样苍白。她沉默地和抵住她的枪口对峙，颈项看得出有一道鲜血流下的痕迹。

我感觉一阵虚弱，伸手想扶住什么，却抓不到任何东西。

怒吼与辱骂从走廊尽头传来，声音几乎可以掀翻我们家的屋顶。母亲从房间里被扔了出来，但她一站起来就立刻去帮助自己残疾的丈夫。"放开他！他是病人！"可是士兵依然把父亲拖了出来。我从未见过父亲如此：宽松的旧内裤垂到膝盖处，身上旧毛衣的网眼都扯破了，不幸的模样已超越了忍耐的极限。士兵粗鲁的冒犯也到达了顶点，叫人无法忍受。"我的孩子都在这儿，至少让我穿上衣服！"父亲哀求道，"你们这样做是不对的。"他的声音充满了整条走廊，那痛苦简直无法想象。母亲坚持走在他前面，以遮蔽父亲裸露的样子。她疯狂的双眼正在对我们发出请求，拜托我们转过身去别看。但我好像被眼前这副景象催眠似的，甚至看不到那些包围父母亲的野蛮人。我只看见疯狂的母亲，还有穿着宽松内裤的瘦削父亲。他的手臂乱挥、眼神悲哀，被士兵推着往前走。就在那一刻，父亲突然转身，想要回房穿上长袍，结果士兵就开枪了。其实是开枪或殴打，又有什么分别呢？总之命运的骰子已掷出，父亲应声倒卧在地，那模样实在可悲：旧毛衣翻到头上，肚子露了出来，苍白而了无生气，像一条被开肠剖肚的鱼……就在此时，整个家族的荣耀散落一地，我看到了身为一个自尊自重的儿子，一个真正的贝都因人最不该看到的东西：那个无力、恶心、可耻的部位，那东西瘫软在他胯下，两颗睾丸垂在下面。我竟然看到了那个禁忌的部位，那个亵渎的地方！我竟然看到了自己父亲的阳具！一切都完了！这一幕就是终点，就是结束，接下来只有无尽的坠落、虚空。部族所有的神话、世上所有的传说，还有天上的星辰，全都失去了光彩。太阳依旧会升起，但对我来说，白日或黑夜已再无任何差别。一个西方人绝对无法想象，也不能够了解这一幕的严重性。对我，一个贝都因人来说，看见自己创造者的生殖器，就好像抹杀了我生存的所有意义：我的价值、我的一切顾虑、我的骄傲和我的独特性，全都被这粗鄙而情色的一瞥给抹杀了。地狱的大门对我来说也不会比这更残酷无情！我完了，一切都完了，再也无法弥补、无法挽回；羞耻已玷污了我。我既已踏入这个世界，就再也回不去原来的地方了。我陡然发现自己竟恨起我的手，这在我眼中显得畸形、丑陋、近乎半透明的手，其实不就象征着我自己的无能吗？我恨自己的眼睛，为什么不转身避开这一幕？为什么没能瞎了眼？我也恨起母亲的喊叫，因为那提醒了我有多无能。我看着父亲，他也看着我。他一定能从我眼中读出我的鄙视，我对过去一切珍贵价值的鄙视。我心中突然激起一股同情，怜悯起这个一直以来不管发生什么事，我始终都那么尊敬的父亲。我仿佛身处暴风雨的夜晚，站在该死的悬崖边，而他则在深重的耻辱中，定定地望着我。此刻，我们都意识到了，就在此刻，这将是我们最后一次对望。就是这一刻，就在我动弹不得的这一刻。此后，一切都无法挽回了，我再也不会像以前一样看待事情。我肺腑深处的野兽狂吼，喊着要报仇。或迟或早，不管发生什么事，不管未来如何演变，我一定要他们血债血偿，直到江河变色，直到海洋全都染红，就像我姐姐巴希亚颈上流下的鲜血！母亲的眼神、父亲的面容，还有我肺腑中燃烧的火焰，都在把我往地底下拖；地狱正等着我……

*****

我想不起之后发生了什么事，也不在乎，只像一具残骸般随波浪四处飘移。反正也没有什么可解救、挽回的了。我听不见士兵的吼叫，他们的步枪和狂热的态度再也激不起我任何反应。就算他们翻天覆地也罢，让火山爆发也好，或者让天上降下神雷，也不会再使我有任何感觉。我透过窗洞看着他们忙进忙出，自己像是独自待在一个阴暗、寂静的小宇宙。

屋子四处都仔细搜过了，什么武器也没找到，甚至连一把小刀也没有。

有人把我推到街上，男人都被聚集在哪里，双手抱头蹲在地上。

卡德姆也在里头，手臂流着血。

附近的房舍里此起彼落地响起士兵喝令的吼叫声。

伊拉克士兵开始点名。他们手拿名单，上面还印有我们每个人的照片。有人抬起我的下巴，用手电筒照着我的脸，仔细比对，接着又继续检查我旁边的人。一旁，可疑人士在美国特种部队的包围下等着被移送。他们全都趴在黄土地上，铐上手铐，头被罩上黑色布套。

村子上空有两架直升机在盘旋，用探照灯扫视我们。螺旋桨转动呼啸的声音好像末世即将降临。

天亮了，士兵把我们聚集到清真寺后方，那里搭起了临时帐篷，所有人都要接受个别讯问。轮到我的时候，伊拉克军官给我看了一些照片，里面有些是在停尸间或者死亡现场对着尸体拍的。我认出马利克也在其中，就是之前在信差咖啡馆的那个"亵渎者"。照片里他睁大了双眼，嘴巴大开，一道鲜血从鼻子流出，在下巴分流至两侧。我也在照片里认出一个远房表哥，他蜷缩在一盏路灯下，下颌整个脱落。

军官要我把家族谱系全都交代清楚，他的秘书则把我说的每一句话仔细记录下来，随后我便被释放了。

卡德姆正在街角等我。他的手臂有条可怕的刀伤，从肩膀一直延伸到手腕。他身上的毛衣被汗水和鲜血弄得很脏。他滔滔不绝地告诉我，那些美国大兵是如何把他祖父做的鲁特琴一脚踹烂；那是把多好的琴、它的价值多么珍贵不可估算，那是整个部族的遗产，甚至是整个国家的遗产。我几乎没在听。卡德姆很伤心，泪水在他眼中打转，可是他的哀鸣却使我感到厌烦。

我们坐在一处墙角休息许久，双手抱头，脑中一片空白，情绪却激动得无法喘息。天慢慢亮了。地平线那端像裂了一道缺口，太阳从中升起，好像在自己的火焰中自焚一般。围墙附近有一些早起的孩子已经开始吆喝吵闹，很快他们就会发动突袭、占据空地。卡车引擎发出的嗡嗡声显示部队就要离开。耆老们陆续走出院子，赶往清真寺打听消息：谁被逮捕了？谁又获释了？有些女人站在街上呼叫着孩子和丈夫的名字，因为他们就要被遣送了。渐渐地，当绝望的消息一间一间屋子传开后，哭号开始由各家的屋顶透出来，卡拉姆村充满一股愤恨的敌意，足以淹没整个村庄。

"我必须离开这里。"我说。

卡德姆看着我，有些惊慌。

"你要去哪儿？"

"巴格达。"

"去做什么？"

"活着不是只有音乐。"

他点点头，想了一会儿我的话。

我身上除了一件磨损的旧毛衣和一件睡裤，什么也没有，连鞋子也没穿。

"你可不可以帮我个忙，卡德姆？"

"帮什么忙？

"我必须回家收拾行李。"

"那就回去啊。"

"但是我不能回家"。

他皱眉问道："为什么？"

"总之就是不行。你能不能去替我拿东西？巴希亚知道该帮我带些什么。你就告诉她，我要去巴格达，去找我姐法拉荷。"

"我不懂，发生了什么事？为什么你不能回家？"

"拜托你，卡德姆，照我说的去做就是了。"

卡德姆猜到一定发生了什么严重的事，但他以为是有人被强暴了。

"你真的想知道发生了什么事吗？"我对他大吼，"你真的想知道吗？"

"好啦，我知道了。"他低声说。

"你根本就不知道！你什么都不知道！"

他的腮帮子气得鼓起来，用手指着我说："当心点！我比你年长，不许对我用这种口气说话！"

"恐怕这世上再也没有人能够对我有任何权威了，表哥。"

我直视着他的眼睛说："甚至，从这一分、这一秒开始，不管我会发生什么事，我都不在乎了，就当作是自己运气不好。"我接着又说："你到底要不要去帮我拿那该死的行李？或者让我就这样离开？我向你发誓，我可以穿着破毛衣、破睡裤，就这样跳上第一班到达的客车；从此以后，可笑也好，违背信仰也好，我什么也不在乎了！"

"好，冷静点。"

卡德姆试图抓住我的手腕。

可是我把他推开。

"听着，"他缓和呼吸以保持冷静，"这么办吧！先到我家去……"

"我要离开这里！"

"拜托你，听我说、听我说，我知道你很……"

"很怎么样，卡德姆？你他妈的什么也不知道！谁都无法想象！"

"好，但是我们先到我家去，等你头脑冷静下来，好好想想。如果真的决定要离开，我就亲自陪你到邻村去，好不好？"

"拜托你，表哥，"我用丝毫不带感情的语调说，"去帮我把行李和远行用的手杖拿来，我想安静地跟上天说说话。"

卡德姆终于明白，他再怎么劝我都没用了。

"好吧，"他说，"我去替你拿行李就是了。"

"我在墓园后面等你。"

"为什么不在这里等？"

"卡德姆，你问太多了，我头很痛。"

他双手合十，拜托我冷静下来，然后就快步离开了。

*****

等待卡德姆的时候，我拿石头扔向发育不良的低矮灌木。

在墓园四处乱逛后，我在一个小丘上停住，从地下挖出很多小石块，用力朝沾满灰尘和挂着垃圾袋的树枝扔去。

每用力扔出一个石块，便有一声怒吼划过我的喉咙。我想把山峦都翻覆、赶走充塞我脑中的不祥乌云，只恨不能将手直接伸入心中，把昨夜那可怕的记忆由心底连根拔除。

我的眼睛看哪里不好，却偏偏要去看那个可耻的东西。

有两次，我的腹部升起一股恶心感，像汹涌的浪涛般，逼得我不得不弯腰呕吐；我的身体前俯后仰，激烈痉挛，张嘴却什么也吐不出来，只吐出如野兽般的嘶吼。

在早晨的热气中，墓园发出臭味，想必是某具尸体正在腐烂，却不会让我感到不舒服。我不停从地下挖出石头往灌木丛砸去，把手指都割伤了。

在我身后，村子已在不幸中清醒，绝望与不满四处蔓延。父亲粗暴地对待自己的孩子，小弟顶撞自己的大哥。我在愤怒中完全认不出自己的样子，只希望有某种比我的悲伤更巨大的东西、比我的羞耻更庞大的东西来征服我、淹没我。

卡德姆终于从林立的墓碑间现身。远远地，我看见他举起我的背包，巴希亚跟在他后面，头上围着穆斯林妇女的头巾，穿着服丧的黑裙。

"我们还以为你被士兵抓走了。"她说，表情僵硬。

她显然没打算劝我留下。她不是这样的人。她知道我为何要离开，而且完全同意我的决定，既无保留，也不后悔。巴希亚是很有部族荣誉感的女孩，尽管根据传统，争取荣耀应该是男人的事，但她至少懂得什么是荣耀，也懂得要求别人去争取。

我从卡德姆手中把背包抢过来，立刻翻找里面的东西。这个粗鲁的举动没逃过巴希亚的眼睛，但她却没怪我，只说："我给你带了两件毛衣、两件衬衫、两件长裤，还有袜子和一些盥洗用具……"

"我的钱呢？"

她从口袋里取出一小叠折好并用绳子捆起的钞票交给卡德姆，卡德姆立刻转交给我。

"我只要我的钱，"我对巴希亚说，"一分都不要多。"

"那就是你存下来的钱，我向你保证。我还帮你带了帽子，"她又说，克制想哭的冲动，"路上太阳大。"

"很好。你们转过身去，我要换衣服。"

我套上细条纹长裤，穿上格子衬衫，然后是卡德姆送我的鞋子。

"你忘了我的腰带。"

"放在背包前面的口袋里，"巴希亚说，"你的手电筒也在那儿。"

"很好。"

我穿好衣服，然后既没看向我姐姐，也没看我表哥一眼，拿起背包便走下斜坡，往公路走去。"别回头！"我心里有个声音对我说，"你已经不属于这里了！这里再也跟你无关了！别回头！"但我还是回头了。我看见巴希亚站在小丘上，她的黑裙在风中翻飞，看起来像个鬼魂。而我的卡德姆表哥双手叉腰、收紧下巴，站在她身旁。我忍不住跑回去拥抱她。她的泪水将我的双颊都沾湿了。我感觉到怀抱中她的身躯是如此消瘦。

"我求你，"她对我说，"凡事小心。"

卡德姆也张开双臂拥抱我。那一刻时间仿佛静止般永恒。

"你真的不要我陪你到邻村吗？"卡德姆哽咽地问我。

"不用麻烦，表哥。我认得路。"

接着，我朝他们挥挥手，快步上路。

这一次，我不再回头。

巴格达
Bagdad

第八章

　　我一路走到距离村子有十几公里的交叉路口，途中不时回头注意是否有来车，却连一丝扬起的沙尘也没见到。我孤身一人在沙漠之中显得无限渺小。太阳正准备发威，预告了白天的酷热。

　　岔路口有个临时搭建的候车亭。以前，通往卡拉姆村的客车都会在这儿停靠，如今这里似乎成了一个人畜不理的荒凉之处。候车亭的铁皮浪板屋顶破了，铁片垂落在座位上方。我坐在阴影处等了两个小时，地平线那端还是一点动静也没有。

　　我继续上路，一直走到货车常走的支路。以往货车总会将新鲜蔬果载运到附近各个内陆村庄，但自从开始实施禁运后，货车便很少过来，不过有时仍会有行商打这儿经过。我走了好长一段路，攀升的温度几乎使我累垮了。

　　支路旁的山丘上突然出现两抹黑影，原来是两名二十多岁的男孩。他们在大太阳底下蹲着，动也不动，看起来难以捉摸。比较年轻的那个男孩紧盯着我，另一个则手拿树枝在沙地上划圈圈。他们俩穿着同样款式但不太干净的白色运动裤，上身则是肮脏而皱巴巴的衬衫，脚边放着一个大包，让人联想起被击倒的猎物。

　　我在一个小沙丘上坐下，假装在系鞋带。每当我抬头看那两个陌生人，心里便有种奇怪的感觉袭来。年轻的那个男孩以一种令人不快的态度，弯身在他的同伴耳边说了些悄悄话。他的同伴听了点点头，依然用手里的树枝在划圈圈。他只朝我看了一眼，便让我浑身不对劲。过了二十几分钟，年轻的那个男孩突然起身朝我走来。他布满血丝的眼睛让我害怕，甚至感觉到一股灼热的呼吸刺痛着我的脸，不过他只是从我面前经过，到一旁的枯树丛去小解而已。

我假装看表，然后加快步伐重新上路。一种发疯想回头看的冲动折磨着我，但我忍住了。等距离够远时，我才回过头确认他们是否跟来。但他们俩只是继续蹲在山丘上，脚边仍是那个大包包，看起来像两只守着死尸的猛禽。

继续走了几公里后，终于遇到一辆卡车。我站在路边挥手，卡车只是在一阵气阀过劳造成的废铁吱嘎声中呼啸而过，还差点撞到我。我认出车上坐的就是刚刚那两个男孩，眼睛直视前方，看也没看我一眼。

将近中午的时候，我累垮了，身上的衣服冒着汗水所蒸散的水蒸气。我坐在位于山丘上方圆几里内唯一的一棵树下休息。光秃秃的树枝在地上投下稀疏的树影，但我占据着这棵树，有如口渴的骆驼紧守着得来不易的水洼。

饥饿和干渴使我更加疲惫。我脱下凉鞋，躺在树下，视线却不敢离开马路。过了好几个小时，我才发现地平线远方出现了一辆车。虽然看起来只是一个灰色的小点，我还是凭着挡风玻璃间歇反射的阳光认了出来。我立刻穿起鞋往马路跑去，可惜车子转了方向，没多久便消失在远方，让我好失望。

我的表指向四点。离这儿最近的村子位于南方四十几公里外，要是想去那儿，我就得离开车辆行驶的道路。但我不想四处游荡，于是走回树下继续等待。

太阳开始西斜，此时又有一个小点出现在地平线上，让我好开心。这次我很明智地确认它是往我的方向接近，才起身离开那棵树。那是辆摇摇晃晃的货车，挡泥板都被拆了。货车驶近我，我赶紧招手想拦下它，心里还一边向圣人祈祷，千万别让它抛下我。货车放慢速度，我听见刹车吱吱作响，好像要散了一样。

司机是个矮小、干瘪的男人，看起来人很好。他的脸色像混凝纸浆一样灰白，手臂瘦得像根面包棍。车上载运的都是空箱子和旧床垫。

"我要去巴格达。"我一边踏上驾驶座外的踏板，一边对他说。

"巴格达可不近啊，小伙子，"他盯着我的脸看了一会儿，问道，"你是从哪儿来的？"

"卡拉姆村。"

"啊！那个鬼地方啊。我要到巴席尔。虽然不算顺路，不过那边有计程车可以去巴格达。"

"没问题。"

司机此时突然用怀疑的眼光看着我："我可以检查一下你的背包吗？"

我越过窗户把背包递给他。他在仪表板上摊开背包，仔细检查里面的东西。

"好，从另一边上来吧！"

我向他道谢，绕过引擎盖，从另一边的车门上车。因为外面的门把坏了，所以他弯身过来帮我开门。我坐到副驾驶座，或者应该说，席上仅剩的那块小空位上。

他在一片乱七八糟的金属声响中发动车子。

"你有没有水可以给我喝？"

"你后面有个羊皮袋。如果饿了，前面置物箱里还有一些我吃剩的点心。"

他让我自己转身去拿。我安静地吃着。他瘦削的脸上笼罩着悲哀的面纱。

"别怪我翻你的东西。我不想惹麻烦。最近路上太多带着武器的人了……"

我没回话。

我们就这样沉默地开了好几公里。

"你不太爱说话啊，小子？"司机可能希望路上有人能陪他说说话。

"嗯。"

他耸耸肩，再度陷入沉默。

我们开到一条柏油路上，途中遇上几辆往反方向高速行驶的货车，还有几辆少见的丰田牌计程车，破破烂烂的，车身漆成白橘相间的颜色，都载着乘客。司机用手指敲打着方向盘，头偏向窗户那边，迎面吹来的风吹乱了他前额仅剩的些许头发。

经过一个检查哨时，士兵逼我们驶离柏油路，走另一条刚开的小路。路面凹凸不平，只用推土机马虎地整平。颠簸的路面很狭窄，有时车速一个小时才不到十公里。货车在坑洞中颠簸前行，几乎没把车子的悬吊避震器给震散了。没多久，我们就遇上同样被控管道路的士兵赶到这儿来的其他车子。一辆货车停在路边，引擎盖打开，车上乘客都是蒙着面纱的女人和孩子，全跑下车在检查引擎的司机身旁着急围观。路过的人没有一个停下来帮他们一把。

"你觉得国道那边是不是出了什么麻烦？"

"我看这一路上恐怕不会太好过，"司机说，"首先一定会有严格的检查。我们会被晾在大太阳底下等到烤干，说不定还得露宿。一定是有军队要通过，为了避免遇上自杀式袭击者开车冲撞，士兵才会把车子都赶到支道来，连救护车也不例外。"

"所以我们得绕远路吗？"

"不会太远，天黑前应该到得了巴席尔。"

"希望到时候找得到计程车载我去巴格达。"

"晚上找计程车？晚上有灯火管制，而且很严格。太阳一下山，整个伊拉克就得躲到地洞里。你身上至少有带身份证件吧？"

"有。"

他用手抹了抹嘴，对我说："那就好。"

我们开到一条老旧的道路上，但这条路比较大，路面也比较平整。其他车子争先恐后地超车，以赶上之前被拖慢的路程。车子纷纷在我们前方卷起大片沙尘，很快便离我们很远了。

"以前我为那个部队提供粮食补给。"司机用下巴示意山丘上的军营说。

军营四面大开，围墙全倒，从外面就看得到里面的木板屋，门窗都被倒塌的柱子给压坏了。原本应该肩负军队指挥与调度责任的坚固堡垒，如今看起来却像遭遇过一场大地震。抬头望向天花板，只见乱七八糟裸露在外的发黑横梁，被炸开的墙面还留有导弹攻击后的伤痕。一堆纸张像雪崩似的从办公室里飘散出来，变形扭曲地粘在库房后方的铁丝网上。停车场上的军用车被炸得只剩框架。架在金属鹰架上的水塔，可能是被炮弹炸飞下来，倒塌在一座烧得焦黑的瞭望台上。在现代化军营的门楣上，一张萨达姆面颊丰润、露齿而笑的肖像照，也在机关枪狂暴的扫射下化为碎片。

"我们根本没得打。听说我们的人一枪也没开，在美军到来之前，就像兔子一样逃之夭夭了。真可耻！"

我凝视着山丘上被破坏的军营残骸若隐若现地埋没在沙堆里。有只狗从军营大门走出来。那是一只棕色的瘦狗，没一会儿又缩回门里面。只见它用鼻子拨了拨地上的沙，随后便消失在房子的残骸后头。

* * * * *

巴席尔是个卡在两块大岩石间的小镇。岩石因为受风沙吹蚀而显得平滑。小镇蜷缩在岩石间的盆地里，在酷热中像极了土耳其蒸浴。镇上用柴泥盖的破房子紧贴着山丘两翼而立，房屋之间隔着无法容车通过的蜿蜒窄道。小镇的中央大道横过一条干涸已久的河床，短短的路一下就走完了。镇上房子的屋顶都插着黑旗，表明这是什叶派的社区，以自别于逊尼派，免得被那些急于向新政府献媚的人盯上找碴。

自从国道到处设立了检查哨、拖慢行车速度之后，巴席尔便成为国道旅客沿途必经的住宿地，镇上因此如雨后春笋般多了许多小酒馆和民宿。夜里远远眺望，各家灯火有如串起的念珠。小镇下半部则是一片漆黑，路上连一盏路灯都没有。小镇出口处临时成形的停车场上大约停了五十几辆车，彼此紧靠在一起，其中大多是油罐车。有一家人露宿在离我们不远处，就睡在车子旁边，小孩子随处躺在地上，盖着被单。比较开阔的另一侧聚集了许多长途货车的司机，他们围着一壶茶坐着，摇曳的身影看起来好像在跳舞的蜥蜴。

好心载我的司机好不容易穿过胡乱停放的车阵，停靠在一间看来很像盗匪巢穴的小咖啡馆旁。咖啡馆的院子里散放着桌椅，而且已经挤了不少脸色阴沉的旅客。在店内的人声喧哗中，我听到破旧收音机传来的埃及老歌。

司机要我随他到隔壁的小饭馆吃饭。说是饭馆，其实就只是一间用防雨布和虫蛀的棕榈叶隔成的一小方空间，里面塞满了粗野肮脏的旅客，全挤在简陋的桌旁等着用餐。有些人甚至直接坐在地上，因为太饿，等不了饭桌空出来。所有人都对着自己的餐盘埋首吃饭，手指流淌着酱汁，嘴巴不停大嚼。一路上遇到改道和检查等重重困难的农夫和货车司机都忙着恢复体力，以面对明天更多的失望与挫折。这一切都让我想起自己的父亲，因为他们都有着和我父亲一模一样的表情：一种失败者的印记。

司机留我在饭馆门口，自己先跨过几个正在用餐的人，一直走到柜台的胖男人身边。那个人一边接受点餐，一边找零，同时还要吆喝他的服务生。我环视餐厅，希望看见认识的人，却没找到任何熟面孔。

司机走回来，一脸困窘地对我说："唉，我得把你留在这儿了，因为我的客户明晚前都到不了。现在你得靠自己了。"

*****

我睡在一棵树下，直到引擎的嗡嗡声把我吵醒。晨光尚未大白，但开车的人已经紧张地准备离开停车场。第一批车队开始走下围绕小镇的陡峭小路。我跑向一辆又一辆路过的车，希望找个好心人肯让我搭便车，但没有人愿意载我一程。

随着停车场越来越空，我开始觉得既挫败又生气。当停车场只剩下最后三辆车，我绝望得几乎恐慌起来。三辆车的其中一辆是家庭式货车，但引擎有问题，发动不了，另外两辆老爷车则没看到人，司机大概正在附近小饭馆吃中饭。我饿着肚子站在车旁等车主回来。

"喂！"有个男人突然从附近一间咖啡馆的门口对我大吼，"你想对我的车干什么？给我滚远点，不然我把你卵蛋给拽下来！"

他以为我打算偷他的车，打手势叫我离开。我背着背包朝他走去。他双手叉腰，一脸厌恶地瞪着我。

"难道就不能让人安安静静地喝杯咖啡吗？"他身材瘦长，脸庞晒成古铜色，穿着很干净的帆布长裤，上身搭配暗绿色的羊毛背心和外罩敞开的格子衬衫，手上是像手镯一样大大的金表。他长得像警察，目光好像能够穿透人，咧着嘴的表情看起来很粗野。

"我要去巴格达。"我对他说。

"关我屁事。别靠近我的车，听到没有？"

他转身走回咖啡馆靠窗的位子。

我只好再走回镇外的石子路，在树旁坐下。

第一辆车驶过，但上面实在太挤了，我根本没勇气拦车，只好目送它摇摇晃晃往北离开。

接着，刚才引擎抛锚的那辆家庭式货车也经过我面前，下坡的时候发出金属噪音，还差点撞到我。

太阳开始由山丘后面露脸，看起来沉重而颇具威力。小镇下方，大家也开始从栖身处出来活动。

接着我看见一辆车由路边冒了出来。我举起手臂，竖起大拇指表明想搭便车，但车子经过时却没停下。当车子驶过约一百米，我正要走回树下的时候，那辆车却突然不动了。一开始我还搞不清楚它究竟是抛锚了还是怎样。但驾驶员鸣响喇叭，又从车窗伸出手招呼我，我才赶紧拿起背包跑过去。我拼命地跑，像是想赶上生命最后的好运一般着急。

开车的是刚刚咖啡馆的那名男子，把我当偷车贼的那个人。

"五十块，载你到希拉。"他一见到我就劈头提议。

"没问题。"我立刻接受了，很高兴总算能离开巴席尔。

"可以看看你背包里有什么东西吗？"

"只是衣物，先生。"我一边回答他，一边把背包里的东西摊在引擎盖上。

男子歪着嘴狐疑地盯着我。我把上衣拉起来，表示自己腰间也没藏任何东西。于是他点点头，用下巴示意我上车。

"你从哪儿来的？"他问。

"卡拉姆村。"

"听都没听过。把烟递给我，就在你前面的置物箱里。"

我照做了。他用打火机点烟，然后由鼻孔呼出烟雾，打量我一会儿之后，才发动车子。

他一直沉浸在自己的思绪中，差不多开了半小时之后，才好像突然想起我在他身边，于是问我："你为什么都不说话？"

"我天生话少。"

他又点起一根烟，接着说："根据我的经验，话越是少的人，干的事情越惊天动地。你到巴格达是想参加反美抵抗军吗？"

"我是要去找我姐姐。你为何这么问？"

他突然把后视镜往我的方向转过来。

"看看你自己的样子，孩子。你就像一颗快爆炸的炸弹！"

我在后视镜里只看见自己憔悴的脸，还有一双像火焰般燃烧的眼睛。

"我到巴格达是去找我姐姐。"我坚持。

于是他平淡地把后视镜调转回去，耸耸肩说："反正不关我的事。"

然后他再度陷入自己的思绪，仿佛我根本不存在。

又过了一个小时黄沙漫天、颠簸崎岖的路程后，我们终于抵达国道。来到柏油路面让我舒服多了，终于不用再被颠得脊椎疼痛。路上很多大客车和半挂车以敏捷的速度行驶着，三辆警车与我们擦肩而过，车上的人看起来都一派轻松。我们穿越一个十分拥挤的村子，人行道上到处都是摊贩。一名制服警察负责指挥交通，他把警帽往后脑勺推，制服衬衫的背后和腋下都被汗水浸湿。村子中央挤了一群人，把我们的速度给拖慢了。原来村子今天有流动市集。穿着黑衣的商贩在摊子上忙活，看起来十分勤快，但摆放商品的篮子里多半空空如也。各种蔬菜的香气，伴随着酷热和食物上面群集的大群苍蝇，让人感到眩晕。广场另一端有个客运站，我们看见一辆客车被一大群等着搭车的民众给包围，看起来十分吓人。司机虽然用皮带胡乱抽打，仍无法阻止不断涌上车的乘客。

"看看这群人，像畜生似的。"我身边的驾驶员叹气说。

我对他的说法不以为然，但并未发表任何意见。

大约过了五十米，道路终于变得宽敞些，从双车道变成三车道，但车阵也随之膨胀。车子一直走走停停，因为检查哨实在太多了，直到中午，我们才走了一半的路程不到。一路上我们不时看到一些被烧毁得只剩框架的拖车停在路边，应该是在爆炸或两军交火时遇难的车子。路边到处都是碎玻璃、破轮胎，以及四散的废铁。在一个转弯处，我们还看见一辆翻覆在坑里的美军悍马车，车子只剩残骸，应该是遭到火箭炮近距离的攻击，因为这个角落非常适合进行埋伏。

驾驶员建议我们停车吃点东西。他选择停靠在一处休息站。吃饱后，他邀我到一间看起来很像书报摊改装成的小酒馆喝一杯。服务生拿来两杯还算冰的汽水，并送上一个不知夹着什么烤肉串的三明治，番茄酱汁四溢，让我看了很倒胃口。我想付我自己那份的钱，但驾驶员却挥挥手拒绝了。我们大约休息了二十分钟才再度上路。

驾驶员戴上太阳眼镜，仿佛世界只剩他孤单一人安静地开着车。我陷进座位里，让自己在引擎的嗡嗡声中沉沉睡去……

我醒来的时候，路上的车子全都停止了前进。路口一片混乱，头顶的太阳像铅般沉重。人们从自己的破车里跑出来，在路旁低声抱怨，表达不满。

"发生了什么事？"

"前途恐怕困难重重。"

此时一架直升机从我们头上低空飞过，又突然在可怕的噪音中掉头，然后在远处一座小山丘上盘旋了一会儿，接着便停在半空中静止不动。就在此时，直升机忽然发射两枚导弹，极端刺耳的声音划破空气，飞越我们的头顶，随后便看见远处的山脊上冒出两团火焰和烟尘，路面几乎同时感受到一股震动。大家急忙回到自己的车上。有人失去冷静，竟开始掉头往回走，随之引起一连串连锁反应，让原本等待通过的车辆队伍一下子减少了一半。

驾驶员用一种饶有兴味的眼神看着那群恐慌的人，然后利用他们掉头让出的空位，迅速前进了好几百米。

"不是真的交火啦！"他跟我保证，"那直升机只是在驱赶猎物罢了。如果是认真交火，至少会有两架眼镜蛇战斗机彼此掩护。我以前当过'沙漠黑奴'——这是他们给和美军合作的伊拉克人取的诨名。"

他突然加速。

"美军都这么叫我。'沙漠黑奴'，这是我们的盟友带来的大火。总之，不可能回头！只剩几公里就到希拉了，而且我也不想在野外再露宿一晚。如果你怕，就下车吧。"

"我不怕。"

一个小时后，交通便恢复正常。到达检查哨，我们才知道刚刚那场混乱的起因：路边有两具满布弹孔的尸体，死去的两人穿着的白色运动裤和肮脏衬衫都沾满了血迹。是我昨天在卡拉姆村附近遇到的那两个人，那两个一直蹲在路旁监视来车，身边还放着一个大包的年轻人。

"又一个愚蠢的错误，"驾驶员低声抱怨，"美军总是先开枪再查看，这也是令我不得不离开他们的原因之一。"

我盯着后视镜，无法将视线从那两具尸体移开。"八个月，"驾驶员继续说，"我忍受他们的无礼自大和低能讽刺整整八个月！那些美军就像好莱坞的口号一样，看起来好像很厉害，其实只不过是一群毫不谨慎的小鬼，只会装模作样。我见过他们对小孩和老人开枪，就好像对训练用的纸板镖靶射击一样自然。”

“我也见过。”

“我不信，孩子。要是你还能保持精神正常，那是因为你见得还不够多。我啊，我真的是被吓过，到现在还每天晚上做噩梦。之前我在美国陆军担任口译——跟陆战队比起来，一般陆军简直是天使——我不只被他们利用，还被他们嘲笑、耍弄，被他们当成狗屎。对他们来说，我不过是个背叛自己国家的人。我花了八个月才发现这个事实。有一天晚上，我跑到队长那儿跟他说我要回家。他问我哪里不对劲？我告诉他，一切都不对劲！事实上，我尤其不想跟那些牛仔一样，变成整天只会发牢骚的智障。尽管我们战败了，我还是可以选择比这更好的生活。”

警察和士兵以大动作要求我们加快移动速度，因为他们急着疏通这条路，于是取消了管制。我们趁机加速。

“美国人把我们阿拉伯人都当成白痴，”他抱怨道，“阿拉伯人是世界上最棒的人种，对整个世界有那么多的贡献！是谁教他们餐桌礼仪的？是谁教他们擦屁股的？烹饪、计算、医疗等等，全都是阿拉伯人的发明！可是这些疯狂追求现代化的人尊重过我们吗？他们对阿拉伯人唯一的印象就是日落时分沙漠上单峰骆驼商队，或是穿长袍、披头巾在蔚蓝海岸赌场里挥霍百万赌资的胖子。全都是老套！把我们当成可笑的丑角……”

因为说得太激动，他又点起一根烟，然后就不再理我，一路开到希拉。一抵达目的地，他便把我载到火车站，急着想把我赶下车。然后跟我握手：“一路顺风，孩子。”

我从裤子的后口袋拿出那一捆钞票，打算付钱给他。

"你在干什么？"他问我。

"我们说好的，五十块。"

他又像之前在休息站拒绝让我付钱时一样挥挥手，表示拒绝收我的钱。

"留着你的钱，孩子。忘了我对你说的话。我自从见过那些可怕的事情之后，就常会胡言乱语。就当没见过我，好吗？"

"好。"

"很好。现在……滚吧。"

他帮我把背包拿出来，然后立刻掉头离开车站，甚至没跟我道别。

第九章

客车行驶得很费劲，而且又旧又热，还不断像放屁似的发出"砰砰"的声响，并一直传出一股橡胶烧焦的臭味，好像随时就要抛锚了。这辆车简直不像在行驶，而是在爬行，就像一头伤重垂死的野兽。每次它的速度一慢下来，我的心就揪紧一下，担心我们会被扔在沙漠里。两次爆胎、一次抛锚，严重拖慢了我们的行程。炙热的太阳沉重如铅地压在我们的头顶。虽然换了轮胎，但新的轮胎也不经用，胎纹都磨光了，和刚才那两个爆掉的轮胎一样不可靠。

司机也累极了。他在收千斤顶的时候跌了一跤。我紧盯着他，他一只手因为处理其中一个难缠的轮胎而受伤，包扎起来，而且人看起来很不舒服，我担心他会不会开到一半就昏倒在方向盘上。他不时拿起一罐水大口喝着，完全不看路，接着又拿挂在椅背后面的毛巾擦汗。司机大约五十岁，双眼凹陷，外表看起来比实际年龄老十岁，蛋形的头上鬓发花白，头顶也秃了。他一路上不停咒骂迎面会车的每个驾驶员。

车上一片沉默。空调坏了，车里热得要命。虽然所有的车窗都打开了，每个乘客还是都热得倒在自己的座位上。大部分的人都睡着了，其他人则漠然望着窗外流逝的风景。在我身后三排处，有个年轻人一直固执地在转他的收音机，发出调频不准的刺耳噪音，每次好不容易转到一首歌，听了几分钟，他又开始寻找别的电台。

这举动令我火大，我真等不及要离开这副移动棺材。

出发到现在已经三个小时，中间没有停靠。本来预计在一家小酒馆停车吃点东西，但两次爆胎，还有中途马马虎虎修理水箱水管，已经完全背离售票员公布的时刻表了。

前晚，那位让我搭便车的好心驾驶员把我留在希拉的车站时，前一班车才刚离开不到几分钟，我只好等下一班，按时刻表应该是四个小时后才会到。车后来是准时到了，但要搭车的乘客只有二十几人。售票员说不凑到四十人就不能发车，因为这样客运会亏本。我们只好继续等待，祈祷并期待其他乘客快点出现。司机在车身四周转来转去，一边喊着："巴格达！往巴格达！"他间或走向带着一大堆行李的人，询问他们是否要前往巴格达，如果对方摇头否认，他就立刻转而询问其他人。如此周而复始，直到下午很晚的时候，司机突然要求我们全部下车，并从行李舱中取回自己的行李。虽然有人抗议，但最终所有人还是都聚集到人行道上，眼巴巴看着客车开回车站。住在附近的人回家去了，过路客则退回候车亭，打算在那儿过夜。多可怕的一夜啊！一大群小偷一直试图袭击睡着的人。有个被害者拿着短木棍，不让小偷有机可乘，但袭击者只是一开始退缩了一下，最后反而群聚了更多人涌上来。而警察只忙着登记没带证件的人。我们所有人都躲在自己的行李和背包后面，没有一个敢上前去搭救那个受害者。可怜的家伙奋勇抵抗、还击，最后仍被那群小偷打倒在地。他们一群扑上去抢光了他的财物，还把人也带走了。当时大约是凌晨三点。在那之后，没有人敢再合眼……

又遇到军事路障了。路上等待的车队大排长龙，紧靠右侧车道缓慢前进。路中央竖立许多路标，还有用来阻挡车道、将路面缩减为两线道的大石头。士兵是伊拉克人，正在管制所有的旅客，检查每辆车的行李舱、货舱，还有每位乘客的背包；若是有生面孔出现，他们便更加仔细地盘查。士兵上了客车，要求每个人拿出证件接受检查，并仔细比对他们手上的通缉犯档案照片。

"你们两个，下车！"一个下士命令道。那两个被点名的年轻人顺从地起身离开。一个士兵负责搜身，然后又叫他们去行李舱把自己的行李拿出来，跟士兵到二十几米外搭建在沙地上的临时帐篷。

"好了，"下士告诉司机，"你可以走了。"

客车再次运转不良地发动。我们看着那两个年轻人站在帐篷前，显得忐忑不安。那个下士将他们推进帐篷里，他们便消失在我们的视线之外了。

巴格达周边的建筑物终于出现在眼前，看起来仿佛裹了一层红赭色的薄纱。沙漠风暴刚过，空气中因此还满载着沙尘。这样也好，我一点也不想看到那已经毁容的巴格达。肮脏而堕落的巴格达。以前我很喜欢这座城市。以前？多久以前？那些记忆对我已恍如隔世。从前巴格达是座很美的城市，有着宽敞的干道、时髦的大街，还有光鲜的玻璃橱窗与阳光普照的露天咖啡座，对我这种来自卡拉姆村穷乡僻壤的乡下人来说，巴格达简直就像巴黎的香榭丽舍大道般令人神往。从前那里的霓虹灯和橱窗摆饰总让我目眩神迷，整个晚上在微风吹袭的大街上流连忘返；看着街上人来人往，打扮得光鲜亮丽的女孩扭腰摆臀地走在广场上，我就感觉自己好像一下子走过了好多国家，而那些国家以我的经济能力永远也去不了。或许我没钱，却能靠双眼在巴格达看尽世界，直到眼花缭乱；凭着嗅觉，在这个中东最迷人的城市里，仿佛就能将全世界醉人的气味全都闻遍。在这里，底格里斯河灌溉一切，借着蜿蜒曲折的河道，运输着巴格达的神话、传奇与罗曼史。萨达姆确实让巴格达蒙上一层阴影，但无损于这个城市在我心中的形象。当时我还只是被冲昏脑袋的学生，满脑子都是各种拼拼凑凑、异想天开的伟大计划。巴格达一切的美都让我心醉。面对有如天仙下凡般充满魅力的城市，怎能不折服呢？又怎么可能不或多或少被她同化呢？卡德姆还说，在禁运实施以前的巴格达甚至更让人着迷……

巴格达或许撑过了联合国的禁运，得以对西方及其所宣扬的影响力嗤之以鼻；然而，巴格达绝对撑不过自己国内人民的攻击与怨怒。

如今我来到这里，就是为了宣泄我的愤怒。我不知道该怎么做，却很清楚我会给她重重的一击。自古以来就是如此，我们贝都因人尽管穷困，对荣誉感可是绝不儿戏。那样的侵犯必须用鲜血才能洗净，也才能洗刷我的仇恨，让我能重新抬起头来、重新看得起自己。我是家族的独生子，父亲又是残疾人，因此只有我才能完成这至高的复仇，洗刷我们所受的欺凌，即使失去性命也在所不惜。自尊是没得讨价还价的。失去的尊严，就是用全世界来陪葬，也无法使我们瞑目；含着怨恨，怎样都无法入土为安。受到某种诅咒，我除了复仇之外，还要横行肆虐：我要污辱自己曾经钟爱的城市，对着镜子里自己的倒影吐口水，将我所杀害的人的尸体全都倒进神圣的底格里斯河，把她变成一条食人河。过去，我们对她献祭最洁净的处女，如今我们却要往里头倾倒肮脏恶臭的垃圾，污染那神圣的水域……

客车经过一座俯瞰河水的桥。我不想看这个城市，也不想看路上的行人，因为这里的一切已经不再讨我喜欢。在目睹卡拉姆村发生的一切之后，在自己的尊严都被剥夺了之后，我怎么可能还去欣赏这些不相干的人事物呢？我还是我自己吗？如果现在的我就是真正的自己，那么以前的我是谁？我已经没兴趣探究了。从此以后，这些对我来说都不重要了。巫山沧海，过去那令人目眩神迷的世界，如今已成为废墟。可怕的是，在整个过程中，我的转变如此之快；我从那样的时空过渡到如今的状态，甚至没有半点不适应，简直太容易了。前不久，我还是个温顺软弱的男孩，如今却觉醒成为一团愤怒而无法扑灭的火。我的怨恨仿佛与生俱来的第二天赋，就像我的盔甲、我的外衣，是我存在的基石，也是最后送我归西的柴堆。怨恨已经成了我在这虚假、不义、可憎而残酷的生活中仅剩的所有。

我来到巴格达，不是为了重温旧梦，而是为了驱逐所有过往的美好。巴格达与我之间，那坦诚而美好的日子已经逝去。我们彼此已无话可说。就像两颗水滴一般相似，我们都失去了灵魂，因此除了偷盗别人的灵魂之外，别无他法。

客车在车站广场前停下。广场早已站满了一大堆衣衫褴褛、眼神诡诈的孩子，游手好闲，随时准备下手行窃。因为城市附近的孤儿院或感化院破产，孩子们流落到大街上，野蛮地在路上窃盗或捡垃圾吃。这状况近来已成为一种普遍存在的现象，甚至让人还没察觉，就已经到了随处可见的地步。车上的乘客脚还没落地，就有人大喊遭小偷了。一群小鬼靠近行李箱，趁人多下手，等到有人察觉，他们早就溜到对街去，偷到的战利品还搭在肩上呢。

我赶紧将背包紧紧夹在腋下，快步远离此地。

法拉荷工作的诊所离车站大约有几栋楼的距离。我决定走路过去，好纾解一下长途搭车的酸痛。街上到处停满了车，好像小型停车场似的，中间隔着一排排稀疏的棕榈树。时局不同了，诊所也一样，笼罩在阴影之中，连窗子看起来都透露着惊恐，门面也伤痕累累。

我踏上诊所大门的台阶，看见一名正在用火柴剔牙的保安人员。

"麻烦你，我想找法拉荷医生。"我说。

"请出示你的预约卡。"

"我是她弟弟。"

他要我在台阶处等一下，接着便往小房间走去，小房间里面坐着一名柜台人员，他拿起电话时朝我怀疑地看了一眼，接着讲了大约两分钟，我见他点点头，示意保安人员过来带我到等候室去，里头有张老旧的沙发。

过了十几分钟，法拉荷来了，穿着医生的白袍，胸前挂着听诊器。她看起来容光焕发，妆化得很精致，就是口红有点涂太多了。她看见我并不热情，好像我们每天都见面一般平常，显然是因为工作让她没有喘息的空间。她真的瘦多了。我们亲吻、拥抱，可是她显得很没精神，有些敷衍。

"你何时到的？"她问我。

"刚到。"

"巴希亚前天打电话告诉我说你要来。"

"路上耽搁了不少时间。很多军事路障，还被逼着绕路……"

"你非来巴格达不可吗？"她语带责备地对我说。

我一开始没搞懂她的意思，但她坚定的眼神让我明白，原来她不是累了。她不高兴的样子不是因为工作，而是因为看到我。

"你吃过中饭了吗？"

"还没。"

"我还有三个病人。我带你到另一个房间，你可以在那儿洗个澡，因为你身上味道好重。待会儿有个护士会送东西过去给你吃。如果我很晚还没下班，你就在那房间里的床躺着休息一下，等我过来找你。"

我拿起背包，跟着她穿过走廊。到了楼上，她带我进入一个房间，里面有床、小茶几，墙上的支架还架着一台小电视，塑胶浴帘后面则有莲蓬头可供淋浴。

"肥皂和洗发精就在柜子里，毛巾也是。水是限量配给的，"她不忘提醒我，"所以别浪费水。"

她看了看表。

"我最好快一点。"

接着她就离开了。

我站在原地，盯着她刚刚站着的地方，心想：我是不是做错了？没错，法拉荷一直都和我很疏远。她是个反抗者，也是勇于为自己争取命运的斗士，是卡拉姆村唯一敢于违抗部族规定、想做什么就做什么的女孩。她的大胆和桀骜不驯自然造就了她现在的性格，也让她显得比较具侵略性、没那么随和。然而，刚才她冷漠的接待还是让我觉得很奇怪。我们最后一次见面是在两年前，当时她回卡拉姆村探望我们，虽然停留的时间比预定的短很多，但她一刻也不曾对我们摆出居高临下的傲慢态度。她确实很少笑，若只因为这样，就认为她会冷淡对待自己的亲弟弟，也说不过去。

我脱下衣服，站在莲蓬头的水柱底下，用肥皂从头洗到脚。洗完澡后，我感觉自己好像换上一层新的皮肤。我穿上干净的衣服，躺在盖着防水布的海绵床垫上。此时一位护士为我带来一盘餐点，我立刻狼吞虎咽吃完，接着马上沉沉进入梦乡。

法拉荷回来的时候，夕阳已西斜。她看起来比较轻松了，侧坐在床边，白皙的双手交叠放在一边膝上。"我刚才来过，见你睡得很熟，就没吵醒你。"

"我已经两天两夜没合眼了。"

她搔搔额角，有些不耐烦。

"你来得不是时候，巴格达现在是全伊拉克最乱的地方。"

她刚才还显得十分坚定的眼光，此刻却有些闪躲。

"我打扰到你了吗？"我问。她起身点亮天花板的灯。这举动有些荒谬，因为房间里还很亮。她突然转身对我说："你到巴格达来想干什么？"

她责备的语气再次引起我的猜疑。

法拉荷和我从没真的亲近过。她年纪大我太多，而且很早就离家，我们的关系因此一直很模糊、疏远；即使我到巴格达上大学时，我们也只是偶尔见见面。现在她站在我面前，我突然了解到她对我而言根本是个陌生人。而且更糟的是，我不喜欢她。

"巴格达除了一片混乱，什么也没有。"

她舔舔嘴唇，继续说："我们诊所根本赶不上战争的速度。每天都有新的病人、伤患，或者截肢的人被送进来。我有一半的同事都放弃了，再加上没发薪水，我们只剩二十几个人继续撑着这间诊所。"

此时她突然从口袋拿出一个信封，交给我。

"这是什么？"我问。

"一点钱。先找间旅馆住几天，再看看怎么安顿你吧。"

我真不敢相信自己的耳朵。

我推开信封，对法拉荷说："你的意思是你的公寓没了吗？"

"我的公寓还在，只是我不能让你过来住。"

"为什么？"

"就是不能。"

"为什么？我不懂你的意思。在家乡，家人总是互相帮忙……"

"我已经不在卡拉姆村了，"她说，"这里是巴格达。"

"但我是你弟弟，你怎么能将自己的弟弟拒于门外呢？"

"我很抱歉。"

我看着她，但她回避我的视线。我简直不认识她了，她看起来已经不像我记忆中的法拉荷，她的五官我一点也不熟悉，看在我眼中像是个陌生人。

"我让你丢脸了，是吧？你想跟从前切断关系。现在你是时髦的城市女孩，怕我这个乡巴佬会破坏你家的装潢，是吧？堂堂的医生大人，她现在自己有一间时髦的公寓，就连亲戚也不认了，就怕邻居看见会丢脸……"

"我不能让你过来住，是因为我家里有人。"

她突然打断我的话。

"你和人同居？怎么会？你瞒着家里偷偷结婚了吗？"

"我还没结婚。"

我吓得几乎跳起来。

"你和男人同居？你竟然过着这种堕落的生活？"

她冷漠地看了我一眼。

"我怎样堕落了，我的小弟？"

"你这样做是不对的。这……这是禁止的啊。你疯了吗？你还有家人，你有为自己的家人想过吗？想过他们的名誉吗？你自己的名誉呢？你不能过着这种堕落的生活，法拉荷，你不行……"

"我不是堕落，我只是在过我自己的生活。"

"你已经不信神了吗？"

"我只相信自己做得没错，这样就够了。"

第十章

我在城市里四处游荡，一直走到双脚无法再前进一步。我不想思考，不想看，也不想听。人群在我身边打转，我视而不见；车子好几次鸣喇叭将我由马路赶回人行道。我一旦稍微从沉潜的混沌状态中醒来，便又再次浑浑噩噩地沉入混沌。在黑暗里，被包裹在痛苦中，我觉得很自在，无需面对所有令人愤怒的问题。我处在愤怒中，任凭它侵蚀我的血脉，与我的肉体合而为一。法拉荷早已成为过去时，我已将她驱逐出我的思绪之外。她只是一个淫荡的魔女，一个婊子，在我的生活里不再占一席之地。根据祖先的传统，凡是误入歧途的亲人，整个部族都会唾弃他；若是女孩，只会更快遭到驱逐。

夜晚降临，我走到一个简陋广场上的一张长椅旁。广场边有个洗车站，旁边蹲着一群身份复杂、看起来像被鬼附身一样的人，天堂与地狱都将他们拒于门外；他们又像被大海抛弃的鲸鱼。有堆醉死的流浪汉裹着毯子，一群小鬼用胶水瓶吸毒，还有抱着孩子坐在树下乞讨的女人。这区域以前不是这样的，虽然当时也不算时髦，但是平静又整洁，还有一些明亮的商店，逛街的人也都很和善；可是现在到处都是挨饿的孤儿，还有衣衫褴褛、满身伤疤、像野兽一样的年轻人四处横行。

我将背包紧抱在胸前，监视着围绕在长椅周围那些狼群似的青少年。

"你要干什么？"我问其中一个在我旁边坐下的小鬼。

那孩子大约十几岁，脸上带着刀疤，还在流鼻涕，纠结的头发看起来有如蛇发女妖头上的蛇窝。他的眼神令人不安，嘴角还挂着一抹诡诈的笑容。他穿着一件长达小腿肚的衬衫和破烂的长裤，赤着脚，脚趾都是伤，而且又黑又脏，闻起来有股死掉动物才有的气味。

"我有权坐在这儿，"他尖声喊，"这是公共椅凳，又不是你的私人财产。"

我见他的口袋露出一截刀柄。

距离我们几米外，有三个小孩假装正在草地上玩，其实是暗地在监视我们，只等坐在我身边的同伴发出暗号，就会扑上来。

我赶紧起身离开。坐在长椅上的孩子朝我骂了句亵渎的脏话，还对我挺出下半身，做出猥亵的动作。他的三个同伙一边讪笑，一边盯着我离开，其中最年长的孩子也不过十三岁，但他们身上却已透着死亡的气息。

我加快脚步离去。

过了几条小巷，突然有个影子从暗处袭击我。措手不及的我被压在墙上，好多只手同时伸过来拉我的背包，想从我手上抢走它；我伸脚去踢，感觉踢到了某人的脚，接着我退向一堵往内凹的大门；未成年的强盗变本加厉。此时我感觉到背包的提带好像要拉断了，于是猛烈而盲目地出击。经过一番激烈的对抗之后，袭击我的人终于放开背包逃走了。他们经过路灯下时，我认出那群强盗就是刚才那四个孩子。

我在人行道蹲下来，双手抱头，调整急促的呼吸。

"这到底是什么国家？"在喘息中，我听见自己问。

起身时，我才发觉背包好像变轻了。我的感觉没错：背包侧面被划了一道口子，放在里面的东西有一半都不见了。我伸手去摸裤子的后口袋，松了口气：还好，钱都还在。此刻我开始往市中心狂奔，一路上一点黑影都让我吓得跳到一边去。

＊＊＊＊＊

　　我跑到一家烤肉店吃晚饭。我坐在角落的桌子旁，远离门窗。我一边看着眼前的烤肉串，一边紧盯着餐厅里来来去去的客人，没看到一张熟面孔。任何人看我一眼，都会让我觉得神经紧绷。坐在这群粗野的人之中让我很不舒服，既害怕又惊恐。除了一些人类共有的外表特征之外，他们跟我们村里的人没有一点相似之处。尽管有着人类的外表，却掩藏不了他们身上那股野兽般的气息，我对他们只感觉到冰凉的敌意，好像自己到了敌国的土地上。更糟的是，我还正好站在地雷区，只等着随时被炸得粉身碎骨。

　　"放轻松点！"服务生端薯条来时对我说，"我都在你面前站了一分钟啦！你怎么对我视而不见呢？你是刚遇上抢劫，还是大难不死逃过炸弹攻击啊？"

　　他斜睨了我一眼，又忙着去招呼其他顾客了。

　　狼吞虎咽吃完眼前的烤肉串和薯条后，我又点一份，然后再一份。一种从未有过的饥饿感促使我贪婪吞食，却越吃越饿。我又喝光一整瓶一公升装的汽水，加上一壶白开水、两篮面包，还有二十几根配着生菜的烤肉串。突如其来的旺盛食欲把我自己也吓坏了。

　　为了结束这场暴食，我请服务生帮我结账。

"这附近有旅馆吗？"我问柜台找钱的收银员。

他扬起眉毛，神情古怪地盯着我："前面路口有间清真寺，就在广场后面，你的左手边。过路人都在那儿过夜。在那儿，晚上至少可以清静地睡个觉。"

"但是我想住旅馆。"

"看来你不是本地人。这里的旅馆都遭到监控，旅馆主人被警察烦怕了，常常直接把房间钥匙放在门口的地垫底下。你还是去清真寺吧，那里很少临检，而且免费。"

"我要是你，我就会去清真寺。"刚才的服务生走到我身后轻声说。

我拿起背包，走上街去。

*****

说是清真寺，其实只是一栋两层楼的建筑物，一楼仓库改建成祈祷室。建筑物夹在一间荒废的大商场和另一栋大楼之间。路灯的光线昏暗，街道两旁有些深锁在铁栅栏后的杂货店。我更加讨厌这个地方了，简直就是危险区域。现在才晚上十一点，路上除了爬屋檐、翻垃圾的猫儿之外，一个影子也没有。祈祷室里面没人。那些没地方住的人都被聚集到另一个大房间，约可容纳五十人，地上还铺着褪色的毯子。天花板上有一盏枝形吊灯，将光线投射在地上到处蜷缩的丑陋人群身上。房里大约有二十几个可怜人，全都和衣而睡，有些熟睡到张着嘴，有些则缩着身体侧躺。房里弥漫一股脚臭和脏衣服的味道。

我选择在一处墙角躺下，旁边是个老人。我把背包当枕头，躺下来盯着天花板，等待睡意来临。

枝形吊灯的灯光熄灭后，房里开始响起此起彼落的鼾声，接着转为浓重的呼吸，然后逐渐因熟睡而变得稀疏。我听着自己血液的脉动还有急促的呼吸。腹部阵阵恶心不断往上冲，还好最后我忍住没吐。其间只有一次，父亲跌倒在地的身影掠过我的脑际，但我立刻驱散那影像。我实在太倒霉了，不能再沉溺于不幸的回忆里。

入睡后，我梦见自己在一座森林里狂奔，被一群野狗追赶，四周净是可怕的吼叫和扎人的树枝；梦中的我赤身裸体，双手双脚满是鲜血，纠结的头发也沾了粪便。跑着跑着，荆棘丛突然分开，原来我掉下了一道悬崖。我在半空中正要扭动身体企图攀抓东西，就被清真寺里宣礼员报时的声音吵醒了。

醒来时，我发现房里大部分的人早已离开，身旁的老人也走了，只剩下四个可怜人还在睡觉。我的背包早已不翼而飞。我伸手去摸裤子的后口袋，竟连钱也不见了。

*****

我坐在人行道上，双手撑着下巴，看着穿制服的警察管制车辆。他们要求每个驾驶员拿出证件，并核对车上每个乘客的身份，有时还把所有人都叫下车，全面搜查。他们仔细地搜索车厢，甚至引擎盖、车底盘也没有遗漏。前一晚，就在这个地方，他们搜索一辆救护车，最后却闹得很大，因为车上的医生试着向警察解释病人的情况很紧急，但警察根本不想听。医生火很大，警察队长就朝他的脸挥了一拳，于是情况开始失控，两边大打出手、互相叫骂、彼此威胁，最后警察队长便掏出手枪，往医生腿上开了一枪。

在此之前，这个区域早已声名狼藉。两天前，这里还发生另一起案件：一名男子就在目前警察设立路障的地方被杀。死者是个五十开外的男子，从对面的杂货店抱着一袋食物正准备上车离开，突然有辆摩托车停在他面前，骑车的人朝他开了三枪；中年男子倒地身亡，一头埋在他买的那袋食物里。

三天前，同一地点，一名年轻的议员也在此遇害身亡。当时他正在车上，突然有辆摩托车追上他，迎面便是一阵扫射，挡风玻璃碎成蜘蛛网一般。议员的车子立刻偏驶到人行道上，还波及一个行人，最后撞到路灯才停下。开枪的杀手立刻赶过去打开车门，把车上的年轻议员拉下车，压倒在地，枪口抵着他的身体连开了好几枪，接着从容不迫地骑上摩托车，在引擎隆隆声中离开现场。

警察进驻此地，显然是为了平息杀人事件，然而巴格达像是穿孔的漏勺，到处都是漏洞。恐怖袭击事件有如家常便饭，防堵了一处，另一处依然会发生同样的事件，甚至更血腥恐怖。这里已经不是城市，而是战场、靶场、巨大的屠宰场。当初离开的时候，巴格达还是个风情万种的美丽城市，如今回来却发现她变得像干瘪的七头蛇妖，仅靠微薄的力量硬撑着不垮。在盟军轰炸前，人们还相信会有奇迹发生，全球各地的人，从罗马到东京，从马德里到巴黎，从开罗到柏林，都因为反战而聚集在各国的首都游行抗议；可是他们的声音有谁听从呢？

潘多拉之盒被打开了，邪恶的野兽纷纷越界，再也没有什么是安稳的了。巴格达正在四分五裂。长久受到暴君压迫的城市，如今突然解开了折磨的枷锁，得以随意行动，反而不知道如何克制那股自我毁灭的愤怒。恣意妄为却不会受到惩罚的快感也让她昏了头。没错，暴君萨达姆是被推翻了，枷锁终于去除，可是长久以来巴格达那股压抑的沉默依然存在。她那带有恨意的怯懦、长期累积的重大伤害，还有过去的历史伤痕，并没有随着暴君被推翻而消失。一直以来伤害巴格达的刽子手并未对她抱有一点同情，因此她也不懂得如何怜悯自己，反而饮鸩止渴、怀抱宿怨，在自己的伤口上撒盐。她在自己所激起的痛苦与沮丧之中昏头，变身成无法自我认同的形象，那形象却是过去别人一直强加于她，而她一直都断然拒绝的。在最深沉的绝望中，她用尽了各种手段，结果都只是惩罚了自己。

这城市已经疯狂到极点。

再坚固的束缚也绑不住她，她宁愿用炸弹当腰带，用裹尸布做她的军旗。

整整两个星期，我就这样在城市的废墟里游走，身无分文、漫无目的，随便在哪儿入睡，随便乱吃充饥，但不时传来的爆炸声依然使我惊跳。到处都是区隔安全区域的有刺铁丝网、防止自杀攻击车辆混入的反坦克路障、俯瞰建筑物的瞭望塔、横跨道路的栅栏，一切都让人感觉仿佛身处前线。这里的人像在梦游般茫然，不知该求拜哪个神灵保佑。只要一有恐怖袭击事件发生，所有人又都蜂拥到事发现场去看热闹，就像涌向鲜血的大群苍蝇。

我疲惫而泄气，愤慨又沮丧。我的蔑视与愤怒逐日高涨。巴格达的疯狂似乎也注入了我的身体。我想要狠狠地报复她。

这天早上，我停在一道橱窗玻璃前，几乎认不出眼前的自己：我的头发蓬乱、满脸皱纹、双眼灼热，看了就令人厌恶。我的嘴唇龟裂、衣衫不整，已经完全变成了流浪汉。

"走开！"一名警察对着我喊道。

我好一会儿才发现他是在对我说话。他再次轻蔑地挥挥手要我离开。

"走吧，走吧，别赖在这儿。"

我就这样面对着管制站，不知道在人行道坐了几个小时。我起身，因为饿太久而感觉身体轻飘飘的。我伸出手想扶着什么，却扑了个空。踏着摇摇晃晃的脚步，我还是离开了。

*****

我一直走，一直走……可是仿佛一点儿也没前进。大马路在我面前展开，像一张血盆大口。我在人群中跌跌撞撞、眼神模糊、小腿僵硬。人群中不时有只令人厌烦的手伸出来把我推开。我跌倒后又再次起身，继续漫无目的的旅程。

桥上一群人正挤在一辆燃烧的车子旁围观。我轻易地穿过人群，就像破冰船穿过结冰的海面，因为没有人想靠近我。

河水汩汩拍打着陡峭的河岸，对这群可鄙的群众发出的大呼小叫充耳不闻。一阵带着沙尘的风刮上我的脸。我已经不知道自己该做什么，或者该往哪儿去。

"嘿！"

我没回头，因为没力气回头。现在的我只要一个不小心，就会倒下去。好像只有不停地、盲目地走，尤其不能够分心，这样才能保持站立。

身后又响起一声汽车喇叭声，接着又一声，然后是一阵脚步声赶到我身后，一只手抓住了我的胳膊。

"你是聋了还是怎样？"

眼前是个胖子挡住了我的去路。我没立刻认出他是谁，因为我的视线已有些模糊。他张开双手，胖胖的肚子垂在大腿上，笑容看起来好像脸上的一道裂痕。

"是我啊！"

仿佛在我的癫狂沙漠中突然出现了一片绿洲，让我整个人为之颤抖。我不敢相信自己竟会因为看到他而如此欢欣鼓舞。眼前对我露出微笑的男人将我带回现实、使我苏醒，像是我唯一的拯救、终极的救赎。原来是下士奥马尔！

"被我吓了一跳，是吧？"奥马尔开心地喊道，"你看看我穿得像明星吧，啊？"他边说边转了一圈。

他抚平外套的前缘，拉直长裤。"一点油污、褶痕都没有。你的表哥很完美，像个新钱币一样。你记得吧？以前在卡拉姆村的时候，我的衣服老是沾着油渍或脏污，但自从我来到巴格达，可再也没那样了。"

热情让他一下子说了很多话，好一会儿才发现我好像不太舒服，几乎无法站立，就快昏倒了。

"天啊！你怎么搞成这样？"

我感觉好像抓着树枝、即将被高涨的潮水带走的溺水人，老半天终于虚弱地挤出一句话："我好饿……"

第十一章

奥马尔带我来到一家简陋的小饭馆。我埋头吃饭的时候，他一句话也没说。他知道我现在什么也听不进去。我埋首餐盘，仿佛生命就悬在那上头，眼里只看得见面前软掉的薯条。我大把大把抓起薯条塞进嘴里、粗暴地撕开面包狼吞虎咽，几乎没有咀嚼。发疯的吞咽把我的喉咙都刮伤，手指弄得黏呼呼的，下巴也沾满了酱汁。坐在我们附近的客人都惊恐地看着我的吃相，直到奥马尔凶狠的瞪视让他们转开视线。

当我终于吃饱，奥马尔带我去买衣服，接着又带我到公共澡堂洗澡。洗完澡出来，我才感觉稍微好些。

"我猜你没地方去吧？"奥马尔尴尬地问。

"对。"

他搔搔下巴，好像有点苦恼。

我怕自己麻烦到他，于是说："你没必要照顾我。"

"我不是嫌麻烦，表弟。我想照顾你，只是可能不太方便。我住的地方是和另一个人合租的。"

"没关系，我会自己想办法。"

"我不是要抛下你。你让我想想办法。我不可能丢下你不管。巴格达可不是你能到处乱晃的地方。"

"我不想给你添麻烦，你已经帮我够多了。"他举起手制止我再拒绝他，要求我让他安静想想。我们离开澡堂，站在人行道上，他背靠着他的货车，双手抱胸，用食指撑着下巴在思考，胖胖的肚子像屏障一样隔在我们之间。

"这样吧！"他突然说，"我去叫我的室友另外找地方待一阵子，直到你找到地方住为止。他人很好，而且家人也在巴格达。"

"你确定我不会打扰到你吗？"他挺起腰杆、打直背脊，帮我打开车门。

"上车吧，表弟，家人就是要互相帮助啊！"

见我还在犹豫，他便抓着我的肩膀将我推上车。

奥马尔住在萨尔曼公园附近一栋房子的二楼。建筑物的墙面斑驳，附近有一条聚集了一堆孩子的小巷；房子的台阶几乎被打烂，门窗零零落落，楼梯间有股传染病的臭味，各户的信箱也都摇摇欲坠，有些甚至被完全拔了下来。不祥的阴影投射在碎裂的台阶上，更显阴暗。

"这里没灯，"奥马尔提醒我，"因为有小偷。每次我们一换灯泡，隔天晚上就被小偷打破了。"

有两个年幼的小女孩坐在楼梯间，脸孔脏得惹人厌恶。

"她们的妈妈疯了，"他小声对我说，"她成天把两个小女孩扔在这儿，也不管她们在干什么。有时候路人还好心把她们带上台阶，免得她们跑到马路上，可是她们母亲最讨厌听到人家要她注意孩子……这世界到处都是疯子！"

他打开门，退到一旁让我先进屋。房间很小，家具也少得可怜，几乎像穴居人的洞穴般简朴：一张床垫直接放在地上，一个木箱上放着一台小电视，墙边靠着一张小茶几和一把小凳子，带有挂锁的柜子面对着中庭的窗户，这就是房间里全部的摆设。牢房大概都比奥马尔这间小房间豪华。

"这就是我的王国了！"下士奥马尔大声介绍，还搭配夸张的动作，"墙边的柜子里有毯子、罐头和饼干。我没有厨房。要大便的话，我得缩着肚子才能走到那边的马桶去。"

他用大拇指指着一个小角落。

"供水有限制，一个星期只有一次，而且很少，要是不小心错过，就只好等下次了。抗议也没用，只会让自己生气，而且会更渴。厕所有两个铁桶，里面的水可以拿来洗脸，但不能喝。"

他摆弄挂锁，取下柜子门上的链条，让我看看衣柜里面。

"就当自己家吧。我得赶去上班，不然就要被开除了。我大概三四个小时后就会回来。等我带晚餐，我们再好好聊聊，聊到累昏为止。"

他离开前，特别嘱咐我一定要上两道锁，睡觉时也要保持警觉。

*****

奥马尔回来的时候，已近夕阳时分。

他坐在床边的小凳子上，看着我从床垫上爬起来。

"你睡了整整二十四个小时。"他对我说。

"不会吧？"

"真的。今天早上我本来想把你叫醒，可是你一点反应也没有。我中午回来的时候，你也还在熟睡。甚至刚才附近发生爆炸，也没把你吵醒。"

"是恐怖袭击事件吗？"

"这里是巴格达，不是炸弹就是瓦斯罐爆炸，家常便饭。不过这次是意外，有死伤，我没注意人数。知道了再告诉你。"

我感觉身体很虚弱，但有地方可住，身旁又有熟人，就已经让我很满足了。两个星期的流浪生活把我压榨殆尽，再这样下去我一定撑不住了。

"我可以问你来巴格达做什么吗？"奥马尔盯着自己的指甲，突然问我。

"为了报仇雪恨。"我毫不迟疑地回答。

他抬起头望着我，眼神悲伤。"我们来到巴格达，都是为了报复在其他地方缔下的仇恨，我们明摆着根本就搞错对象了。卡拉姆村发生了什么事？"

"美国人。"

"他们做了什么？"

"我不能跟你说。"

他点点头。

"我懂了。我们出去走走好吗？"他起身说，"然后再到餐厅吃点东西。肚子填饱了才好说话。"

*****

我们走遍了整个区，聊着无关紧要的话，就是不碰触到重点。奥马尔看起来心事重重，额头有一道明显的皱纹。他缩着下巴，双手背在身后，弯着腰慢慢地走，仿佛驮着很重的行李。路上看到的每个空罐，他都不忘去踢一下。在这个混乱充斥的城市，夜幕温柔地落下。偶尔有警车经过我们身边，警笛大作，但社区没多久就再度恢复正常的喧闹，而且平常得几乎让人察觉不到它的存在。

我们到广场旁的一家小餐馆吃饭。奥马尔认识店老板。店里只有两个客人，一个是戴着银框眼镜、穿着朴素西装，看起来一副精英模样的年轻男子；另一个则是风尘仆仆的卡车司机，他吃饭的时候，视线一刻也不敢离开自己的卡车，因为车子旁围着一群孩子。

"你来巴格达多久了？"奥马尔问我。

"大概二十几天了吧。"

"睡在哪儿？"

"广场或河岸边，有时睡在清真寺。看情况，走到哪儿睡到哪儿。"

"你怎么搞的，落到这般田地？你应该看看自己昨天的样子。我本来远远地一下子就认出是你，但靠近一看反而怀疑了。你的鬼样子看起来就像正要替有梅毒的妓女舔屁股，却被她尿得一脸都是。"

讲话这么粗鲁，这就是卡拉姆村的下士奥马尔。奇怪的是现在他的低俗却不那么惹我讨厌了。

"我本来想住到我姐姐那儿，但是没办法，"我对他说，"本来我身上还有点钱，以为省着点用够过一个月，应该可以找到暂时的栖身之所。但头一天晚上我睡在清真寺，早上起来，东西和钱就都不见了。接下来的事，你自己想象吧。"为了转换话题，我问他："你的室友呢？他怎么办？"

"他人很好，很明白事理。"

"我向你保证，绝对不会麻烦你太久的。"

"别傻了，表弟，一点也不麻烦。换做是你也会为我这么做的。

我们是贝都因人啊，跟这里的人不一样……"

他突然双手掩嘴，眼神紧张地问："你现在可以跟我说报仇的事了吧？你到底打算怎么做？"

"毫无概念……"

他鼓起双颊，忍不住叹气。他把右手放回桌上，拿起汤匙搅动盘底冷掉的汤。奥马尔猜到我脑袋里在想些什么。许多农民都从穷乡僻壤赶来参加突击队，当了佣兵。每天早上，客车都会载来一队又一队的人，他们都加入了佣兵团。动机很多，但大家的目的都只有一个，显而易见。

"表弟，我没权力反对你的选择，因为没有人知道真理。以我个人来说，我也不知道自己是对是错，更不想对你说教。被欺侮的人是你，只有你才知道该怎么做。"

他的声音听起来怪怪的。

"这是荣誉问题，奥马尔。"我提醒他。

"我不想争论这个，不过你一定要清楚知道自己面对的是什么状况。你也看到反抗军每天都在做些什么。死了几千个伊拉克士兵，才杀得了几个美国人？如果你不在乎，那是你的事，但我可不这么想。"

为了在餐厅待久一点，他又点了两杯咖啡。

他想想自己的论点后，又接着说："坦白说，我来巴格达就是想大干一场。我从来没有忘记过雅辛对我的冒犯。我从那时起就失去了尊严。之后每次回想起那件事，我就觉得无法呼吸。一天会想起好几次，就像得了气喘病一样。"

想起在记忆中被我抹去的卡拉姆村，让我感到很不舒服。此时奥马尔从口袋抽出一条手帕，压着眼角的泪水。

"我深信这个污辱会一直烙印在我身上，直到用鲜血洗净为止，"他对我坦承，"迟早我绝对会要雅辛的命……"

服务生端来两杯咖啡，放在餐盘旁边。奥马尔等他走了，才又拿起手帕压压眼睛，肥胖的肩膀抽搐着。

他又接着说："信差咖啡馆发生的事让我觉得很可耻。我借酒浇愁，却还是无法释怀。我决定到处看看，但我整个人都快疯了。我真想放个屁，把整个城市烧成炙热的火炭。我吃的每一样东西尝起来都好像鲜血，闻起来都像尸体在焚烧；我的双手渴求杀人的武器。而且我发誓，要是我手上有枪，我真的会扣下扳机。当我搭车来到巴格达时，我以为自己会去沙漠挖壕坑、建造避难所和指挥站；我想象自己是个士兵，你懂吗？我抵达巴格达的那天，就发生了桥上那场假警报造成的人群推挤事故，结果上千人死亡；当我目睹一切，当我看到推挤现场堆积如山的鞋子，还有许多孩子双眼半闭、脸色发青的尸体……当我看到这一切因为伊拉克自己人打自己人所造成的混乱时，我立刻对自己说，我不打这种仗！清清楚楚，表弟。"

他端起咖啡喝了一大口，也催促我喝。他的脸庞激动得发抖，鼻孔颤动好似快要窒息的鱼。

"我来是为了加入突击队，"他说，"我根本没想别的。即使向雅辛复仇的事得延后，但等时候到了，我自然会跟他了结；目前我必须先弄到武器，然后上战场去，我要到之前当逃兵的地方去把当时的武器找回来。过去我虽然没能捍卫这个国家，如今我已经准备好为她而死了。可是，妈的，我们不能自己人打自己人，就只是为了给这世界找麻烦啊。"

他等着，我却没有任何反应。于是他搔抓自己的头发，一副泄气样。我的沉默让他很尴尬。他知道我不懂他的感觉，我只坚守自己的想法。我们贝都因人就是如此，当我们沉默的时候，就表示所有能说的都已经说完了，没有什么可补充的。他描述桥上那场混乱带给他的感觉，我一点都不懂。我甚至对我父亲跌倒在地的那一幕也无话可说。感觉对我已经是过去时了。我现在正处在被惊吓、被欺侮的后期状态，只想要用鲜血洗刷屈辱，这就是我的天赋职责，也是属于我的绝对权力。我不知道这对我而言代表什么，或者这想法到底是怎么在我心中构筑出来的，我只知道有一股不能违背的责任在驱使着我。我既无不安，也不激动，而是处于另一个次元，那里与这个现实世界唯一的关联就是，我必须信守历代祖先在鲜血与痛苦中封印的誓言，发誓守护自己的荣誉，即使舍命亦在所不惜。

"你在听我说话吗？"

"在听啊。"

"突击队搞的那些勾当会降低我们在世人眼中的地位。我们是伊拉克人，我们有一千一百多年的历史，是我们教会这个世界怎么做梦的。"他喝光他的咖啡，并用手背擦擦嘴，然后说："我不是想影响你。"

"你很清楚这影响不了我。"

*****

天黑之后，一股热风吹袭着建筑物的墙面。天空满布沙尘。空地上，一群孩子在踢足球，一点也不因天黑而受影响。奥马尔走在我身旁，拖着步子，显得沉重而心不在焉。当我们走到一盏路灯下，他将我拉住，盯着我的脸说："你觉得我多管闲事吗，表弟？"

"没有。"

"我不是想哄骗你。我不会骗人。"

"我从没想过你会骗我。"

这次轮到我盯着他的脸，我说："生命应该有规矩，否则我们跟石器时代的野蛮人就没有差别了。奥马尔，规则确实可能不适用于所有人，也可能有缺陷，不是永远合理，但至少规则能帮助我们保持一定的方向。你知道此刻在我跟你说话的时候，我最想做什么吗？我好想回家，回到我的小房间里，听着我那声音朦胧的收音机，然后梦想吃着一块面包，配一杯干净的水。但收音机已经没了，我现在也不可能回家了。要是不报仇，我永远无法回去，否则还没跨过门槛，我就会羞愤而死。"

第十二章

奥马尔的工作是在一间家具店负责送货。老板是他以前在军中认识的一位长官。他们偶然在一个木工家相遇，当时奥马尔正在求木工雇用他，而长官碰巧到木工家订购桌子和橱柜。奥马尔刚到巴格达时，到处寻找以前的同袍，可是之前留的地址都不管用，不是搬家，就是人间蒸发了。两人相认后，先是拥抱、寒暄，接着奥马尔便将自己的处境告诉从前的长官。长官自己景况也不好过，请不起新员工，但过去的同袍之情战胜了利益的考量，逃兵下士奥马尔当场立刻被雇用了。老板派给奥马尔一辆蓝色小货车，他不仅负责开车送货，还把车子细心保养得很好。老板也给他找了间萨尔曼公园旁的套房。奥马尔的薪水微薄，好几次还晚了几个月才发，但至少老板不会骗人。奥马尔一开始就有心理准备得过苦日子，不过至少有个地方栖身，也有份工作糊口，跟身边的人比起来，他只有不停感恩真主的保佑与幸运眷顾。

奥马尔带我到老板那儿，想替我安插工作，但他也提醒我，很有可能只是白费力气，因为店里几乎没生意可言，即使最有钱的人也都为了日常开销伤透脑筋，比起购买新碗橱或更换新沙发，大家还有其他更迫切的需求。老板对我的态度很尊重。他手长脚长，看起来很像鹭鸶之类的水禽。奥马尔把我介绍给他，还大声宣称我有各种优点，虽然有些与事实不尽相符。老板只是扬眉听着，不时点头，脸上挂着一抹微笑。当奥马尔说到带我来这儿的目的之后，长官的笑容突然消失，二话不说走进隐藏的内门，随后拿了一本账簿出来摊在我们面前。开支那栏用蓝色标示，项目长得不像话，但用红色标示的营业额那一栏却非如此，收入那一栏更是根本空空如也。至于用绿色标示的预订项目，也和政府公告的公文一样，只有短短几行。

"很抱歉，"他坦白告诉我们，"真的没办法。"

奥马尔也不再坚持。

他用手机联络几个朋友，把我由城里这头拉到那头，却仍然没有半个雇主保证有消息立刻通知我们。奥马尔很沮丧，而我觉得自己给他造成很大的负担。就这样过了五天，眼见依然没有转机，我决定不要再麻烦他了。

可是奥马尔听了反而笑我傻："你就安心待在我家，直到你翅膀长硬为止吧！要是我不照顾你，家乡的人会怎么看我呢？他们早就受不了我的粗俗言语，还有我酗酒的问题。我可不想让他们再给我贴上伪君子的标签，说我连同乡也不认了。我是有很多缺点，没错；我也上不了天堂，这是肯定的；但我还有一点荣誉感，表弟，这是我的坚持。"

有一天下午，奥马尔和我正在房里无所事事，一名年轻人突然来敲门。我开门一看，是个惴惴不安的年轻男子，双肩薄弱，脸蛋看起来像个女孩，双眼如水晶般清澈，年纪应该跟我差不多，二十几岁。他穿着胸前有双口袋的打猎款式衬衫，领口敞开露出白嫩的胸口，底下搭配的是紧身牛仔裤，还有全新但侧面划破的鞋子。发现我在这儿，他有些不自在，而且他的眼光坚持看着奥马尔，完全把我排除在视线之外。

奥马尔赶紧过来为我们介绍彼此。他也感到措手不及,声音很奇怪竟有些颤抖:"表弟,这位是哈尼,我的朋友,也是我的室友。"

哈尼和我握手,但对我冷冷的。他柔弱的手感觉好像会在我手里融化似的。他对奥马尔使眼色,要奥马尔跟他到楼梯间去,他们出去后便把门关上。过了几分钟,奥马尔进来对我说,他和朋友有点事要在房里谈,问我能不能去街角的咖啡店待一会儿。

"正好,我也有点闷。"我对他说。

奥马尔确认我没有不高兴后,便陪我下楼,然后说:"你就随便点,算我的。"

奇怪的是,他双眼却闪烁着异样的光彩。

"你看起来好像有什么开心的事?"我说。

"呃,"看来他好像误会了我的意思,尴尬地说,"老天多少也会给我们带来一些快乐呀。"

我开玩笑地对他行个军礼,便往咖啡店走去。一个小时后奥马尔才来找我,看来似乎和他的朋友相谈甚欢。

哈尼之后又来了几次,每次奥马尔都请我到咖啡店去等。一段时间过后,哈尼还是拒绝和我熟络。有一天晚上,他突然宣布他的耐心已经用尽,该让他回到正常的生活了。他想回到这间房子来。奥马尔试着劝他,但他很固执。他说,住在别人家里让他很不舒服,他已经受够了别人的虚伪,而且他根本没必要忍受这些。他心意已决,脸上坚定的表情和眼神都表明已无商量余地。

"他说得对,"我对奥马尔说,"这里才是他家。他已经对我够有耐心了。"

哈尼只是定定地望着奥马尔,甚至看也不看我伸出去要和他握手道别的手。

奥马尔站到我们两人中间，很气恼地对他的朋友说："好，你要回来是吧？那你就回来。但他是我表弟，如果今晚我没给他找到地方栖身，我就陪他一起去睡河堤。要是一直找不到，我就天天陪他，直到找到为止！"

我企图反对，但奥马尔已经把我推出去，并且关上门，拉着我离开了。

奥马尔先是到一个熟人家，想看看她是否能收留我两三天，却谈不拢。之后，他退而求其次，去求他的老板，老板说可以让我睡仓库。奥马尔把这当底线，但坚持想找更好的，于是又去找了几个人。最后他终于承认没有其他办法，我们才回到仓库，我也就此当起家具店的守夜员。

过了一个星期，我发现奥马尔的话越来越少。他蜷缩在自己的角落，常常没注意到我在和他说话。他很凄凉。我们岌岌可危的状态使他担心得双颊消瘦，担忧全都显露在眼底。我觉得他变得这么没精神都是我的责任。

奥马尔有一天早上突然问我："你觉得赛义德这个人如何？就是翔鹰巴苏拉的儿子，记得吧？"

"没什么特别的想法。为什么这么问？"

"我一直不了解这个男孩，不知道他在从事什么勾当，但他在巴格达市中心开了间电器行。你想不想去见他？说不定他能帮得上忙。"

"当然好啊。你有什么顾虑吗？"

"我不希望你觉得我是想摆脱你。"

"如果我这么想，可绝不会原谅我自己。"

我拍拍他握紧的拳头，要他放心，并对他说："我们现在就去见他吧，奥马尔。"

我们开着货车往市中心去，但是因为有个警察局遭到恐怖袭击，只好折返；绕过大半个市区，我们才抵达一条热闹的大道。赛义德的店就开在药房的对角，在未受到攻击行动波及的广场一隅。奥马尔把车停在距离电器行大约一百米远的地方，看起来有些不安。

"我们运气很好，正好遇上赛义德在柜台，"奥马尔对我说，"这样我们就不用在这儿干等了，你现在就去找他，假装是碰巧经过，透过橱窗认出他的样子。他一定会问你来巴格达做什么，你就把实话告诉他，说你已经在路上游荡了好几个星期，没地方住，钱也都花光了。要么他会对你伸出援手，要么他就会找理由把你打发走。如果你被雇用了，就别再回仓库，至少暂时别回来，等过一两个星期再说。我不想让赛义德知道我在哪儿、做什么。拜托千万别在他面前提起我的名字。我现在回仓库去，如果今晚没见到你回来，我就知道你找到工作了。"

他热心地推着我走上人行道，向我竖起大拇指，祝我好运，然后就快速跳上车，蜿蜒地闪躲行人，离开了。

赛义德正在柜台前潦草地记账。他穿着衬衫，卷起袖子，坐在一台发出微弱嗡嗡声的小型空调前面。当他看见我出现在门口时，他把眼镜推到额头上，眯着眼睛看我。他花了一点时间才想起我是谁，因为我们以前也不算很熟。我的心都揪了起来，怕他不记得我，但他的脸忽然舒展，咧嘴笑开了。

"不会吧？真的是你！"

他大声喊着，张开双臂欢迎我，而且拥抱了我好一会儿。

"你来巴格达做什么？"

我差不多全按奥马尔教的说了。赛义德很有兴趣地听着，表情不露好恶，很难看得出我的困难是否打动了他。当他伸出手打断我的话，我真以为他要赶我走了；但我立刻放下心，因为他将手搭在我肩上，并且告诉我：由这一刻开始，我的事就是他的事。我可以到他的店里工作，还可以在楼上的小房间住下。

"我这里卖电视、天线、微波炉什么的，每天要做的就是记一下每天的进出货。你上过大学，我没记错吧？"

"上过一年的文学系。"

"很好！记账靠的就是诚实，而你看起来是个很诚实的孩子。剩下的，你慢慢就能学会了，反正也不难，你以后就知道了。我真的很高兴你能来。"

他带我上楼看我的房间。小房间原本住着一名年轻的守夜人，看见我来似乎很高兴，因为终于能够被指派别的工作和权力，关店以后也可以回自己的家。我很喜欢这地方，有张行军床、一台电视、一张桌子，以及一个可以放我私人物品的衣柜。赛义德预支给我一点薪水，让我可以去洗个澡，买点日用品和衣服。他还带我到一家像样的餐馆吃了顿饭。

当晚，我像石头般安稳地睡了一觉。

隔天早上八点三十分，我拉开铁卷门，店门口已经有三个员工站在人行道上等着了。赛义德过几分钟后也到了，为我们介绍彼此。那些员工和我握手的时候没什么热情，都是典型的都市年轻人，不太搭理人，对人保持戒心。最高的叫拉希德，镇守在店的仓库，谁都不能进去，他的工作就是把货从里面拿出来，并监督送货。年纪最大的阿姆鲁负责运送。第三个员工是伊斯梅尔，负责售后服务，是电工技师。

赛义德的办公室就是接待室。他坐在展示橱窗对面，店里剩余的空间都用来展示商品。墙上都是铁架，放着各种大小的亚洲品牌电视，还有各式精致的周边设备，占满整面可供摆放的墙壁，包括电动咖啡机、吸尘器、烤盘和其他厨房家电。和家具店不一样的是，赛义德的店位于商业区的大马路上，整天都有人进进出出，虽然大部分人只看不买，但客人总是川流不息。

我就这样一直过得不错。直到有一天我刚从一间难吃的小餐馆吃完饭回来，赛义德突然对我说，楼上有几个"非常亲密的朋友"在房里等我。他走在我前面上楼，开了门，我看见雅辛和双胞胎哈桑、侯赛因都坐在我的行军床上。看到他们，突然有股颤抖传遍我的全身。双胞胎看到我，很开心地迎接我，笑着跑过来和我亲昵地打招呼，可是雅辛却没有起身，直挺挺地坐在床上，像只立起来的响尾蛇。他咳了几声清清喉咙，示意双胞胎别再搅和，然后用在卡拉姆村无人敢承受的锐利视线直盯着我瞧。

"你花了一些时间才觉醒啊。"他说。

我不太明白他想说什么。

双胞胎靠墙站着，让我一个人站在房间中央，面对雅辛。

"你好吗？"他问我。

"没什么可抱怨的。"

"但我对你却很不满。"

他动动身子，把压在身下的衣角抽出来。雅辛变了，看起来好像老了十岁。才几个月，他的表情就变得很刚毅；他的视线依然逼人，但下垂的嘴角形成两道深沟，好像被他严肃的表情压垮似的。

我下定决心不被他激怒，于是平静地问他："你能告诉我，你对我有什么不满吗？"

他摇头说："你认为自己没有让人不满之处吗？"

"我愿意听你说。"

"愿意听我说，他终于愿意听我说了，这位亲爱的凿井人之子。那我们该挑他什么毛病好呢，弟兄们？"

他上下打量我，然后又接着说："我老是问我自己，你的脑袋里到底都在想些什么，兄弟？只有得了自闭症的人才会对发生的事情视而不见。这个国家正在打仗，还有上百万的蠢蛋一直在装没事；街上发生爆炸，他们就躲回家关上门窗，以为这样就不关他们的事了。可是这样行不通，战争迟早会趁他们在睡梦之中、将他们靠不住的避难所连根拔起。我在卡拉姆村说过多少次了？我对你们说，如果我们不迎面去灭火，火焰也会烧到我们身上，可是有谁听我的？啊？哈桑，谁听了？"

"没有人。"哈桑回答。

"你想等着惹火上身吗？"

"不想，雅辛。"哈桑说。

"你想等着那些狗娘养的半夜把你从破床上拉起来，你才能醒来面对事实吗？"

"不。"哈桑说。

"那你呢，侯赛因？你要等到那些狗娘养的把你踩在脚下，你才能重新站起来吗？"

"不。"侯赛因回答。

雅辛再次上下打量我，接着说："我可不会等到人家在我的自尊上吐口水，才懂得起来反抗。事实上，我就这样待在卡拉姆村，有什么不好呢？我什么也不缺，我大可以关上门窗、堵上耳朵。但我知道，如果我不迎面灭火，火迟早会烧到我家，所以我要拿起武器，免得自己落得和苏莱曼同样下场。这么做是为了求生存吗？我认为只是符合逻辑的做法。这个国家是我的，却有无赖想从我手中抢走她，我该怎么做？你觉得我该怎么做？你觉得我该等别人跑到我家，在我面前强暴我妈，我才起来反抗吗？"

哈桑和侯赛因都低下了头。

雅辛缓慢地呼吸，调整他锐利的视线，然后对我说："我知道发生在你家的事了。"

我皱起眉头。

"没错，"他说，"坏事传千里。男人还能守口如瓶，但女人家就是口无遮拦。"

我也低下了头。

雅辛靠着墙，双手抱胸，沉默地盯着我。他的视线让我手足无措。他翘起脚，摊开手掌放在膝上，然后说："看见自己的父亲被野蛮人枪杀倒地，死的时候睾丸还露在外面，我知道那是什么感觉。"

我的喉结像是卡住了喉咙。他没必要把我的丑事这样公之于世，我受不了！

雅辛看着我的脸，清楚地读出我心里的呐喊，却满不在乎。

他用下巴示意双胞胎，然后又指指赛义德，接着说："所有在场的人，包括我和其他人，还有街上的乞丐，所有人都知道这种冒犯代表什么！但是美国大兵就是不懂！他们根本搞不清楚这种亵渎的严重性，甚至不知道这是种亵渎！在他们的世界，父母老了就送去养老院，再也不用为他们操心。他们嫌弃生养他们的母亲老不死，骂他们的父亲是白痴，连自己父母都不懂得尊重的人，对他们还能期待什么，啊？"

我愤怒得说不出话来。

雅辛看得很清楚，却说得更过分："对受尽产痛把自己生到世上，无微不至地照顾自己，在每个星夜里哄自己入睡，辛苦拉扯自己长大的母亲，美国大兵都能把她送进养老院等死了，我们又怎能期待他们会尊重我们的母亲呢？他们又怎么可能会尊重我们的耆老呢？"

赛义德和双胞胎的沉默更加深了我的愤怒。我觉得他们把我拉进一个圈套，令我十分怨恨他们。尽管雅辛多管闲事，但那多少在我意料之中，因为他的作风就是如此；可是其他人也参与其中，还一副事不关己的模样，让我更生气。

赛义德知道我就快爆发了。

于是他说："雅辛想说的是，美国大兵对他人国家的老幼全都不看在眼里。他不是想狠狠地责备你，而是在告诉你事实。我向你保证，卡拉姆村发生的事，我们全都觉得很心痛。我直到今天早上才知道这件事。人家告诉我的时候，我简直气疯了。雅辛说得对，美国人真的太过分了。"

"坦白说，你期待什么？"雅辛因为赛义德的介入有些火大，低声抱怨，"你以为看到一个惊恐的六十几岁残疾老人裤子掉了，他们就会羞耻得打退堂鼓吗？"他用指尖画了个问号，"为什么？"

我失去了说话的能力。

赛义德抓住这个空隙对我猛攻："你想想，他们怎么可能这样就打退堂鼓呢？那些美国人看到自己的好朋友在搞自己的老婆，也可以若无其事。羞耻心对他们来说早就没意义了。荣誉感呢？他们对荣誉的准则也有偏差了。美国人都是些发育不全的疯子，像冲进瓷器店的狂牛，把一切的价值准则都砸个粉碎。他们来自一个不公平、残酷、不人道又没有道德的世界，他们的历史一向充满了暴力和憎恨。功利主义可以合理化一切手段与野心。这种人怎么可能懂得我们的世界呢？我们给他们带来人类文明最辉煌的篇章，我们的价值观亘古以来从未有过一点扭曲，我们的行为准则自古至今从未改变过；这样的世界，美国人哪里能懂呢？"

"他们不懂，"雅辛说，并且起身靠近我，直到几乎贴上我的脸，"他们什么也不懂，我的兄弟。"

赛义德又说："他们不懂我们的习俗、我们的梦，也不懂我们的祷告，尤其不懂我们从祖先那里继承的个性和精神，不懂我们一脉相传的记忆从未遭到破坏，更不懂我们的选择永远是正确的。他们对美索不达米亚知道什么？对美妙的伊拉克又懂什么？竟把肮脏的机动队员派遣到我们的土地上。他们哪懂巴比伦的空中花园？他们对哈伦·拉希德[1]或者《一千零一夜》又懂什么？什么也不懂！他们仅仅两百年的历史，在历史上根本就是默默无闻之辈。美国人只把我们当成一个巨大的石油矿场，他们可以吸我们的血、直到榨干我们为止；他们站在财源滚滚的矿脉上，花点佣兵的军饷，就可以强取豪夺。他们把所有的价值准则全都放在岌岌可危的天平上，所

1　哈伦·拉希德（Haroun al-Rachid，约763—809），阿拉伯帝国阿拔斯王朝的一位统治者。《一千零一夜》即以他的时代为故事背景。

有的美德都受到利益的诱惑与考验。他们的真面目就是可怕的掠食者，只要有钱赚，要他们践踏耶稣基督的尸体，他们也愿意；要是我们不同意，他们就拿枪炮对着我们的圣人扫射、把我们的建筑物踏平，才不在乎里面放了多少有千年历史的羊皮纸史料！"

雅辛将我推向窗边，对我吼道："看看他们！你看啊，从窗口你就看得到那些人的真面目是什么了，他们根本就是战争机器！"

"但是在巴格达，这部机器将遭遇挫败，"赛义德说，"在外面，就在我们的大马路上，将会发生有史以来最盛大的决斗——巴比伦对迪士尼、巴别塔对帝国大厦、空中花园对金门大桥、天方夜谭组曲对迪斯科、辛巴达对魔鬼终结者……"

我完全被唬住了，摸不着头绪；我觉得自己好像身处一场化装游行中，或者在剧院的彩排舞台上，被一群演技很烂的演员围绕着。他们很努力地背诵台词，却没有天分将台词好好表演出来。可是……可是……可是我却又觉得好像听到了自己的心声。他们说的话正巧就是我想说却说不出来的，因为我整个脑袋都被头痛和失眠给占据了。无论赛义德是否真诚，或者雅辛说的话是不是发自肺腑，这些都不重要；我唯一确定的就是这场像闹剧似的化装游行正合我意，正适合我！我心中琢磨了好几个星期的秘密终于有人懂了，我的愤怒不再孤独。这场闹剧让我的决心又回来了。我很难定义这个过程中那奇妙的化学作用。这场闹剧如果发生在其他场合，应该会使我笑破喉咙，此刻它却使我感到减轻了负担。雅辛这混蛋好像拔除了我脚上一根该死的芒刺。他很清楚我的弱点，很晓得该如何搅动从天塌下来的那晚开始，就在我脑中挥之不去的卑鄙行为。我来巴格达是为了复仇，却不知道该从何着手。现在，这个问题已经明朗了。

直到此刻，雅辛才肯对我张开双臂，仿佛对我打开了一扇门；而那扇门的背后，就是我在这世上最想找回的东西——我们的尊严。

第十三章

雅辛和他的双胞胎护法此后再也没来过店里。赛义德后来邀我们四个一起到他家吃饭，庆祝重逢和新的盟约。饭后，他们三人告辞，开车消失在车阵当中。

我又继续守夜的工作，每天早上负责开店，晚上再负责打烊。就这样几个星期过去了，我的同事依然一点也不接受我。他们对我仅止于早上说声早安，晚上道别说晚安，除此之外完全不和我交谈。他们的冷漠最终还是惹恼了我。虽然一开始我仍尝试想取得他们的信任，不过日子一久，我也开始忽视他们。我至少还有这点骄傲，不会愚蠢地用热脸去贴人家的冷屁股。

我总是到附近一家不太卫生的小餐馆吃饭，赛义德和餐馆老板说好了，让我赊账，月底再把账单送到店里结账。餐馆老板是个矮小黝黑、做事敏捷又很开朗的好人，我们很快就熟稔起来。后来我才知道，原来餐馆也是赛义德的。他另外还拥有一间报摊、两间杂货店、一间开在大马路旁的鞋店、一间照相馆，以及一间通信行。

一个星期后，赛义德发给我丰厚的薪水。我买了几件衣服和一点小东西，剩下的钱全装在一个小皮袋里，打算给我的双胞胎姐姐巴希亚。我想把所有能存下来的钱全都寄给她。

一切都进展得很顺利，我也开始建立起一种属于我的生活规律。每天打烊后，我就在市中心到处闲逛。我很喜欢走路。在巴格达，每天都有地方吸引我去走走看看。美国人以枪决回敬恐怖袭击、以轰炸还击埋伏、以暴力行动对待示威游行，人们渐渐都习惯了；一个地方还未从爆炸或草率的处决中恢复过来，悲剧的痕迹便很快被围过来的人群淹没。这样算是认命？或者也算是一种坚忍？我散步时好几次遇到刚发生过死亡事件的现场。我站在那儿斜睨着恐怖的场景，直到救援或军队到达才离开；我看着救护人员将尸块捡到人行道上，看着消防员疏散冒烟大楼里的人员，也看着警察盘问附近的路人。而我只是双手插在口袋，忘我地看上好几个小时。我在学习克制怒气。看那些被害者的亲人挥舞着双手、号叫着宣告他们的痛苦时，我总会自问：我有办法将这样的痛苦加诸别人身上吗？但我发现这些问题并不会使我震惊。我依然能够以平静的脚步走回宿舍。在街上看见的惨况也从未害我做噩梦。

有一夜大约凌晨两点的时候，楼下突然传来窸窸窣窣的声音把我吵醒。我点亮二楼和一楼的灯，下楼查看是否有小偷趁我睡觉时溜进店里，却没发现任何人影。店里没人，看起来也没东西被偷。声音是从店面后方的修理间传来的，但那扇门一向从里面反锁。那儿是修理间的侧翼，没有人可以未经允许就进到那里去，因此我一直待在店里听着，直到里面的人离开为止。隔天我把这件事告诉赛义德，他只说技师有时会在那里修电器修到很晚，以满足很多挑剔的客人。不过他又提醒我，修理间的事情不在我工作的范围。我发现他的话语里有股不容我再多问的防备心。

某个星期五下午，当我在底格里斯河岸边的流浪汉堆里绕路散步时，突然遇到了奥马尔。我已经好几个星期没见到他，他却还穿着跟上次一样的衣服，只是变旧了。当时的崭新太阳眼镜，现在看起来显得格外奇怪。而且几乎没被他胖肚子撑破的衬衫正面，又像以前一样沾了许多油污斑点。

"你在生我的气吗？"他见我就问，"从你离开之后，我每天都到仓库去打听你有没有来过，可是都没有你的消息。你在怪我吗？"

"怪你什么？你对我比兄弟还好啊！"

"那你为什么要赌气不理我？"

"我没有不理你，只是很忙而已。"

他看着我的双眼，想知道我是不是有事情瞒着他。他显得很局促不安，坦白对我承认道："我一直在担心你。你可以想象我有多后悔把你推向赛义德那里去。每次一想起来，我就忍不住懊恼地抓自己的头发！"

"你不该这么想。我在那边过得很好。"

"如果他要你干什么不法的勾当，干那些流血的事情，我一定不会原谅我自己！"

他吞了好几口口水，才好不容易吐出这句话。他的墨镜让我看不到他的眼神，但依然掩盖不住他脸上的表情。奥马尔陷入绝境，良心备受谴责。他任由胡子冒出来也不刮，就是悔恨的证明。

"我来巴格达也不是为了赚钱，奥马尔。这我们已经讨论过，没必要再说。"

我这句反驳不仅没让他安心，反而更加深他的不快。他乱拨头发，显得比刚才更加烦恼了。

"来吧！"我对他说，"我们去吃点东西，这次我请客。"

"我不饿。老实告诉你，从我有了把你送到赛义德那里去的念头之后，我就再也没吃过东西了。"

"奥马尔，拜托……"

"我得走了，我不想别人看到你跟我在一起，你的朋友和我不对路。"

"我有权见任何我想见的人。"

"但我没有。"

他紧张地绞着手指，然后怀疑地看了看我们四周，又对我提议说："我和一个军中的朋友谈过你的事。他说可以收留你一段时间。他以前是中尉，很好的人。他正要成立自己的事业，需要一个可靠的人手帮忙。"

"赛义德那里就是我想去的地方了。"

"你确定吗？"

"绝对确定。"

他点点头，死心了。

"好吧，"他对我伸出手，"如果你知道你要的是什么，我也只有随你去了。不过要是你改变主意，你知道上哪儿找我。你可以依靠我。"

"谢谢你，奥马尔。"

他再次缩起脖子，离开了。

走了十几步，他又改变心意折返，眼皮颤动着对我低声说道："为你的国家而战！但别把全世界都当成敌人。做该做的事，要分辨好坏，不要随便杀人、随便开枪。无辜的人总比坏人死得更多。你能答应我吗？"

我沉默不语。

"看吧！你已经走在错的路上了。你的敌人不是整个世界。想想那些为我们举行反战游行的国家，想想在马德里、罗马、巴黎、东京、南美和亚洲支持我们的人。他们现在依然与我们同一阵线，甚至比阿拉伯国家都还支持我们。别忘了这一点。所有国家都是那些贪婪联盟的受害者。要是你把他们全部混为一谈，一竿子打翻一船人，那就太过分了。绑架记者、处决联合国那些来帮助我们的人，这不符合我们的习俗作风。你想报仇，应该对事不对人。既然你想恢复荣誉，就不要让整个部族蒙羞，别做疯狂的错事。要是让我看见你出现在那些恶意处决或展示武力的录影带里，我会立刻上吊自杀的。"

他握拳抹了抹鼻子，再次点头，又缩起脖子，最后说："我一定会上吊的，表弟。从现在开始，你不管做什么，都和我有直接关系。"

他迅速混入漫无目的闲逛的人群中，沿着河堤走远了。

*****

在与奥马尔谈话后的两个月，我的生活习惯依然没有一丁点改变：每天早上六点起床、两个小时后开门，在账本上记录进出货，到了傍晚就打烊。员工下班后，我和赛义德关在店里，核算进出货账款，并盘点新进商品。账目算清，隔天预订的东西也准备好了之后，赛义德就会把店里的钥匙整串交给我，然后带着装满钞票的袋子离开。这样一成不变的规律逐渐使我感到厌烦。我的宇宙越来越狭窄。我不再去市中心闲逛，也不上咖啡馆去了。我每天的行程就局限于两个点之间：餐馆和店里，两点仅距离一百多米。我通常很早就吃晚饭，然后在街角的杂货店买柠檬水和饼干，接着就躲回我的小房间足不出户，整天贪婪地盯着电视，却不停来回转台，完全无法专心看完一个节目或一部影片。这样的状态更加深了我的厌倦，使得我的个性也有所改变。我变得越来越多疑，越来越没耐性，而且不知道怎么回事，我的言行也开始带有攻击性。我再也忍受不了同事的忽视，一逮到机会就对他们表达我的不满。要是我对谁微笑，而对方没回应的话，我就低声骂他"蠢脑子"，还会故意让他听到；如果他有胆皱一下眉头，我就会跟他正面冲突、嘲笑蔑视他。不过冲突通常仅止于此，让我一直意犹未尽。

有一晚，我终于忍无可忍地问赛义德，到底何时才要送我上火线。他回答："每件事都得按时间来！"他的语气让我很受伤。我觉得自己像个没用的人，而且为了一点小事斤斤计较。他们的等待一定会有代价，我向自己发誓。总有一天，我会让他们见识到我的能耐。目前启动的关键不在于我。为了打发失眠的夜，我只能反复思考我的失败，并在心中构筑各种不可思议的复仇计划。

接着却发生了一连串事件……

在我送走最后一位顾客、准备拉下铁门打烊之际，来了两个人要我让他们进来。当时正在收拾东西准备离开的阿姆鲁和拉希德也都停下了动作。赛义德戴上眼镜才认出那两个人，赶紧起身请他们进办公室，并迅速从抽屉拿出一个信封放在办公桌上。那两个男人对看一眼，双手交叠放在桌上，并不立刻伸手去拿信封。较年长的那个约五十岁，一脸凶神恶煞的样子，头缩在肥胖的颈项上，看起来好像教堂屋檐上的怪物石像。他的脸上有一道可怕的烫伤疤痕，从右脸颊一直延伸到眼睑，眼皮因此有些褶皱，看起来就是个十足的野蛮人，眼神诡诈，带着嘲弄的笑。他穿着皮外套，手肘处都磨破了，前襟敞开，里面是深绿色的毛衣，上面还沾了许多头皮屑。另一个人大约三十岁，带着虚伪的笑容，露出尖利的牙，像极了一只贪婪的狼。他把警徽当成护身符，肆无忌惮，随时看准机会就要出手。他的牛仔裤是新的，裤管卷至脚踝，双脚踩着没有鞋带的老旧便鞋，盯着坐在凳子上的拉希德。

"你好啊，我亲爱的王子。"五十岁的那个说。

"你好，警长，"赛义德一面跟他打招呼，一面拍了拍桌上的信封，"我正等着你来拿呢。"

"这几天忙着出勤务，"警官靠近办公桌，掂量着信封，埋怨道，"好薄……"

"数目没错。"

警官脸上露出一抹怀疑的微笑。

"你知道我家的情况，赛义德，一大家子人等着我养啊，而且我们已经六个月没发薪水啦！"

然后他又用拇指指着同伴说，"我的伙伴也很惨，他想结婚，却连新房也找不到！"

赛义德抿了抿嘴唇，再次伸手到抽屉里拿了几张钞票。警长转眼便接了过去，钞票像变戏法一样消失在他手中。

"你真是我的好王子，赛义德。真主会回报你的。"

"时局艰难嘛，警长，互相帮助是应该的。"

警长听了，却只是搔搔脸颊上的伤痕，装得一副很为难的样子看向他的伙伴，想着如何才能一举达到目的。最后他说："说实话，我来不是为了这个信封。我的伙伴和我想做点小生意，不知道你有没有兴趣投资。也许你可以帮得上忙。"

赛义德又坐下来，用拇指和食指捻着下巴，听着。

警长坐在他对面，跷着脚，继续说："我想开一家旅行社。"

"在巴格达？你觉得巴格达适合观光吗？"

"我有亲戚在安曼，他们觉得我到那儿投资很好。我在这儿待得够久了。老实说，我觉得我们已经没希望了。这里会变成第二个越南，我可不想在这儿送命。我吃过三颗子弹，又被汽油弹搞得毁容，所以我决定不干警察了，要去约旦赚大钱。这生意很有搞头，百分之百的利润，而且还是合法的。你要的话，我就算你一份。"

"我自己的生意已经够我烦的了。"

"少来了，你的生意好得很。"

"没这回事。"

警长叼起一根烟，用打火机点着。他抽了一口，把烟雾喷在赛义德脸上，然后稍微转头，侧身对赛义德说："可惜啊，你可是放掉了大好机会，我的朋友。你真的没兴趣吗？"

"没兴趣。"

"没关系。现在，让我们谈谈我来这儿的目的吧。"

"请说。"

"你信任我吗？"

"怎么说？"

"自从我照管你的生意后，我有没有涨过保护费？"

"没有。"

"我算贪心吗？"

"不算。"

"如果我跟你借点钱做生意，你觉得我会不还吗？"

赛义德就等着他说出这句话。他笑着张开双臂说："你很有诚信，警长。要是我有钱的话，借你几百万都没问题。只可惜我自己现在还背债呢，生意真的越来越差了。"

"少跟我来这套！"警长用力把烟压熄在办公桌玻璃上，差点将玻璃弄破。

"你有钱得很！你以为我整天都在干什么？我就坐在对面的咖啡馆里，你的货车出多少货，我全都记录下来了。你卖掉的货比你进的还多一倍！光是今天，看看……"

他边说边从口袋里掏出一本小笔记本："你卖了两台大冰箱、四台洗衣机、四台电视，还有很多客人都带着箱子离开。今天才星期一，生意就这么好，照这样下去，你早就可以开自己的银行了！"

"警长，你在监视我？"

"我是你的守护神啊，赛义德。还不就是为了保护你这些勾当？你被查过税吗？有没有其他警察到这儿来敲诈你？没有，都是靠我的保护，你才能高枕无忧。你的账本就跟你口说无凭的保证一样假，我清楚得很。都是靠我，才没人来烦你。而你是怎么报答我的？就用这些塞牙缝也不够的蝇头小利，自以为我该大大感激你了？赛义德，我可不是乞丐。"

说到这儿，警长突然站起来直往仓库走，赛义德甚至来不及拦住他。警长一下子就跑进仓库里，夸张地指出里面数不清的纸箱，几乎把仓库的四分之三都占满了。

"我打赌这些货一定都是走私品！"

"拜托，巴格达谁不是这样做生意的？"

赛义德气得冒汗，但是仍努力维持镇定。那两个警察一脸冷静，用铁腕主导着这场戏。他们知道自己想要什么，也知道如何得到。捞油水是这整个国家公务员的首要工作，尤其是负责安保的部门。勒索是这个堕落系统的古老习惯，在美军占领后依然保持运作，因为整个国家都陷入了混乱和越发严重的贫困中。放肆的绑架、贿赂、贪污和勒索随处可见。

"里面的货值多少钱？"警长问他的伙伴。

"足够在太平洋买个小岛了。"

"你觉得我们的要求很过分吗，警员？"

"我们只求一点点啊，警长！"

赛义德用手帕擦汗，阿姆鲁和拉希德则站在门口，就在两个警察背后，随时准备按老板的指示行动。

"来办公室谈吧！"赛义德含糊地劝道，"看我能怎样帮助你们开旅行社。"

"算你聪明，"警长这才高兴地对赛义德张开双臂，说道，"但是要搞清楚，要是金额还像刚才那信封一样单薄，就免了吧！"

"不，不会的，"赛义德急忙想把他们从仓库推出来，"我们去办公室好好商量商量吧。"

警长突然扬起眉毛，一脸狐疑。

"你是不是藏了什么东西，赛义德？为什么一直把我们往外推？仓库里除了我们看到的货之外，还有什么？"

"没有，我向你保证。只是该打烊了。我还和别人有约，得赶到城的另一头去。"

"真的吗？"

"我这里哪有什么好藏的？全都是包装得好好的商品而已。"

警长眯起右眼。他是不是在怀疑什么，想抓住赛义德的把柄？他靠近纸箱堆起的墙，这里嗅嗅，那里闻闻，然后快速转身看向赛义德，想看看他是不是紧张地屏住呼吸。阿姆鲁和拉希德紧绷的样子让他觉得其中一定有鬼。他又蹲下来查看那些电视和其他商品的纸箱底下，最后发现角落里有一扇秘门；他走向那道门，问赛义德："这门通哪里？"

　　"修理间。那门是从里头反锁的。技师一个小时前就离开了。"

　　"我可以进去看一眼吗？"

　　"技师把门锁起来了。他都是从另一边进去的。"

　　就在警长打算离开的时候，门后突然传来声响，吓得赛义德和其他员工都僵住了。警长立刻狐疑地扬起眉毛。终于抓到赛义德的把柄让他非常兴奋。

　　"我跟你保证，我真的以为他走了，警长。"赛义德急忙解释。警长靠在门上仔细聆听，然后说："开门，里面的人，不然我要把门撞开了。"

　　"等我一分钟，我正在焊东西。"里面的技师回答。

　　接着我们就听到门吱嘎作响，然后是金属门锁的碰撞声，接着就听见钥匙转开门锁。门打开了，技师穿着羊毛衣和工作裤出现在门口。警长看见里面是张桌子，上面堆满了电线、小螺帽、螺丝钉、小罐油漆和胶水，还有一堆焊接的材料，中间是一台拆解开的电视，外壳因为仓促装回而掉了下来，露出箱子里面一团五颜六色的电线。警长再次眯起右眼怀疑地看着那台电视，当他赫然发现电视里的阴极显像管原来是一个未完成的伪装炸弹时，他的喉咙都紧缩了。技师立刻用枪抵住他的颈项，他的脸色马上沉了下来。

至于另一位警员，因为一直站在后面，无法立刻知道发生什么事。然而房里突如其来的沉默，让他直觉想要伸手到腰间掏枪。尚未碰到枪，阿姆鲁就从后面把他抓住，一手捂住他的嘴，另一手拿着匕首往他的肩胛骨深深刺下去。警员一脸不敢置信地瞪大了眼睛，由头到脚一阵颤抖后，缓缓倒卧在地。

警长浑身颤抖，连抬起双手表示投降都没办法，也不敢弯身前倾鞠躬。

"我什么都不会说出去的，赛义德。"

"只有死人才能管好自己的舌头，警长。我为你感到遗憾。"

"求求你，我家里还有六个孩子……"

"你刚才就该想到这一点了。"

"拜托你，赛义德，饶了我吧！我发誓绝对不会说出去。你要的话，可以把我纳入你的组织，我可以当你们的眼线，反正我从来没支持过美国人，我最讨厌他们了。虽然我是警察，不过你可以去查，我从未抓过反抗军。我跟你们是一条心啊，赛义德。我说的都是真的，我真的打算离开伊拉克。别杀我，求你，看在老天的份上，我还有六个孩子要养，最大的才十五岁。"

"你在监视我吗？"

"没有，我发誓没有，我只是贪心想多要一点钱罢了！"

"既然如此，为什么你还带了人来？"

"他是我的搭档。"

"我不是说这个笨蛋，是外面那些在等你的人。"

"没有人在等我，我发誓。"

一阵沉默。警长抬起双眼，当他看见赛义德脸上满意的微笑，才发现自己错得多严重。他应该要耍心计，让赛义德以为外头有人才对。赛义德命令我把铁门完全拉下，我照做了。等我回到店里，看见警长双膝跪地，双手反绑在背后。他吓个半死，哭得像个孩子。

"看过外面了吗？"赛义德问我。

"看过了，没什么异常动静。"

"很好。"

赛义德把塑胶袋套在警长头上，在拉希德的帮助下，把警长压倒在地。警长疯狂地挣扎，塑胶袋立刻充满了白色雾气。赛义德把袋口在警长的脖子上收紧，很快地，警长开始感到呼吸困难；他全身扭动、双腿乱踢，身体一阵阵痉挛，但频率越来越低，直到最后全身瘫软下来。在最后一次惊跳之后，一切动作都停止了。赛义德和拉希德仍继续压在他身上，等到确认尸体已经完全僵硬。

"把这两具尸体给我扔掉，"赛义德命令阿姆鲁和拉希德说，"至于你，"他转身对着我，"趁血还没干之前，把地板给我擦干净。"

第十四章

赛义德要求阿姆鲁和拉希德把尸体扔掉。技师建议是不是应该向家属要赎金，让人以为是绑架，借此混淆视听。赛义德生气地回答："这是你的事！"然后就叫我跟他一起离开。我们搭着他的黑色奔驰轿车穿越市区，来到底格里斯河的对岸。赛义德冷静地开着车，在音响里放进一张中东音乐的 CD，并调高音量。他天生的冷静让我感觉轻松多了。

我一直在担心要跨越这一步的时刻。现在跨越了，我却没什么特别的感觉。我目睹了这场谋杀，却跟我在观察恐怖袭击现场时一样漠然。我已经不再是当初卡拉姆村那个脆弱的男孩了。另一个人取代了我。让我最讶异的是，从过去的我过渡到现在的我竟然如此轻易，让我几乎有些懊悔，过去怎么会浪费这么多时间在迟疑。过去那个懦弱的我已经远离了；那个看到流血、看到交火就会恶心呕吐的懦夫已经离我而去，那个看到苏莱曼在错误行动中死去就昏厥的弱者，已经不在了。我重生成为另一个人，经过战争的洗礼，变得冷酷无情。我的双手不再发抖，心跳也一如往常。在车子右边的后视镜里，我的脸没有透露一丝情绪，就像一个蜡像面具，让人猜不透、摸不着。

赛义德把我载到一间位于住宅区的豪华宅邸。值夜班的人一认出他的奔驰轿车，立刻打开栅栏大门。赛义德似乎很受警卫的尊敬。

他将车停在车库，然后带我进入奢华的公寓。这里不是上次他请雅辛、双胞胎和我吃饭的地方。这房子由一个口风很紧、卑躬屈膝的老管家负责打理。赛义德建议我先洗个澡，等一下再到落地窗挂着昂贵塔夫绸窗帘的客厅跟他会合。

我脱掉衣服，滑进浴缸，浴缸里镀铬的银色大水龙头好像茶壶嘴，不停冒出热水。水很烫，很快让我全身洗得香喷喷的。

老管家在银器闪烁的小厅里为我们送上晚餐。赛义德穿着石榴红的睡袍，看起来像个尊贵的王子。我们在沉默中吃着晚餐，只听见汤匙轻微碰撞的声响，直到赛义德的手机响起，才打破这阵沉默。赛义德先是看了看手机屏幕确认来电者，才决定接这通电话。打来的是技师，报告两具尸体已处理好了。赛义德安静地听着，仅回了一声"嗯"，便合上手机的盖子。此时他终于抬头看我。我立刻明白拉希德和阿姆鲁已经把交代的事情办好了。

老管家又为我们送上一篮餐后水果。赛义德继续沉默，让我很不自在。我在想，或许他正等着我开口说话，我却不知道该谈什么话题好。赛义德很沉默寡言，甚至有些高傲。我不太喜欢他领导员工的方式，因为他总是要我们服从他的眼神或手指的命令，而且一旦他下了决定，就绝对不容置疑。矛盾的是，他专断的权威又使我很安心。有像他这样果断的人来领导，我就不需要再质疑自己了，因为他会想好所有的事情，而且似乎不管发生什么突发状况，他都已准备好应对方案。

晚餐后，老管家带我到我的房间去，并告诉我床头柜上有个响铃，如果我需要他的服务，可以按铃叫他。最后他露骨地检查了房里所有的东西，确定一切都井然有序之后，便踮着脚尖安静地退下。

我躺在床上，熄了灯，准备睡觉。

此时赛义德来到房里，想确认我是否还缺什么东西，不过他没有开灯，只是一只手插在口袋里，站在房门口。

"还好吗？"他问我。

"很好。"

他点点头，转身要关上门，却又忽然转身对我说："我很欣赏你今天的冷静表现。"

*****

隔天我就回到店里，回到二楼我的房间。生意照做，没有任何人来问起是否曾在附近看过那两名警察。过了几天，警长和那名警员的照片出现在报纸一角，宣布他们遭到绑架，绑匪要求赎金的事。

拉希德和阿姆鲁对我不再保持距离，不再拒我于千里之外。如今我已真正成为他们的一分子。技师继续在修理间做着伪装成电视显像管的炸弹。当然，也不是所有卖出的电视都是炸弹；十台中只有一台。上门的客人也并非都是恐怖分子。不过我发现，来取伪装炸弹的人总是那三个穿着工作服的年轻人。他们会开着小货车来取货，货车侧面用蓝漆写着阿拉伯语和英语的标示，"送货到府"。他们总是把车停在仓库后头，签完收货单就载货离开。

赛义德消失了一个星期。他回来后，我告诉他自己想加入雅辛和他们那一伙人。我对这里厌倦得要命，巴格达邪恶的臭气一直污染着我的心。然而赛义德却要我耐心等候。为了让我晚上有事可做，他特地带来很多DVD，里面记录的都是在巴格达、巴士拉、摩苏尔、塞夫万等地发生的各种难以磨灭的惨案，每部片都标示了日期和编码，影片内容则是由电视记者或业余人士拍摄的片段剪辑而成，目的是展示同盟国对我们的压迫：费卢杰围城、英国士兵对示威游行时抓到的伊拉克孩子的"种族暴行"、美国大兵在清真寺里对受伤的平民滥用私刑、美军的直升机在黑夜里，未先警告就对因汽车抛锚而在田野里停留的农民扫射等。总而言之，是集合了我们所有羞辱与污点的影片。而现在这些事件几乎都快成为常态了。我眼睛眨也不眨地从头到尾看完全部的DVD，感觉他们好像想将所有值得炸掉整个世界的理由，全部透过影片灌输到我脑中。显然，这也就是赛义德想要的结果：把惨剧整个摆到我眼前，对我的潜意识灌注最大量的愤怒，如此一来，当时机一到，我就可以尽情释放我的残暴，良心上也多少能过得去。我不是笨蛋，很清楚他的用意，但是我认为我的仇恨已经足够，不需要再增加了。我是贝都因人。身为贝都因人，面对侵犯只有血债血偿。赛义德一定是忘了这个亘古不变的法则。他在城市待太久了，神秘的迁徙想必使他远离了卡拉姆村的群体灵魂。

后来我又遇见奥马尔。他现在整天都泡在赌场。他找我去吃东西，我答应了，但条件是请他不要再劝我，否则只会使我感到不快。吃饭时，他都表现得很理解我的请求，突然间他却双眼含泪。我不好意思问他到底为了什么事情苦恼，后来是他自己跟我说的。他说他的室友哈尼一直让他很痛苦。哈尼想要搬去黎巴嫩，但奥马尔不同意。我问他为什么哈尼搬去黎巴嫩会使他如此困扰。他回答，因为哈尼对他很重要，如果哈尼离开了，他会受不了。那天，我们在底格里斯河畔告别，奥马尔几乎醉死了。而我，想到要回去那房间、回到我的忧郁里，就觉得倒胃口。

店里的日常工作在我眼中变得越来越像苦差事。日子一天天过去，好像一群水牛踏过我的身体那样。我闷极了，无趣的生活仿佛在肢解我。我不再去那些恐怖袭击发生的地点闲逛，耳朵里似乎连巴格达的警报声也听不到。我看起来明显变瘦，因为我几乎没吃东西，又很晚睡，头脑快爆炸了。好几次，当我偶然望向橱窗玻璃，都发现自己正在比手画脚、自言自语。我失去了方向，融化在愤怒中。最后，我又跑去找赛义德，告诉他我已经准备好了，他不必再给我看那些影片来引导我了。

他正坐在办公桌前填一些表格。听我说完，他盯着手上的笔很久，然后把笔放在一叠纸上，把眼镜推到额头上，调转椅子面向我，说道："我不是在引导你，表弟，而是在等待适合你的教育方式。我认为我们对你有一套计划，一套了不起的计划，只是目前还在规划阶段。"

"我不能再等待了！"

"你错了！现阶段也是战争，我们并不是还在等待入场。如果你现在就失去耐心，真有需要时，你就无法保持冷静。现在回去工作，然后学着克制你的焦虑。"

"我没有焦虑！"

"有，你就是在焦虑。"

说完，他就打发我出去了。

某个星期三早晨，一台货车突然冲撞店前那条大道另一端的建筑物，随后发生爆炸，炸毁了两栋大楼。大约有上百具尸体支离破碎地散落在现场。炸弹炸出了大约直径二米的大洞，附近商家的橱窗都为之震动。我从未看过赛义德这副模样：他看着爆炸现场的残骸，双手抱头，站在人行道上仿佛摇摇欲坠。自从美伊敌对以来，这个区域一直未曾受到波及。我明白事情应该是出了什么差错。

阿姆鲁和拉希德拉下铁卷门。赛义德则立刻带着我开车越过底格里斯河到对岸。一路上，他打了好几次电话联络"合伙人"，告诉他们到"二号"紧急集合。他用秘密的暗语，听起来就像一般商人在谈生意。之后我们抵达一个老旧建筑林立的区域，然后开进一栋屋子的院子，里面已经停了两辆车，车上有两个身着西装的人带我们进入屋子。过了几分钟，雅辛也来跟我们会合。赛义德等他来才开始会议。会议持续了约十五分钟，话题主要围绕着今天大道上发生的攻击事件。那三个男人面面相觑，无法作出任何假设。他们不知道事件背后的主使者是谁。我猜想雅辛和另外那两个我不认识的男人是掌管大道附近区域的首脑，而今天早上发生的攻击事件让他们措手不及。赛义德归纳结论，认为应该是一个新的组织想要插手这个区域，所以一定要把他们揪出来，免得破坏了原有的计划，进而搞乱整个行动的严密分工。会议结束后，那两个最早到的人先走了，然后赛义德也上车准备离开。离开前，他把我交给雅辛，要我在他身边等待，直到新的指令下达。

雅辛不太乐意收留我，尤其正值陌生人侵入领地之际。他只是把我带到一个位于巴格达北部的藏身处。那里根本就是个老鼠洞，跟禁闭牢房差不多，里面只有一张双层床和一个矮柜。原先就有一个极瘦的年轻人住在里头，他有张瘦长的脸，一道鹰钩鼻，稀薄的金色小胡子柔和了他的面相。我们抵达的时候，他正在睡觉。雅辛向他解释，得让我在这儿住上两三天。年轻人点点头，雅辛就离开了。年轻人说我可以睡在下铺。

"你正被警察追捕吗？"

"没有。"

"你刚来巴格达？"

"不是。"

他看出我不想攀谈，于是就放弃了。

我们就这样各据一角，直到中午。我对雅辛很生气，对发生在我身上的状况也很生气。我觉得自己好像一个包袱，随便就被扔掉了。

"喂，"年轻人突然对我说，"我要去买三明治，你要鸡肉还是羊肉的？"

"就帮我买你想要的口味吧。"

他穿上外套走出房门。我听着他下楼梯，然后就没声响了。我竖起耳朵，但完全听不到任何声音。这栋大楼应该是废墟。我靠近窗户，看见年轻人正快步朝广场走去。被遮蔽的太阳露出几许光线洒落在这个区域。我有股冲动，很想要打开窗户朝虚空大声呐喊。

年轻人带回一个用报纸包起来的鸡肉三明治。我咬了两口，就放在矮柜上，感觉肠胃纠结，吃不下。

"我叫奥比德。"年轻人说。

"为什么要把我留在这儿？"

"我不知道。我自己也才来一个星期。之前我住在市中心，也在那里行动。后来我逃过一次警方的追捕，然后就来这里等待被派遣到其他地方，说不定还会离开巴格达去其他城市。你呢？"

我假装没听到他的问题。

晚上，看到双胞胎的侯赛因过来，我觉得松了一口气。他对奥比德宣布，明天会有一辆车子过来接他。奥比德听了开心得几乎跳到天花板上。

"那我呢？"我问。

侯赛因对我露出大大的笑容，说道："你现在立刻跟我走。"

他开了一辆小破车来。他的开车技术很不灵巧，不断撞上人行道，路人看到他都凭直觉闪避开来，而他却只是笑个不停，对自己引起的恐慌和一路撞倒东西，似乎感到很有趣。我以为他是喝醉了或嗑了药才会如此，可是他没有，他只是不会开车罢了。而且他的驾照就和这台车的证件一样都是假的。

"你不怕被警察抓吗？"我问他。

"为什么？我又没撞死人！"

平安无事穿过人潮拥挤的闹市区后，我总算比较放心了。侯赛因几乎看到什么都笑，我从未见过他这样。在卡拉姆村的时候，他固然很友善，却不轻易露出笑容。

侯赛因在一处住宅区停下来。那里曾遭受严重的炮火攻击，满目疮痍；破房子看起来已无人居，但一越过某条分界线，我立刻发觉那里面其实有人，只是躲了起来。之后我才知道，原来游击队出没的地方就是如此。为了避免引起军队和警方注意，每个人都被要求低调安静。

我们爬上一条恶臭的小路，直达一栋三层楼高的丑陋房子。另一个双胞胎哈桑还有一个不认识的人帮我们开门。侯赛因为我介绍那位陌生人，他叫利兹，是这次聚会的主持人。他大约三十来岁，脸色苍白，看起来好像刚经历过一场手术并大难不死的样子。我们立刻围桌坐下。桌上菜看十分丰富，但我却不愿吃。夜幕降临时，突然远远传来一声巨响。哈桑看看表，说道："永别了，马尔万，天堂再见。"看来马尔万就是引发刚才爆炸的自杀式袭击者。

然后哈桑转身对我说："你不知道我有多高兴你到这儿来，表弟。"

"雅辛的组织里就只有你们三个人吗？"

"你觉得不够吗？"

"其他人到哪儿去了？"

侯赛因爆出笑声。

他的兄弟拍拍他的膝盖，要他安静点。

"你指的其他人是谁？"

"卡拉姆村和你们一起的那些人啊，直率的阿代勒、铁匠的侄子萨拉赫，还有理发师的儿子比拉勒。"

哈桑点头说道："萨拉赫现在和雅辛在一起。看来那个搞分裂的组织想动摇我们的地盘。阿代勒，他死了。他被赋予任务，到一个警察招募中心进行自杀炸弹攻击。当时我就不同意把这任务交给他，因为我觉得他脑袋不太清楚，但雅辛说他可以。总之他带了满腰带的炸药，可是进入招募中心之后，却忘了怎么引爆。方法其实很简单，只要按个钮就好，但阿代勒糊涂了，生气起来居然把外套给脱下，开始敲打身上的炸药。招募中心的人群看见他带着炸弹，立刻四散逃开。等到他终于想起怎么引爆炸弹时，厅里只剩他一个人。可想而知，警方立刻开枪扫射，结果阿代勒就这样炸得四分五裂，没伤到半个人。"

侯赛因在旁边笑得都快抽筋了。

"不过只有阿代勒这样。"

"那比拉勒呢？"

"谁也不知道他发生了什么事。他本来负责要载一位反抗领袖到基尔库克去，可是到了约定的时间，那位反抗领袖却一直等不到比拉勒出现。我们至今仍不知道他到底怎么了，停尸间、医院，我们到处都找过了，也去警察那里打听过、到牢里跟我们的人打听过，都没有任何消息。连他开的车也不见了。"

我就这样在利兹家待了一个星期，其间还要一直忍受侯赛因莫名其妙的笑声。他怪怪的，精神应该出了什么问题。他的兄弟只会叫他去采买家庭用品，此外的时间，侯赛因就一直坐在扶手椅上看电视，直到下次人家再叫他去买东西，或开车去接什么人。

雅辛只有一次指派我一个任务，要我协助哈桑和利兹把一名巴格达的囚犯护送到合作农场去。我们很早就出发。利兹知道所有可以绕过检查岗哨的捷径。囚犯是名欧洲女人，联合国的，本来在诊疗所当医生，却被抓去关在一栋别墅的地窖里。我们毫无困难地从警察的眼皮底下，将她护送到距离市区大约二十几公里外一个以农场为掩护的组织。

这趟任务之后，我以为会得到更多的信任，很快就能接到第二次任务；可是期盼落空，过了三个星期，雅辛都没再找我。他有时会过来和哈桑、利兹谈话很久，有时也会跟我们一起吃饭，但之后就会在萨拉赫的护送下离开，让我对新任务的渴望一直无法满足。

第十五章

我睡得很差，好像梦见卡拉姆村，但又不确定，因为一睁开眼就忘了。脑袋里塞满模糊的影像，定格在一片闻起来有焦臭味的背景上；醒来时，鼻子仿佛还闻得到村子的臭味。

从深沉而无回声的睡眠中醒来，只剩关节像被钳子夹过似的，留下阵阵针扎般的刺痛。醒来看到我待了几个星期的小房间，并不特别高兴。几个星期以来我一直在这儿等待，也不知道在等什么。我觉得自己好像俄罗斯套娃最核心的那个小娃娃，这房间就是外面套住我的那个娃娃，而房子则是更大的那个，这个恶臭的区域则是最外层。我困在这个身体里，像一只被陷阱捕获的老鼠。我的心灵四处乱窜，却找不到出口。所谓的"幽闭恐惧症"就是这样吗？我需要宣泄愤怒，需要像个炸弹般爆炸，需要做点有用的事。

我摇摇晃晃走进浴室。挂在钉子上的擦手巾陈年积垢，都成了黑色的；玻璃看起来也好久没擦，整间浴室闻起来满是陈年的尿骚味和霉味，令人作呕。

潮湿的洗脸盆上有块凹凸不平的肥皂，旁边是一管全新的牙膏。我望向镜子，看见一张濒临崩溃的年轻男子憔悴的脸。我看着自己，仿佛在看一个陌生人。

水龙头没水。我到一楼，看见侯赛因窝在他的沙发里，正在看一部卡通片。他咯咯地嚼着盘子里的烤杏仁。屏幕上，一群从屋檐跳到垃圾桶里的大猫，正在欺负一只惊慌失措的小猫。迷失在郊区丛林中的小猫那惊恐的模样，令侯赛因非常愉快。

"其他人上哪儿去了？"我问他。

他没听到。

我朝厨房走去，自己煮了杯咖啡，再回到客厅。侯赛因转台了。他正在看一场躲避球赛。

"哈桑和利兹呢？"

"他们不让我知道，"侯赛因低声埋怨，"他们天黑前就该回来了，却到现在都还没到家。"

"有人打电话来吗？"

"没有。"

"他们是不是遇上什么麻烦了？"

"要是我的双胞胎兄弟有麻烦，我会感觉到。"

"也许该打电话问问雅辛，看他怎么说。"

"不行！都是他打来，我们不能打去。"

我朝窗户看了一眼。外面的街道已经沐浴在晨光中，人们很快就会离开破房子出来活动，顽童也会像蝗虫一样占领整个区域。侯赛因不停用遥控器转台，没有一个节目让他感兴趣，但他也不关掉电视，只是坐在沙发上动来动去。

突然他对我说："我可以问你一个问题吗，表弟？"

"当然。"

"真的？你会老实回答我吗？"

"会。"

他仰头看着我笑，那笑容让我起了一阵鸡皮疙瘩，开始觉得讨厌。那笑容很荒谬，不知怎么开始，也不知为什么而笑。从早到晚，一屋子只听见侯赛因的声音，因为他从来不睡觉，整天从早到晚就坐在他的沙发里，抓着魔杖般的电视遥控器，每五分钟就换一个频道、换一个世界、换一个语言。

"你真的会诚实回答我吗？"

"我尽量。"

"你觉得我是不是……疯了？"

他的眼睛闪烁着异样的光芒，我开始同情他了。

讲到最后一个字，他的喉咙突然哽咽。他的样子看起来好悲惨，让我很不自在。

"怎么会这么问？"

"你没有回答，表弟。"

我试着别开眼睛，但他直盯着我，我只好说："我不认为你……疯了。"

"骗人！你下地狱会被割舌头、放在火上烤！你就和其他人一样，说的和想的是两回事！但你别搞错了，我才不是疯子！我很清醒，我的一切功能也都正常。我知道自己的指头有几根，也知道你们的眼神想隐瞒什么。没错，我是忍不住一直笑，但这不表示我疯了。我一直笑是因为……因为……我也不知道为什么，这些事情很难解释。自从看到阿代勒紧张得找不到引爆炸弹的按钮之后，我就像感染了病毒般笑个不停。那时候我离他不远。他混进应征警察的人群时，我正在附近观察他。那一刻，我也恐慌起来。当他在警察的枪击下爆炸时，我好像也变成了他。我以前挺喜欢他的，他几乎等于在我们家长大，像自家兄弟一样。葬礼已经过去了，但是每次他急着想找按钮的那一幕一回到我眼前，我就忍不住爆笑出声。真荒谬，太疯狂了，但这不表示我是个疯子！我知道自己的指头有几根，也知道分辨好坏。"

"我从来没说过你疯了，侯赛因。"

"其他人也没有，他们只是心里这么想，你以为我不知道吗？以前他们会派我到人群中完成危险的任务：埋伏、绑架、处决，我永远是第一人选。现在他们只会叫我去买日用品，或者开着我的破车去接人。要是我自愿想担任困难的任务，他们总推说没必要、已经有人选，或者不应该牺牲重要成员什么的。保留重要成员——这话到底什么意思？"

"他们也没跟我解释过。"

"你很幸运，表弟。因为我想老实对你说，我们的理由正当，手段却很差劲。我有事没事就笑，可能就是因为这个原因。"

"说什么傻话，侯赛因。"

"这场战争到底要把我们带往哪儿去？你看得到尽头吗？"

"别说了，侯赛因。"

"我说的都是事实。发生的一切没有任何意义。杀戮、杀戮，永远只有更多的杀戮。白天、黑夜、广场上、清真寺里，无止境的杀戮，杀到谁也不认识谁，眼中只有瞄准仪里的人……"

"你扯太远了……"

"你知道面包师父的儿子阿德南怎么死的吗？人家说他是去攻击检查哨，最后壮烈成仁。才怪！他是受够了屠杀，才会跑去自杀。当时正是埋伏和炸弹攻击四起的时候，目标已经军民不分了。有一天早上，一辆校车被炸，一个孩子被轰到树上；救援队到达后，将死伤者都放上救护车载到医院。可是挂在树上的孩子直到两天后才被找到，因为他挂在树上开始腐烂发臭，路人闻到才发现。当天好像碰巧阿德南就在现场，看着自愿帮忙的人把那孩子的尸体从树枝上卸下。真的，那一幕扭转了阿德南的思想，立刻改变了他。他不再是以前那个好勇斗狠的人了。某天晚上，他在腰带上塞满面包，假装成有炸弹的样子，然后跑到军营附近，突然拉开上衣露出腰际鼓胀的腰带；士兵见状立刻将他打成蜂窝，几乎快变成一团肉酱了。开了那么多枪，他的腰带却没有爆炸，士兵却仍不断开枪，直到所有人的子弹都用尽为止。之后，一团模糊的尸块之中，也分不清哪里是血肉、哪里是面包。真实情况就是这样，表弟。阿德南不是死于战斗，而是自杀。没带武器，也没呐喊，完全就是自杀啊！"

我无法再和侯赛因多待一分钟。我把咖啡杯放在小圆桌上，起身上街。

侯赛因仍然没离开他的沙发。

但他最后对我说："你还没杀过人，表弟。离开吧，到别的地方去，永远别再回来了。要不是脑袋已经无法摆脱杀戮与战斗的幻影，我也会这么做。"

我挑衅地打量他，仿佛想用眼神击碎他。我说："我认为雅辛是对的，侯赛因，你也只适合买买日用品罢了。"

然后我便快速甩上门离开了。

*****

我走到底格里斯河畔，转身背对城市，望着河水。我的眼睛盯着河面，试图忘记对岸仍有建筑物。卡拉姆村占据了我的脑海，我又看到满是沙尘的操场上，孩子在踢球的画面。那两棵逐渐恢复生气的棕榈树、清真寺，以及正在帮人剃头的蹩脚理发师，还有那两家彼此忽略、风格迥然的咖啡馆。黄沙像面纱般翻飞，围绕在闪烁的银色道路上，我也看见卡德姆用随身听让我听法依鲁兹歌声的那个丘陵，地平线像沙漠的季节一样死寂无变化。我执意折返回村里，但我的记忆却拒绝配合。记忆的片断像不连贯的电影，启动、卡住，最后消逝在一团深褐色的暗影中，巴格达再次攫住我：城市那放尽鲜血的苍白大道、破烂的树木，还有无尽的喧哗吵闹又将我困在其中。阳光像个粗汉，野蛮地曝晒大地，让人感觉好像被消防员的水柱激烈冲刷似的。我几乎穿越了大半个城市，却完全不记得途中遇到什么、看到什么或听到什么。离开侯赛因后，我便不停漫游到现在。

河水未能淹没我的思绪，我继续不停往前走，不知该往哪里去。我迷失在巴格达城里，脑中偏执的想法没入一片虚无之中，被卷入阴暗的漩涡，四方拉扯，像暴风中的一粒细沙。

我不喜欢这个城市。对我来说，她什么也不是，不具任何意义。我穿越她，仿佛穿越诅咒之地。对她来说，我是异物，她也不接受我。我们就像两个无法相容的可怜虫，永远并肩而行，却永远平行而无交集。

在我左手边一道金属天桥下，有一辆货车抛锚了，四周围绕了一群孩子。远处接近体育场的地方，传来一阵窒闷的吵嚷，美军的卡车随后由军营离开。在车队引擎的喧嚣中，卡拉姆村再次出现在我眼前。我看见我们家从一片黑暗中浮现。一开始只看见轮廓模糊的树影，但树下空空荡荡，不似平常有许多人围坐着。前院也没人，家里更是空无一人，既没人影，连鬼影也没一个。姐姐、妈妈都不在。眼前除了巴希亚脖子上的伤痕，我既没看见一张脸，也没看见隐约的人影。仿佛过去那些如此亲爱的人，都被我驱赶出回忆之外了。我的记忆在某处断了线，被坍塌的轨迹压在底下……

身后传来一阵小货车的声响，把我再次赶上人行道。

"醒醒吧，笨蛋！"货车司机吼道，"你以为这是哪里？你家后院啊？"

路人纷纷停下来观看，随时准备围上来看场热闹。真是疯狂！在巴格达，随便一点小事都能引来大批群众围观。等司机重新上路后，我赶紧穿越马路避开人群。

穿着拖鞋的脚灼热而疲惫。

我已经这样乱逛好几个小时了。

最后我累垮在一家露天咖啡座，点了一瓶汽水。从早上到现在我什么也没吃，不觉得饿，只感到精疲力竭。

"不会吧！"突然背后有人叫道。

多幸运啊！此刻我竟然碰到奥马尔！他穿着新的连身工作服，肚子圆滚滚地凸起。

"你在这儿干什么？"

"喝汽水。"

"到处都有咖啡店，怎么会来这间？"

"你问题真多，奥马尔，搞得我头都昏了。"

他张开双臂拥抱我，并热情亲吻我的脸颊，看样子真的很高兴见到我。他拉了张椅子坐过来，并立刻掏出手帕抹眼泪。

"我可真是哭个不停啊！"他抽噎地说，"遇见你真的很开心，表弟，真的。"

"我也是。"

他叫来服务生，点了一杯柠檬汁。

"说吧，最近你都在干什么？"

"哈尼最近如何？"

"哦，他啊，他真是疯子，真不知道他发什么神经。"

"他还是想离开吗？"

"他啊，连路都不认得，十足是被城市惯坏的孩子，一离开家就哭着求救了。他啊，就是在耍着我玩，你懂吗？只是想知道我在不在意他而已。你呢？过得如何？"

"你还在以前的长官那儿工作吗？"

"不然我还能去哪儿？至少我手头紧的时候，他还肯让我预支薪水。他真是不错。你还没说你在这儿干什么呢！"

"没事，就不停到处走罢了。"

"是吗，我得跟你说，要是你想，随时都可以来投靠我。如果你想回来跟我们一起工作也没问题。同心协力，互相帮忙嘛！"

"你有计划要回卡拉姆村吗？我想给家里送点钱。"

"最近没有。可是你为什么不自己回去呢？既然留在巴格达对你也没什么意思？"

奥马尔试图打探我在想些什么。他很想知道自己是否还有办法劝我回头，但是我的眼神让他打退堂鼓，于是他赶紧挥挥双手，说道："唉，不过问问罢了。"

我的手表显示时间已经是下午三点十五分了。

"我得走了。"我说。

"远不远？"

"蛮远的。"

"我可以送你，如果你需要的话。我的货车就停在外面。"

"不用，我不想麻烦你。"

"一点也不麻烦，表弟。我刚到附近送货，待会儿就没事了。"

"送我回去可得绕好长一段路才回得来！"

"我的油还够。"

他一口气喝光柠檬汁，并对柜台人员表示不要让我付账。

"记在我账上，萨阿德。"

收银员拒绝让我付账后，在一张小纸条上记下了账单，并写上奥马尔的名字。

*****

夜晚降临。太阳最后的余晖洒落屋顶，街道的喧嚣逐渐平息。今天的巴格达并不平静：市中心一共发生了三起恐怖袭击，还有一场在教堂附近的小型武装冲突。

我们待在利兹家。雅辛、萨拉赫、哈桑和利兹四人关在楼上密谈， 定是为了策划下次的袭击。侯赛因和我未受邀加入会议。侯赛因假装满不在乎，但我猜他心里一定大受刺激。我也气得不得了，却也只能和他一样坐在一角，安静地咀嚼自己的愤怒。

楼上响起开门声，一段对话从门缝流泻出来，显示密谈已到尾声。萨拉赫首先下楼。他和以前很不一样，现在又高又壮，像极了赌场门口的彪形大汉，毛茸茸的双臂经常握紧拳头，仿佛正掐着一条蛇。他整个人看起来就像处在沸腾状态，有如随时要喷发的火山。他很少说话，也从来不发表意见，而且总是和人保持距离，只对雅辛言听计从，从不离开他半步。我们第一次打照面的时候，他连招呼都没打。

雅辛、哈桑和利兹站在楼梯上方又谈了一会儿，才下来跟我们会合。他们坐在客厅的软垫长凳上，跟我们面对面，从他们脸上看不出一丝紧张或激情。侯赛因心不甘情不愿地拿起遥控器，拖着步子走过去关掉电视。"给你的车加机油了吗？"雅辛问侯赛因。

"没人叫我加。"

"仪表板上显示了要加。"

"我是看见一个红灯亮起，但不知道是什么意思。"

"你可以问哈桑啊。"

"哈桑根本不理我。"

"哪有？"双胞胎哥哥抗议道。

侯赛因做了个模糊带过的手势，起身从沙发站起来。

"我正在跟你说话。"雅辛用十分权威的口吻对侯赛因说。

"我听到了，我又没聋。可是我现在要去撒尿。"

萨拉赫气得浑身发抖，他很不喜欢侯赛因的态度。要不是够自制，他大概早就当场教训侯赛因了。萨拉赫绝不容许任何人对首领不敬。他呼吸沉重，双手紧紧抱胸，紧缩着下颌，一副快气疯的模样。

雅辛用眼神对哈桑示意，但哈桑摆摆手，表示他也没办法，随后立刻追在他弟弟身后往厕所去。客厅里还听得见他低声斥责弟弟的声音。

利兹问我们要不要喝茶。

"我没时间。"雅辛说。

"只要一分钟。"主人利兹坚持道。

"那好吧，你还剩五十八秒。"

利兹立刻跑去厨房泡茶。

雅辛的手机此时响起，他接起来靠在耳边听着，敛起面容。听着听着，他突然起身靠近窗户，背后紧贴着墙壁，小心翼翼地掀起窗帘察看外面。

"我看到他们了，"他对着手机说，"他们在这儿做什么？没有人知道我们在这儿。你确定他们真是来抓我们的吗？"此时他用另一只手指示萨拉赫到楼上察看街上有些什么人。萨拉赫立刻一次跨越四级阶梯快速上楼。雅辛继续用手机通话："据我所知，最近这一区并没有发生什么混乱的争执。"

哈桑从厕所回来，立刻察觉有事发生。他小心地溜到窗户的另一边，轻轻掀起窗帘察看，但是看了一眼立刻退回来，然后边骂脏话，边跑去找藏在衣柜里的冲锋枪，顺道提醒正在泡茶的利兹事态不对。

萨拉赫冷静地下楼，宣布："附近大约有二十个警察。"边说边从腰间拿出一把沉重的手枪。

雅辛巡视着对面的屋顶，并伸长脖子查看中间的阳台，然后对着手机说："你到底在哪儿？嗯，很好。你从后方袭击他们，替我们开一条路……从车库，你确定？他们有多少人？就这么办。你先陪他们玩玩，剩下的我来收拾。"

他合上手机，对我们说："我认为有内鬼出卖了我们。北面、东面和南面的屋顶上都有警察。贾瓦德和他的人会尽量帮助我们逃出去。我们必须从车库这边突围，一出去就会碰到三个美军的走狗。"

利兹惊慌地说："雅辛，我跟你保证，这个区域没有内鬼！"

"这件事晚点再说。现在快点，让我们减少损伤，突破重围吧！"

利兹立刻去找出一把苏联制的火箭筒。他回到客厅时，玻璃突然碎裂飞溅，利兹应声倒地。子弹应该是从附近的阳台射入，打烂了他的上颌。大量的血从他的脸上冒出来，一道道流下，染红了地板。枪林弹雨随后落下，粉碎了屋内的银器，打烂了墙壁，掀起一阵烟尘，各种东西的碎片在我们四周迸发。我们扑倒在地，朝任何可能的掩蔽处匍匐前进。萨拉赫对着窗户盲目射击，一边发出野蛮的吼声，一边用尽了弹匣内的所有子弹。比较冷静的雅辛往刚才他站的窗边爬去，一边看着利兹少了颌部的尸体，一边寻思该怎么办。趴在走廊地板上的侯赛因，裤裆拉链都忘了拉上，一见到地上利兹的尸体，便爆出笑声。

萨拉赫跃向火箭筒，填装好弹药，立刻点头示意我们离开客厅。哈桑掩护雅辛跑到走廊。此时扫射倏然停止，在一片死寂中，只听得到远方传来女人和孩子的尖叫声。哈桑马上趁着短暂的平静，把我推到他前面。

枪声立刻再度响起。这一次倒没有一颗子弹朝向我们这边。雅辛说一定是贾瓦德和他们的人在引开警方的注意力，表示我们是时候从后面离开了。萨拉赫将火箭筒对准一处阳台发射，一声震天巨响立刻缠绕我的鼓膜，接着便是爆炸的声响，屋内随之弥漫起一片浓重而令人不舒服的烟雾。

"跑啊！"萨拉赫对我们吼道，"我掩护你们！"

惊愕中，我开始跟着其他人逃跑。敌人的连续炮轰火力强大，子弹在我四周弹跳，从我耳边呼啸而过。我弯着身子，双手遮住耳朵，速度快得好像穿墙而过似的。我跑到一处通风口，趴在满是残骸的地上。侯赛因一边继续往前跑，一边在笑，他的哥哥赶紧把他拉回来，强迫他跟着我们进入一条小巷。前有枪弹，后有火箭。有人大吼，因为他被炸弹碎片打伤了脚。他的叫声在我耳边萦绕不去。我咬紧牙关奋力向前冲，用尽全力一直跑，一直跑，不敢稍有停歇……

第十六章

雅辛气疯了。从我们成功逃过警方的袭击、抵达这个藏身处后，就只听见他一个人的声音。他气得对家具和门板又踢又踹。哈桑双手抱胸，眼睛盯着地板。他的弟弟则直接在门厅地上坐下，双手抱着后颈，头垂在两膝之间。萨拉赫失踪了，这让雅辛倍感愤怒。他见惯了埋伏，但留自己最忠心的副官殿后，还是头一遭！

"我一定要砍掉那个内鬼的头！"他愤恨地说，"还要把他的头放在托盘上好好欣赏！"

他看着手机说："萨拉赫怎么还没打来？"

在愤怒与不安中撕扯，雅辛失去了冷静，不是对我们大放厥词、乱喷口水，就是踢翻踹倒任何挡在他面前的东西。我们才刚到这个新的避难所，就已经没有一样东西还在原位了。

"这一区没有内鬼，利兹说得斩钉截铁，"雅辛又重复这话，"我们在这里聚会已经好几个月了，一次也没被打扰。没错！要么是你（他指着我），要么就是侯赛因，一定是你们做了什么蠢事！"

"我哪有，"侯赛因低声抱怨，"别再把我当白痴。"

雅辛等的就是这个，他想看我们两人的激烈反应，然后见缝插针。他逮住机会上前一把抓住侯赛因的衣领，猛力拉起他说："不准你用这种口气对我说话，明白吗？"

侯赛因垂下双臂，看似驯服，但仍然抬起头看着首领雅辛，表示他不怕。

雅辛愤怒地推开他，然后看着他靠在墙上，滑到他刚才坐着的地方。接着他转身面向我。我感觉他灼热的视线似乎要穿透我的身体。

"你呢？你确定没有留下任何线索，让人找到我们吗？"

我的耳朵还听不太清，刚才的爆炸与吼叫依然在我脑中回荡。真不敢相信刚刚我们竟然在枪林弹雨的炮火攻击下，奔跑过一条又一条的街道，逃到这里。我甚至感觉不到自己的双腿，只觉得精疲力竭，全身像被拆散似的，而且仍然处于惊愕之中。此刻我真的无法再忍受另一次考验了。但雅辛的目光却沉重地落在我身上，像一把锋利的刀。

"你没有认识什么来路不明的人吧？还是不小心对什么人泄漏了我们的秘密？"

"我谁也不认识。"

"是吗？我们躲在那房子里已经好几个月了，今晚怎么会突然被警察杀得措手不及？你觉得是为什么？你是个扫把星，还是不小心干了什么蠢事？我的人全都经过训练，做任何事情都会再三小心。这里只有你跟不上我们的步调。你在组织之外还认识什么人？你离开屋子的时候都上哪儿去？没事的时候都在做什么？"

他接二连三的问题攻击，让我没有机会多置一词，甚至喘不过气来。我既无法控制这些问题，也无法拒绝。我像是弱者，而雅辛正需要我当出气筒。事情总是如此：要是我们无法为发生的不幸找到原因，我们就会自己制造出一个代罪羔羊。我接连否认、奋力反抗、为自己辩护，尽力不使自己成为众矢之的，但是当我口中突然愤怒地喊出"下士奥马尔"这名字的时候，甚至都没搞清楚怎么会这么说。也许是太累了，也许真的被逼急了，或者可能只是为了逃开雅辛那可恨的视线。当我发现自己失言的时候，已经太迟了。我真的宁愿付出一切来收回这句话，但雅辛的表情已经冒起熊熊怒火。

"你说什么？下士奥马尔？"

"我们只有见过几次面。"

"他知道你住哪儿吗？"

"不。只有一次他开车送我到附近的广场，但他没有陪我走到门口，我们在车站就分手了。"

我希望雅辛会挥挥手表示不在意这件小事，然后再回去审问侯赛因，或者改为攻击哈桑，但我错了。

"我是在做梦吗？你竟然让那混蛋开车到我们藏身的地方？"

"他只是顺道载我回来，然后好心地让我在车站下车而已，那又怎样？车站离我们的藏身处还很远，奥马尔不可能猜到我住那里。而且他是奥马尔，又不是什么来路不明的人，他不可能去举报我们。"

"他知道你跟谁在一起吗？"

"雅辛，他知不知道根本不重要。"

"他知道吗？"

"知道。"

"白痴！你竟然敢让那个胆小鬼开车来……"

"不可能是他。"

"你懂什么？巴格达到处都是告密者和美军的走狗。"

"等一等，雅辛，等一下，你搞错了……"

"闭嘴！你给我闭上嘴！不准说话！一句话都别说，明白吗？那个混蛋住在什么地方？"

此刻我明白自己真的铸下了大错。要是我有半点迟疑，雅辛一定会立刻杀了我。当晚，他逼我带他去找奥马尔。开车的路上，我见他好像比较放松，便求他别搞错攻击对象。我觉得很痛苦，真的很痛苦，不知道该怎么办。对于自己造成这么可怕的误会，我真的悔恨又害怕极了。雅辛向我保证，如果奥马尔真的不是内鬼，他不会动奥马尔一根汗毛。

开车的是哈桑，他外套底下藏着一把猎刀。从背后看到他僵硬的颈子，让我不寒而栗。雅辛坐在副驾驶座上研究自己的指甲，脸上看不出一丝表情。我瑟缩在后座，双手因冒汗而湿润，胃中翻搅，因为憋尿而紧紧夹着大腿。

车子绕过路障和引人注意的大道，悄悄抵达巴格达的贫民区，那个之前我也住过几天的地方。我们要找的那栋建筑物耸立在幽暗中，像个令人沮丧的地标，没有一扇窗户透出灯光，附近也看不见任何人影。我们把车停在一处光线微弱的小院，快速侦察四周后，立刻朝那栋建筑物走去。我还带着那房间的钥匙，但已经被雅辛强行夺走了。他插入钥匙，轻轻开门，摸索着电灯开关。灯一亮，只见奥马尔睡在一张席子上，像条虫子一样赤裸，腿还搭在哈尼的腰际。而哈尼白皙的身体一样什么也没穿。乍见这幅景象，让我们都无所适从。雅辛最先恢复镇定，双手叉腰，不发一语地审视躺在他脚边裸裎相对的两人。

"你们看看，我还以为奥马尔只是个醉鬼，现在才知道他还搞鸡奸。原来他喜欢男人。这下我们可明白他是怎样的人了。"他的声音带着极度的蔑视，让我很不舒服。

一对恋人睡得很沉，身边摆满了空酒瓶和脏碗盘，臭得要命。

哈桑用鞋尖推了推奥马尔，但他只是发出咽口水的咕哝声，马上又打起呼来。

"你回车上等我们。"雅辛命令我。

我比他小三五岁，他觉得我还不够成熟，不能看这下流的一幕。

"你答应过我，如果不是奥马尔，你会放过他的。"我提醒他说。

"快照我说的去做。"

我只好服从了。

几分钟后，雅辛和哈桑都上了车。我既没听到尖叫，也没有听到爆炸，我还在猜最糟的状况应该已经避免了，直到看见哈桑在擦拭沾满鲜血的手，我才搞清楚状况。

"是他没错！"雅辛坐在前座对我宣布，"他招了。"

"你们才上去五分钟，怎么可能让他这么快就招了？"

"哈桑，你告诉他。"

哈桑发动引擎，开出小院，直到路的尽头，才转身对我宣称："是他没错，表弟。没必要为了他破坏我们的士气。这个杂碎一发现我们站在他前面，毫不迟疑就招了。他甚至还对我们吐口水，叫我们滚。"

"他知道你们为什么而来吗？"

"他一醒来就知道了，甚至还当面嘲笑我们。这件事很清楚，表弟。相信我，他是个低级的混蛋，一个放荡的同性恋，还是个叛徒，活着也没用处。"

我还想知道更多：奥马尔到底说了什么？他的伙伴哈尼下场又如何？

可是雅辛突然转过身对我大吼："你是要我们交个详细报告给

你还是怎样？作战的时候就是这样，不可能巨细靡遗去计较细节。要是你还没准备好，马上给我离开。还有，别再被人看见或认出来！"

神啊，我真恨他！我从来没有这么恨过一个人！他也知道我恨他，因为当他向来自满且从不动摇的眼神与我四目交会之际，竟出现了一丝动摇。就在那一刻，我知道自己与他结下了不共戴天之仇。下次两人再会面时，雅辛绝对不会轻易放过我。

*****

接近中午时分，当我们坐在新的藏身处无所事事的时候，雅辛的手机响了。是萨拉赫，他逃出来了，真是奇迹！从新闻报道看来，利兹那栋房子已经成了废墟，在重炮轰击下已经摇摇欲坠，后来的火灾又烧掉它一大半。附近的目击者说，双方持续交火一整个晚上，增援部队赶到前线，将附近地区断电，造成民众的困惑与恐慌，许多人还被流弹或手榴弹的碎片炸伤。

雅辛这下总算放心了。当他认出电话另一头是副官的声音时，他几乎都快哭了，但他很快恢复镇定，大骂死里逃生的副官，责备他毫无音讯。接着，雅辛答应听他解释，不打断他。雅辛边听边点头，手指来回抚摸着自己的上衣领子，沉默地看着我们。讲到最后，他突然抬起头，对着话筒说："你不能把他带来这儿吗？找贾瓦德，他清楚怎么运送包裹。"

他挂掉电话，没对我们说话，就进了房间，把我们关在门外。

*****

"包裹"晚上就送到了，放在后车厢，由一个制服警察开车送过来。那警察是个额头宽阔的壮汉，我在赛义德的店里见过他两三次，是来领取订购的电视，只是以前他都穿便服。原来他就是贾瓦德，这名字也是作战用的假名。我有充分的理由相信，他的"正职"应该是区警察局的警官。

他向我们解释，他出日常勤务回来后，才知道他们局里有这个攻坚计划。

"调度室的人通知我行动的地点，我还没反应过来，原来警察局局长的目标是你们的藏身处。局长想要局里独立行动，好把功劳记在自己头上，超越竞争对手。"

"你应该立刻通知我们才对。"雅辛责怪他。

"当时我不确定啊。你们的藏身处是巴格达最安全的地方，我在附近部属了很多眼线，应该有人预先提醒我才对。为了确认，我自己也赶到现场，才搞清楚状况。"

他把车停在车库里，然后打开后车厢，里面有个蜷缩侧躺的男子，全身都被封箱胶带捆起来。他的嘴巴被东西塞住，脸也因为被揍而肿胀。"就是他出卖了你们。他就在攻坚现场，为局长指点你们的确切位置。"

雅辛悲痛地摇头。

萨拉赫强壮的双手伸进后车厢，把囚犯粗暴地拖出来扔在地上，还用脚把他踢到远离车子的地方。

雅辛蹲到陌生人面前，把塞在他嘴里的东西拿掉，说道："你要是敢大声叫，我就把你的眼睛挖出来，把舌头割掉喂老鼠。"

那名男子年约四十几岁，体型过瘦，一脸病态，两鬓花白，全身被胶带紧紧捆起，像条蛆。

"我见过这家伙。"侯赛因说。

"他是你们的邻居，"贾瓦德手指紧扣腰间，来回踱步说，"他就住在杂货店斜对面，外墙攀附着藤蔓的那间房子。"

雅辛起身，质问那个人："为什么？为什么要出卖我们？我们可是在为你而战啊！"

"我又没求你们这么做！"那个告密者轻蔑地反驳，"让你们这种人救？我宁愿去死！"

萨拉赫粗暴地朝他的侧身重重踢了一脚，告密者立刻蜷缩起来，痛得停止呼吸；待恢复感觉，他又开始大骂："你们还自以为是正义的游击队呢！根本只是搞暗杀、破坏文物、杀小孩的凶手！我才不怕你们，你们想怎样对我就来吧！反正我不怕，你们不过是一群疯狗，一群毫无信仰、目无法纪的神经病！我痛恨你们！"

他甚至对我们每个人吐口水。

雅辛愣住了。

"这家伙头脑正常吗？"雅辛问。

"完全正常。他是小学老师。"贾瓦德肯定地回答。

雅辛捻着下巴，思考了一会儿，然后问道："他怎么会认得出我们？我们没有露出任何破绽，账户也很干净。他怎么知道是我们？"

"这家伙就算化成灰我都认得！"告密者对着萨拉赫说，"狗杂种！混蛋！龟儿子……"

萨拉赫正准备再踢他一脚，却被雅辛制止了。

“你杀掉工会领袖穆罕默德·苏卜希的时候，我就在楼下的车上等他，”告密者愤怒地嘶吼，“我看见你从背后对他开枪！他走下楼梯的时候，就是你从背后杀了他！要不是我被绑住，我现在就想活活咬死你！你只敢从背后放冷枪，然后一溜烟跑掉，还自以为是英雄，在广场上招摇过市；要是伊拉克得靠你们这种人来捍卫，那倒不如让伊拉克被那些杂种狗和没信仰的无赖占领算了！你们这些杂碎、白痴……”

雅辛朝他的脸踢下去，立刻让他住了嘴。

“你知道他在说什么吗，贾瓦德？”雅辛问。

警官在一旁咬着嘴唇，回答：“穆罕默德·苏卜希是他的兄弟。这家伙看见萨拉赫在藏身处出入，认出他来，于是跑去警局告密。”

雅辛噘着嘴，慎重地想了想。“把他嘴巴塞起来，”他下令，“然后带远点。我要他受尽折磨，一点一点地发臭，然后才能死去。”

萨拉赫和哈桑立刻执行命令。

他们把“包裹”再次放入后车厢，然后贾瓦德的车在前、萨拉赫的车在后，双双离开了车库。

侯赛因重新关上大门。

雅辛仍站在刚才审问囚犯的地方，低头垂肩。我站在他背后，离他很近，随时可以扑上去。我好不容易走到离他远一点的地方，才能吸口气对他说：“你看吧，根本就不关奥马尔的事。”

我就像打开了潘多拉的盒子，雅辛气得从头到脚浑身发抖，猝然转身对着我，手指像利刃一样尖锐地指向我，用令人发寒的语气说：“你只要再说一个字，再说任何一个字，我就马上杀了你！”

说完，他挥手要我滚开，便回到他的房间踹家具出气去了。

*****

我在夜色中离开。

那是个愚蠢的夜晚，连星星都被天空给遗忘，空气中弥漫着一股尸臭。夜幕似乎也因为忧心忡忡而低垂、堕落。大街上苍白的灯光下，又快到宵禁的时间，我忖度着人、事、物的错误。巴格达已拒绝再向真主祷告，而我也迷失在自己的祷告中。我贴着墙的边缘走，像个皮影戏偶，心里极度沉重……我到底做了什么？全能的真主啊！该怎么做，奥马尔才会原谅我？

第十七章

睡眠成了我的炼狱。每次一睡着，我就开始在一连串如迷宫般的长廊里狂奔，背后总有某个故去者的影子在追赶着我。不论我到哪里，它都在后面，追得我喘不过气来……最后我总是吓醒，双手前伸像是想抓住什么，从头到脚都因汗水而湿透了。那个影子永远都在那儿，无论在晨曦微光中，或在寂静的黑夜里，一直俯瞰着我的床。我无助地抱着头，感觉自己如此渺小，几乎就要被床单淹没了。我到底干了什么好事？这个可怕的问题一直紧抓着我，像只猛禽攫住正在拔腿狂奔的老鼠一般。奥马尔的鬼魂几乎随侍在侧，同时也成了我定时发作的悲伤、我的迷醉以及我的癫狂。只要一合上眼皮，他就充满我整个头脑；睁开眼，他依然遮盖掉世界的剩余部分。这世界就只剩我和他，我们就是世界的全部。

我不断祷告，恳求他能放过我，哪怕只有一分钟也好，但全都无效。他一直都在，沉默且困惑，又如此真实，仿佛我伸手就摸得到他。

一个星期过去了，事情没有好转，反而越加严重。我的困扰喂养着我的幻觉。我越是让步，幻觉就越猖狂，前仆后继地向我进攻，既不停顿，也不给我喘息的空间。

我觉得自己越来越忧郁。

我好想死。

我跑去找赛义德，告诉他我想结束这一切，我自愿报名加入自杀攻击。这是最有说服力，也是死得最有价值的捷径。这念头不断萦绕在我脑海，甚至压过了害死奥马尔的罪恶感，变成一种偏执。我一点也不害怕，反正我对这世界已毫无留恋。那些已经舍身成仁的自杀式袭击者，看起来也没比我厉害。每天早上，街上都可以听到自杀炸弹的爆炸声；每天晚上，军营也都遭到攻击。那些自愿赴死者，有如参加派对般踊跃，在惊人的烟火表演中慷慨赴义。

　　"你和其他人一样要排队，"雅辛反驳我，"安静地等轮到你再说。"

　　雅辛和我之间已经没有任何交流了。他对我没好感，我则恨他恨得要命。他总是一直盯着我，每次我想说什么，他就打断我，提醒我：要是我想有点用处，就得按照规矩来。我们的关系也影响到组织里的其他成员，而且每况愈下。他不断试图打击我，要我遵守纪律。我并不冲动，从未挑战他的权威或他的个人魅力。我恨他，他却把我的厌恶当成不服从。

　　赛义德最后只好面对现实。雅辛和我无法共存，再待在一起恐怕会出乱子，拖累整个组织，于是他特准我回到店里。我迫不及待回到店铺二楼的小房间。奥马尔的鬼魂也和我一起回到那儿。虽然只有我才看得见他，可是我真的希望，如果可能的话，雅辛也能看到奥马尔的鬼魂是怎样折磨着我。

　　那天是星期三。打烊后，我刚从小餐馆吃完饭回来。太阳有如一幅燃烧中的水彩画，在城市的建筑物后方沉落。赛义德站在门口望着我，双眼在黑暗中闪烁，看起来十分兴奋。

　　他随着我走上楼，然后抱住我的肩膀说："今天，我接到了这辈子最重大的消息。"

然后他拥抱我，脸上洋溢着光彩，最后才公布他的好消息："太棒了，表弟，真是太棒了！"

他要我在床边坐下。他试着控制自己的激动情绪，然后对我说："以前我跟你提过一个任务。那时候你很想有所行动，可是我说对你有特别的安排，只是我还没把事情弄清楚。记得吗？现在，奇迹发生了。我不到一个小时前才刚刚证实了这个消息。这个神圣的任务现在可以行动了！你愿意承担吗？"

"那还用说！"

"这是有史以来最重要的任务，也是最终的任务。这一票可以让西方国家毫无条件地彻底投降，并且必定可以让我们重新取得国际地位。你觉得你能胜任吗？"

"我已经准备好了，赛义德。我的命随你使用。"

"这不只关系到你的性命。每天都有人死，我的命也不属于我自己。但这是非常重要的任务，需要毫无破绽的投入。"

"你是在怀疑我吗？"

"如果怀疑你，我就不会跟你说了。"

"那问题到底是什么？"

"你有权拒绝，我不想给你压力。"

"没有人给我压力。我接受这个任务，无条件接受。"

"我很欣赏你的决心，表弟。如果这么说能让你放心的话，相信我，我对你有绝对的信心。从你到我店里之后，我就一直在观察你。每次抬头看你，我就有种漂浮、飞升的感觉，但选择你执行这个任务，对我来说依然很艰难。候选人不少，我则坚持这个人一定要来自我的家乡，被遗忘的卡拉姆村；是时候提醒历史她的存在了。"

他张开双臂拥抱我，并且亲吻我的额头。

这是对最尊崇的人才会有的举动。

当晚，我再次梦见奥马尔，可是这一次我不再逃了。

*****

赛义德后来又来看我一次，想确认我有没有后悔。

隔天，关于任务的准备工作就开始了。

赛义德对我说："我再给你三天时间考虑。好好想一想，三天后我们就出发。"

"我以前已经思考够了。现在，我想要行动。"

赛义德让我住到一间可以俯瞰底格里斯河的豪华公寓，那里有个摄影师在等我。拍完照，我还剪了头发、洗了澡。这个星期就要离开巴格达，我赶紧跑去邮局，把存下来的钱都寄给巴希亚。

那天是星期五，在集体祷告之后我离开了巴格达。我搭上一辆牲畜拉的敞篷车，车夫是个戴头巾的老农夫，我伪装成帮他牧羊的侄子。我的新证件一切符合规定，用旧证件伪造而成，看起来更真实。我的名字也在商业登记簿上，一路上讨价还价，经过各种障碍，却没被拦下，在天黑前便抵达伊拉克北部的拉马迪。赛义德已经在距离城市西边二十多公里外的农舍等我们。他保证一切都进行得很顺利，并且和我们一起用晚餐，接着交代下一阶段的行程，然后就离开了。隔大清晨，我们再度上路，朝一座位于叙利亚沙漠东边山坡上的小村子前进。那里将会有另一个人负责开小货车载我们。晚上我们在一个小镇过夜，天还没亮就再往伊拉克西部的鲁特拜走，那里距离约旦边境已不远。赛义德先我们一步赶到那儿，在一间诊所的院子里迎接我们。一位穿着褪色围裙的医生请我们去盥洗，并空出一间病房给我们住。隔天我们延后了三次才启程，因为该区域正在更新军事部署。到了第四天，多亏一场沙尘暴，货车司机和我才得以朝着约旦前进。能见度几乎是零，但司机依然镇定地开在道路上，似乎闭着眼睛都认识路。经过几个小时的颠簸和窒闷，我们终于抵达一处荒芜光秃的低谷，风仍在不停呼啸。我们将车子推入一块天然的平台，然后走进山洞里稍事休息、吃点东西。小货车的驾驶员是个矮小干瘪的好人，看起来有些不可捉摸。他爬到一块岩石的高处，拿出手机，并根据卫星导航，告诉对方我们目前所在的位置。

他回来的时候对我说："这种天气，今晚我可不想睡在外面。"

这是他几天以来对我说的唯一一句话。

然后他就走到山洞里躺下，好像我根本不存在似的自顾自睡着了。

暴风逐渐减弱，虽然谷底依旧有强风吹袭，不过发作的间隔已越来越长。景物逐渐从赭红色的沙漠中浮现，风声听起来变得像断断续续的气喘，接着毫无征兆就突然停止了。

血色夕阳即将落下，光线凸显出地平线上山峦光秃秃的轮廓。两个赶骆驼的人不知从哪儿冒出来，正沿着低谷朝我们的山洞走来。没多久，我发现他们以前属于一个走私帮派，后来变成负责运送军火的帮手，偶尔也充当向导，为那些从外地来增援伊拉克反抗军的志愿者带路。货车司机很高兴他们准时抵达，询问了一下目前的形势，然后就把我交给他们，转身驱车快速离开，甚至没跟我道别。

两个陌生人都高高瘦瘦的，蒙着防沙尘的头巾，穿着慢跑长裤、厚毛衣和绳编底的帆布运动鞋。

"一切都会很顺利的。"

高个儿这么说，想让我安心，然后递给我一件毛衣和一顶帽子。

"从这里开始，晚上会变得很冷。"

他们扶我爬上骡子，便开始赶路。夜幕降临，吹起又冷又刺人的寒风。我的两个向导轮流骑着另一只骡子。走着走着，眼前开始出现羊圈聚集的村落，在月光底下看起来像是乳白色的。我们走下陡峭的山坡，又往上爬，沿途只为了安全理由停下来，倾听并巡视附近阴暗的区域。路程照向导预定的计划进行。中途我们在一处山谷歇脚，吃点东西、稍事休息。我吞下几片肉干，并喝了一羊皮袋的泉水。向导建议我别吃太快，并且要多休息。他们很细心地照顾我，经常问我是否还撑得住、要不要下来走走，但我总要他们继续赶路，别顾虑我。

大约凌晨四点左右，我们越过了约旦边境。不久前，才有两组边境巡逻队交错经过这里，一组开着四轮传动军用车，另一组人则靠步行。一座小丘上的瞭望塔和探照灯照亮的天线，显示这里有座侦察哨。我的向导用红外线双筒望远镜观察岗哨的动静。当侦察兵小队返回营区时，我们赶紧拉着骡子的缰绳溜过河床。几公里外，已经有一辆有顶棚的小货车在等着我们，货车上还载满了塑料盆。开车的是个身穿传统长袍的男人，头上戴着贝都因人的传统毛边方头巾。他首先恭喜向导完成任务，然后在沙地上画出返回伊拉克的安全路程。他说这一区域上空有无人侦察机盘旋，并仔细告诉他们如何避开侦察机的扫荡，接着又详细指导他们如何避开新成立的联军刚刚部署在边境上的兵力。骑骆驼的向导再问了几个实际的问题，得到满意的答复后，便祝我们好运，上路返回伊拉克了。

"你现在可以安心了，"陌生的货车司机对我说，"从这里开始，一切都会很容易，因为有真正的专业人士来照顾你了。"

他是个矮小黝黑的男人，头看起来似乎比肩膀还宽，给人一种不停地晃动的印象。肥厚的嘴唇间露出两排金牙，在日出的阳光底下闪耀着。他开车很猛，既不担心路面坑洞，也不在意紧急刹车把人震得东倒西歪，害我重重撞上挡风玻璃。

晚上，赛义德又出现了，在我的新向导家等着我们。一见到我，他立刻开心地拥抱我，说道："再经过两个阶段，你就可以休息了。"

隔天，吃完营养丰富的早餐后，赛义德开着大汽缸的车子，一路送我到边境的村落，将我交给两名学生模样的年轻人，一个叫沙基尔，一个叫伊马德。赛义德临走时对我说："另一边是叙利亚，接着就到黎巴嫩。我们两天后在贝鲁特见。"

贝鲁特
Bairut

第十八章

我在贝鲁特的停留已接近尾声。等了三个星期，我用手指细数每个小时的流逝。站在客房窗前，我看着荒凉的大街，听着雨滴敲打窗户。在冷风扫过的人行道上，有个流浪汉正对着自己的手呼气取暖，等待路人施舍一点慈悲。他站在那儿已经好一会儿了，我却没看见任何人施舍给他一块钱。他的明天有何希望？他的袜套湿透了，脚上的旧鞋也进水了，表情却只是滑稽可笑。与其说他像条狗一样活着，不如说他更像阴沟里的流浪猫，这样活着才是对生命的亵渎。这个人甚至没资格拥有影子，因为他自己的影子都不愿随他一起堕落。而且，他真的没有影子。他像烂水果里的一条可悲的蛆虫，不知道自己早已死去，生命已到尽头。我一点也不同情他。我对自己说：如果命运让他活在阴沟里，那是为了体现一个事实。什么事实呢？就是为了让我了解生命中令人无法忍受的荒谬愚蠢。这个人依然对生命抱着希望，毋庸置疑。但他的希望在哪儿？难道天上会有意外的好处降临在他身上吗？有哪个路人会对他的窘况多看一眼？有谁会同情他？别傻了！同情又能改变什么？卡德姆说错了，不是这个世界在堕落，而是人们喜欢作践自己。我就是拒绝像这个活死人一样，所以才来到贝鲁特。若不能活得像个有尊严的人，不如做个义士，死得其所。为了自由，已经没别的选择。我无法想象去过那种失败者的生活。自从美军士兵闯进我家，打破了事物的秩序和传统的价值之后，我就一直在等，等待恢复自尊的那一刻。没了自尊，活着就是污点、耻辱。我感觉自己站在一个临界点，既拥有全部，同时又无比空虚。至今我所经历的、活过的、承受的，全都不算数。我的生命像是定格在那一夜，地球似乎因我而停止转动。我现在既不在黎巴嫩，也不在这个旅馆房间里，而是处于昏迷当中。要么我就在这里获得重生，要么我就只能在此腐烂、死去。

赛义德亲自照管我的一切所需。他让我住旅馆最贵的套房，并派伊马德和沙基尔两个亲切的年轻人来照顾我。他们俩不论昼夜都随侍在侧，只要一点表示，便要满足我任何夸张的愿望。然而我并不允许自己忘了身份，任性妄为。我依然是从前卡拉姆村那个谦卑、低调的男孩。尽管我知道现在的自己比以前重要得多，但我并没有破坏从前简朴、正直的生活原则。我唯独有一个任性的要求，就是希望他们把套房里的电视、收音机，还有画作全部撤走。我想保持极度的简朴，只留下最低限度的家具，还有迷你酒吧里的几瓶矿泉水。若是真能让我决定，我宁愿住在沙漠的山洞里，以除去所有把人宠坏的可笑欲望。我希望自己就是生活的全部重心、唯一的指标。

我想要利用待在黎巴嫩的剩余时间，专注地做好心理准备，让自己足以肩负起亲人们交付给我的责任。

我在黑暗中已不再感到恐惧。

我已闻到坟墓里的那股霉味。

我准备好了!

现在的我已经懂得控制情绪，压抑心中的疑惑。我以铁腕手段严格控制自己的精神。我的痛苦、迟疑，还有困惑，都已成为过去时。如今我可以主宰自己的大脑，再也没有任何想法是我未曾察觉或无法控制的。贾拉勒博士已为我清理了心中的窒碍，填补了我想不通的地方。过去的恐惧如今已在我的掌控之下，我可以召唤、检阅它们而不受一丝困扰。之前在巴格达的时候，一直有块棕色的印记掩盖着我的部分回忆，如今那印记已消退。只要我想，任何时候我都可以回到卡拉姆村，推开任何一扇门、拜访任何一家人，或者见到任何人。我母亲、姊妹、亲戚，还有表哥们，一个个都回到我的记忆中，却不会使我不安。我的房里站满了死者或缺席者的魂魄：奥马尔和我同睡一张床；苏莱曼像阵风在房里晃来晃去；海特姆家果园里遇难的那些人也在我身边徘徊；甚至还有我父亲，他卑躬屈膝站在我脚边，睾丸裸露，我见了也不转头，也不遮眼。见到他被枪托殴打倒地，我也不伸手去拉他起身。我就这样站在那儿，像人面狮身像一般，对一切不为所动，包括对我的生父。

再过几天，卑躬屈膝站在我脚边的，就会是这个世界了。

自从人类直立行走以来，最重大的革命行动！

而我就是被选中即将去执行这项任务的人。

这对命运将是多大的复仇啊！

造成死亡，在我眼中从未如此令人欢快、如此意义重大。

是晚，我躺在面对窗户的沙发上，回想着生命中遇到过的残酷事件，借此强化我对任务的投入。到底要做什么、任务的性质是什么，我都还不知道，只知道赛义德说过，"9·11"和这比起来，简直是小儿科。可以确定的一点是，我绝对不会退缩！

突然有人敲门。

是贾拉勒博士。

他依然穿着昨天那套衣服，依然没系上鞋带。

这是他第一次到我房间。他带着酒气的呼吸立即弥漫整个空间。

"我在房间待得快发霉了，"他说，"介不介意我在这儿打扰你一会儿？"

"不介意。"

"谢谢。"

他一边把手放在裤子里头搔屁股，一边摇摇晃晃地走到沙发那儿。他身上味道不太好闻，我打赌他一定很久没洗澡了。

他赞赏地看了套房一眼，说道："哇！你该不会是什么大富豪的儿子吧？"

"我父亲是个掘井工人。"

"我父亲什么也不是。"

他突然发现自己的回话有些荒谬，于是挥挥手当作是取消刚才的话，然后坐到沙发上，跷起脚，倚在靠背上，斜睨着天花板。

"我晚上都没合眼，"他抱怨说，"最近这阵子，我完全睡不着。"

"你太忙了。"

他摇摇头。

"你说得完全没错。这些研讨会简直把我的精力掏空了。"

我在中学时，就听人提起过贾拉勒博士，当然听到的都不是什么好事。我看过两三本他的书，特别记得《穆斯林为何愤怒》，那是一篇关于基本教义派圣战组织崛起的论文。那部作品当时引起宗教人士很大的反感，也在阿拉伯的知识分子间激起不少争议，很多人都将其视为对穆斯林的公开侮辱。他对当代宗教思想体系的批判已经到了严正控诉的地步，许多伊玛目不仅完全拒绝接受，甚至预言凡是胆敢听从这些言论的人都会下地狱。对一般的伊斯兰教徒来说，贾拉勒博士不过是个被仇视伊斯兰，特别是仇视阿拉伯的西方世界所利用的小丑。我自己也很讨厌他，认为他在鼓吹一种错误的文化，传播、滥用偏见，而且还轻视自己的同胞。在我眼中，他就是在欧洲的媒体与学术界如老鼠般横行的背叛者。为了让自己的照片登上报纸，为了让别人来请教他们的意见，他们随时准备出卖自己的灵魂。我很赞成宗教裁决理事会将他判处死刑，希望借此停止他在西方媒体刊登那些煽风点火的胡言乱语，或者在电视上发表过激的狂热言论。

因此，当他的立场突然一百八十度大转变时，我也很讶异。但老实说，同时也觉得松了一口气。

我第一次见到贾拉勒博士本人，是在我抵达贝鲁特的第二天。赛义德坚持我一定要参加他的研讨会。"他真是太棒了！"他说。

研讨会在一个距离大学不远的宴会厅举行，现场有一群狂热的民众。成排的座位早在博士抵达前好几个小时就被抢光了。很多人没位子坐，就站在座位和走道四周。观众有学生、妇女、年轻女孩、一家之主，也有政府官员，众人挤满了巨大的演讲厅。他们的喧闹声听起来就像即将爆发的火山。当博士在民兵的护送下出现在讲台前，群众的欢呼震动了墙壁，窗户也为之嗡嗡作响。当天他讲了帝国主义的霸权，以及错误的信息宣传如何使伊斯兰教徒遭到妖魔化。

我当场就崇拜起贾拉勒博士。

确实，他其貌不扬、老是拖着步子走路、穿衣服的品位很差、说话低俗，还沉溺于酒精。然而当他拿起麦克风——天啊！当他在听众面前拿起麦克风的时候，简直可以把平凡无奇的讲坛提升到奥林匹斯神殿的地位。他比任何人都清楚地道出我们的痛苦，明白我们遭遇的侮辱，也知道我们必须打破沉默。"今天，我们当了西方世界的走狗；明天，我们的孩子就会成为他们的奴隶。"他加重语气说，群众一听便爆发出掌声，完全进入狂喜的状态。当时要是有哪个爱开玩笑的人起哄说要立刻发动攻击，恐怕所有西方国家的大使馆都会被这群暴民烧成灰烬。贾拉勒博士很懂得如何煽动人心。听着他准确的言语、有效的论点，完全是一种享受。没有任何伊玛目比得上他的百分之一。他的轻声呢喃足以打败任何演说家的狂吼。他就是杰出心智的体现，一位具有独特魅力的大师。

为了回应一名学生的提问，他在演讲最后说道："美国国防部一定会中了自己设下的陷阱。他们自以为比真主技高一筹。早在好几年前，他们就在计划发动伊拉克战争。'9·11事件'不是扣下扳机的原因，而是借口。美国试图毁灭伊拉克的计划，早在萨达姆最初想建立核武器的时候就已经开始了。美国人来到这儿，不是为了推翻暴君，也不是为了石油，而是想摧毁整个伊拉克的民族精神。把喜欢的事情和有用的事情同时完成，对他们来说也不是坏事：他们可以摧毁我们的民族，同时榨干我们的石油，何乐而不为？美国人最喜欢一石二鸟。他们打算在伊拉克进行找不到罪证的超完美犯罪，甚至更绝——把犯罪动机当作脱罪的借口。让我来解释他们为什么要攻打伊拉克——因为他们认为伊拉克拥有大规模杀伤性武器。但是怎么打才能降低风险呢？首先必须确定伊拉克并没有大规模杀伤性武器。这难道不是倒因为果、自相矛盾吗？简直像唇齿相依那么简单的道理。美国用威吓控制着全球。然后，为了确保他们的军队不会冒险，就强迫联合国的专家替他们处理各种肮脏事，还得免费服务。一旦确定伊拉克没有核武器，他们立刻派军队来占领，而我们早就被禁运和各种心理折磨给击垮了。他们来，只是轻轻松松接收伊拉克罢了。"

曾经受过的侮辱必须报复，这股渴求在我的血液中沸腾。对贝都因人来说，报仇和信仰虔诚的祷告一样神圣。贾拉勒博士的话更为我的复仇冠上神圣的理由。

"你生病了吗？"他指着床头柜上的那堆药问我。

我被问得措手不及。

我没想到他会进我房间，因此临时也编不出什么故事来。

我在心里叫苦，骂自己怎么会这么不小心，直接把那些药盒、药罐放在床头柜上？怎么没有好好收在浴室的柜子里？那不才是它们该在的地方吗？赛义德不是早就严格训诫过我："绝对不要给别人任何机会！不要相信任何人！"

出于好奇，贾拉勒博士挺腰起身走近我堆着药罐的床头柜。

"这里的药多到可以给一整个部落吃呢。"

"我的健康有点问题。"我笨拙地解释。

"就这堆药看来，恐怕不只'一点'问题啊！你是什么毛病，得吃这么多药？"

"我不想说。"

贾拉勒博士拿起几个药罐放在手上转来转去，大声念出药名，好像在读什么难以辨认的涂鸦，然后又沉默地看了一两个标签，皱着眉头。接着再拿起另外几个罐子看一看，摇一摇里面的药片。

"你不会是刚做过器官移植手术吧？"

"没错！"我赶紧照他的猜测去应和。

"肾脏还是肝脏？"

"拜托，我不想谈这个。"

让我放心的是，他总算把药罐放回床头柜，走回沙发坐下。

"不过你看起来还蛮健康的。"

"因为我严格遵照医生的指示服药。这些药我得吃一辈子。"

"我明白了。"

为了改变话题，我问他："我可以问你一个问题吗？可能会有些不恰当……"

"关于我妈干的好事吗？"

"我才不会问那种问题。"

"我在一部自传作品里已经把她的荒唐事原原本本详细交代过了。她是个贱人，就像这世界上到处都有的那种贱人。我父亲知道，却什么也不说，所以我轻视他甚至超过我母亲。"

听他说这些，我感到很不自在。

"所以你要问的'不恰当'问题是什么？"

"我想这个问题你应该已经被问过上百次了。"

"是什么？"

"你怎么会从圣战派的敌对阵营，突然转变为他们的支持者？"

他听完以后哈哈大笑，放松多了。显然这个问题一点也不会使他不快。他双手背在后颈，粗鲁地伸个懒腰，然后舔舔嘴唇，表情一下子严肃起来，开始回答："事情总是发生在你最意想不到的时刻，就像真主的启示一样，突然间一切都清楚了，你原先没有计算到的小细节，反而有重大的影响力……过去我像是处在一个泡泡里。对母亲的怨恨显然蒙蔽了我的双眼，让我连带憎恨一切与她有关的东西，甚至憎恨我的出身、我的国家、我的家庭。事实上，我对西方人来说，依然是个黑人，这点永远不会改变。他们只是看准了我的弱点，给我荣耀，恐吓我，让我屈服于他们的要求。每家电视台都邀请我去演讲。哪里一有炸弹爆炸，就有麦克风和镁光灯追着我。我的言论正符合西方人的期待，使他们感到安心。我说的正好都是他们想听的。要是没有我，他们自己也会说。只不过我的存在，让他们省了这件苦差事，也省了随之而来的一堆麻烦。我等于是他们的打手……就这样，有一天我到阿姆斯特丹，就在那个荷兰导演被杀死以后几个星期。他拍了一部纪录片，片里有个全身写满古兰经的裸女。[1] 你应该听过这件事。"

"依稀听过。"

贾拉勒博士做了个怪表情，继续说道："通常我只要到大学演讲，一向座无虚席，只有站的位置，但是那一天很多座位都空着。到场的人都是抱着'猎奇'的心态而来，想看看我到底是什么模样。他们的怨恨全写在脸上。对他们来说，我不再是'学者贾拉勒博士'、他们的老盟友，那个一直在捍卫他们的价值和思想，捍卫他们所谓的'民主'的人。在他们眼中，我不过就是个阿拉伯人，跟那名杀死导演、万人唾骂的阿拉伯人没有两样。他们完全变了，那些现代文化的先驱，那些最有包容力、最文明的欧洲人，突然都变成了张牙舞爪的种族歧视者。对他们来说，所有的阿拉伯人都是恐怖分子。全十找呢？贾拉勒博士，过去基本教义派最大的敌人，一直为了捍卫西方价值不遗余力的我，如今在他们眼中，不过是个背

---

1 此处指荷兰导演特奥·范霍赫（Theo van Gogh）拍摄的纪录片《屈从》（Submission）。该导演后来遭一名伊斯兰教徒枪击身亡。

叛自己国家的人。这让我比恐怖分子更可耻。就在那时，我突然领悟了，发现过去自己有多愚蠢，明白了哪里才是真正属于我的地方。接着，我就打包行李，回到祖国人民的怀抱了。"

将一切一吐为快后，贾拉勒博士的脸色陷入阴沉，我才了解我的问题刺中了他最敏感的神经。或许我这不恰当的问题就像一把刀，插进了他一直想要愈合的伤口。

第十九章

　　贾拉勒博士后来便睡在沙发上。等他一离开，我赶紧把那些药全都收起来。我气炸了。我到底在搞什么？看到我放在床头柜上的那堆药罐、药片，不管哪个白痴都会吓一跳！贾拉勒博士是不是起了疑心？他怎么会突然跑来我的房间？他从来不会到别人的房间去。除了见到他在酒吧独自买醉之外，谁也没在旅馆走廊遇见过他。他老是臭着一张脸，感觉拒人于千里之外，见谁也不微笑或打招呼。饭店人员更害怕碰到他，因为他喜怒无常，随时都可能无缘无故大发雷霆。不过换个角度想，至少据我所知，他不可能知道我来贝鲁特的理由。他来黎巴嫩是为了研讨会，我来则是为了神秘的目的。那么讨厌别人陪伴的贾拉勒博士，昨晚为什么会跑来露台跟我说话呢？

　　显然，我引起了他的好奇心。

　　我服用的一大堆药，都是一名医生开给我的。在那之前，我做了无数测试和检查，以便弄清楚我可能对哪些物质过敏，并帮助我的身体抵抗任何潜在的排斥反应。我来到贝鲁特三天，就有许多不同的医生帮我诊断、抽血，还有各种深入检查。我马不停蹄地一会儿做断层扫描，一会儿检查心电图。他们宣布我的身心都很健康之后，我立刻被引荐给一位加尼医生，他将全权决定我是否能够执行任务。加尼医生是个瘦削的老人，干瘪得像根短木棍，头顶光秃发亮，围绕着一圈如羊毛般浓密的粗硬灰发。赛义德介绍说，加尼医生是位病毒学家，但他也接触许多其他科学领域，是个举世无双的天才，简直像魔术师一样神奇。他之前在美国最顶尖的研究机构工作了几十年，却被除名了，只因为他是阿拉伯人，因为他信奉伊斯兰教。

直到昨天，一切都还正常运作。沙基尔过来载我去城北的私人诊所，并在车上等我直到诊疗结束，接着又载我回到饭店，一路上没问半个问题。

贾拉勒博士的入侵使我感到不安。

自从他离开后，我便不断仔细检视我们少数几次会面的细节。我是不是哪里出了差错？我从何时开始引起了他的好奇心？附近有什么人在注意我吗？他说要我"好好给那帮混蛋一个教训"又是什么意思？有什么理由让他对我这么说？

我正在反刍这些问题的时候，刚好被沙基尔瞧见，我的忧虑立刻引起他的警觉。

"有什么事不对劲吗？"他关上门后问我。

我躺在沙发上，背对着窗户。雨已经停了，街上只听见车子驶过吸满雨水的路面所发出的窸窣声。黄昏，天空上赤铜色的云朵越发增厚，感觉好像随时都会对城市洒下倾盆大雨。

沙基尔搬了张椅子跨坐在上面。他是个大约三十出头的男人，潇洒而愉快，一头长发全都梳到后面绑成朴素的马尾。他大约有一米八高，肩膀宽阔，下巴看起来意志坚定，蓝眼睛闪烁着像矿物般的光芒，但眼神飘忽，天蓝色的双眼似乎总望向某个不明的点，看起来心不在焉。赛义德在叙利亚边境把我交给他和伊马德，让他们帮我偷渡到黎巴嫩的时候，我就喜欢上这个男人了。他确实话不多，却很懂得和人做伴。我们可以坐在一起看着同一件东西发呆，很久也不需要说上一句话。

可是他变了。自从他的朋友伊马德被发现因吸毒过量陈尸在广场之后，沙基尔就失去了以前的骄傲和活力。以前他每次按门铃，还没等你挂上对讲机，他就已经冲上来了。他不论做什么事总是那么充满冲劲、全心投入。好友的猝死，像是对沙基尔当头浇了一盆冷水，让他行事大不如从前热切了。

我和伊马德不太熟。除了从约旦到这里的路上，我就再没机会与他长时间相处。他只是跟着沙基尔来饭店接送我，如此而已。伊马德是个很腼腆的男孩，总是处在伙伴的影子底下，但我不觉得他有吸毒的习惯。当人家提起他的死因时，我就怀疑这可能是一起伪装成自杀的私刑处决。沙基尔应该也和我有同样的看法，但他没说出来。只有一次，我问他对伊马德的死有何看法时，他天蓝色的眼睛立刻灰暗下来，此后我们再也没讨论过这个话题。

"有烦心的事吗？"

"也不算是。"我说。

"但你看起来很担心。"

"现在几点了？"

他看看表，表示我们还有二十分钟就要出发了。我起身到浴室洗把脸。冰凉的水让我恢复了冷静。我弯身站在洗脸盆前面很久，把冷水泼洒在脸和脖子上。

起身的时候，我发现沙基尔正透过镜子看着我，把我吓了一跳。他双手抱胸，歪着头，肩膀靠着墙，眼神呆滞，看着我沾湿的手指滑过头发。

"如果你不舒服，我帮你把预约延后吧。"他说。

"没关系。"

他嘟起嘴唇，有些怀疑。

"你的状况你自己最清楚。就由你决定吧。赛义德今天早上到了，他看到你一定很高兴。"

"有两个星期没他的消息了。"我提醒沙基尔。

"他回伊拉克去了。那边的情势不太好。"他回答，一边递给我毛巾。

我用毛巾擦干脸和脖子。

"今天下午，贾拉勒博士到过我房里。"最后我还是松口了。

沙基尔扬起一边眉毛。

"是吗？"

"他昨晚也到露台上跟我说话。"

"所以呢？"

"你觉得他有可疑之处吗？"我转身面对沙基尔，又问，"这个博士到底是怎样的人？"

"我不知道，这不关我的事。如果你需要一个顾问，那你就找错人了。"

我转身回到房间，穿上鞋子和外套，表示我准备好出发了。

"我去开车，"他说，"你在饭店门口等我吧。"

*****

诊所的自动栅栏在吱嘎声响中滑开。沙基尔拿下太阳眼镜，把他的四轮传动车开进内院，停在两辆救护车中间，然后熄掉引擎。

"我在这儿等你。"他对我说。

"好。"我一边回答，一边下了车。

他对我使个眼色，然后俯身过来关上我这边的车门。

我爬上宽阔的大理石台阶。一名护士在诊所大厅拦下我，将我带往二楼加尼医生的办公室。赛义德也在那儿，坐在一张沙发上，双手握着自己的两边膝盖。一见我到来，他脸上便露出微笑。他起身招呼我，与我拥抱。他瘦了很多，灰色西装下几乎只剩皮包骨。

医生耐心等我们寒暄结束，邀我们两人在他面前的座位坐下。他看起来很紧张，不停用笔敲打着面前的垫板。

"你的检查分析出来了，结果非常好，"他对我宣布，"我给你开的药方十分有效，你现在已经可以完全胜任这个任务了。"

赛义德热切地看着我。

医生放下手中的笔，弯身越过办公桌，抬头直视着我的眼睛，强调说："这可不是一般的任务。"

我并不移开视线，同样直视着他。

"这个任务很特殊。"医生因为我的僵硬和沉默稍稍有些不安。他接着说："西方世界让我们别无选择。赛义德刚从巴格达过来，那里的情势开始拉警报了。伊拉克人开始起内讧，内战一触即发。我们一定要快点介入，以免整个地区陷入骚乱，演变成无法复原的伤害。"

"什叶派和逊尼派两边正在互相残杀，"赛义德补充，"目前已经有好几百人死亡了。报仇的情绪一天比一天高涨。"

"我认为浪费时间的是你们两位，"我说，"只要告诉我，你们想要我怎么做，我就会照做。"

医生手中的笔静止下来。

赛义德和他谨慎地交换了眼神。

医生首先发话，手中的笔依然静止。

"这不是普通的任务，"他说，"我们要交给你的武器，既有效又不容易被查到。任何金属探测器、任何检查都不可能发现。你可以把它带到任何你想要的地方，甚至全裸也不会被查出来。直到遇害，敌人可能都还搞不清楚是怎么回事。"

"继续说。"

医生的笔滑过手上的垫板，缓慢往上移，然后落在一叠纸上，不再移动。

赛义德将双手夹在腿间，似乎十分紧张。一股铅一般沉重的寂静压在我们三人之上。沉默持续了大约一两分钟，令人难以忍受。我听见远处有空调或复印机发出的嗡嗡声。医生再次拿起笔在手指间旋转。他知道这是决定性的一刻，因而担心着。他先是清了清喉咙，接着握紧双拳，突然对我说："武器是病毒。"

我一动也不动，没听懂他的话，不明白这和我的任务有什么关系。"病毒"这个词闪过我的脑海，有如一个陌生的音节组合，却有种似曾相识的感觉。什么意思？病毒……病毒……以前我在哪儿听过这个词？怎么它在我脑海里回荡，我却无法定位它的意义？接着我想到那些检查、那些超声波，还有那些药，一切全都在拼图里找到了适当的位置。病毒这个词突然清晰起来。我逐渐发现谜底——微生物、微有机体、感冒、疾病、传染病、医疗、住院，所有与病毒相关的典型图像突然在我脑中排列、组合、交织，而后又混成一团……

赛义德弯身站在我旁边。

医生对我解释说："这是一种革命性的病毒，我花了好几年才研发出来。这个计划投入了巨额的金钱，还有许多人为此奉献了生命。"

他到底在说什么？

"我说，武器是病毒。"医生再次重复。

"我听到了。可是，病毒又怎么样？有什么问题吗？"

"唯一的问题就是你。问题在于你能否执行任务。"

"我不会退缩。"

"要承载病毒的，是你。"

我听不太懂他的话。好像遗漏了哪个部分，让我难以理解。我有种变成自闭症患者的感觉。

医生又说："所有这些检验和药物，都是为了确认你的身体是否合适承载这个病毒。而结果显示，你的身体非常合适，无懈可击。"

至此，我才听懂他在说什么。突然，一切都清楚明白了。武器是病毒。我的任务是变成这个病毒的携带者。是了，所以才需要为我的身体做这么多准备，以承受这个病毒。病毒就是我的武器、我的炸弹，我自杀攻击的推进器……

赛义德试图握住我的手，但我躲开他。

"你看起来好像很惊讶。"医生对我说。

"我是很惊讶，不过也只是惊讶而已。"

"有问题吗？"赛义德问。

"没有任何问题。"我用断然的语气回答。

"我们已经……"医生试图接着说下去。

"医生，我说过了，没有任何问题。病毒也好，炸弹也好，有什么差别？你们没必要对我解释为什么，只要告诉我何时行动、怎么做就够了。每天都有伊拉克人在牺牲，我虽然不是最有勇气的那个，但也绝对不会比别人差。当我决定跟着赛义德，就已经跟自己的生命断绝关系了。我是个已死之人，只在等待合宜的葬礼罢了。"

"我一秒也没怀疑过你的决心。"赛义德用带着畏惧的声音对我说。

"既然如此，何不直接讨论实际面？我何时能够……完成我的光荣任务？"

"再过五天。"医生回答。

"为何不是今天？"

"我们必须严格遵守计划的时间。"

"很好。我不会离开饭店，你们随时都可以来找我，越快越好。我恨不得现在就立刻报仇，好找回我失去的灵魂。"

赛义德请沙基尔自己先回去，然后邀我搭他的车。我们穿过半个市区，一句话也没说。我觉得应该说些什么，却找不到话说。他一度因为受不了沉默，伸手想打开音响，却又缩回手。雨又开始下了，建筑物顺服地承受着大雨，那忧愁的模样让我想起刚才在饭店窗前看到的流浪汉。

我们沿着一个破败建筑物林立的区域行驶。战争的伤痕很难消退，但仍出现新的建筑工地，试图抹去战争的痕迹。工地占据了城市的边缘，起重机、推土机就像斗牛犬，气势汹汹地向废墟进攻。在一个十字路口，有两辆汽车严重冲撞，车身都撞凹了。赛义德见到红灯也没停车，差点撞上附近路口开出来的车子。我们四周立刻此起彼落地响起喇叭声，但赛义德好像根本听不到，完全陷入自己的忧虑中。

我们开上沿着海边峭壁修筑的道路。海面波涛汹涌，仿佛有股愤怒在其间激烈挣扎。停泊的船只等着入港，在周遭一片灰色的景观中，让人想起幽灵船。

我们开了大约四十几公里，直到赛义德终于从混沌中苏醒。他发现自己走错了路，试着弄清楚我们在哪儿，但他突然弯身趴在方向盘上。我等待他恢复冷静。

"这是个很重要的任务，"他说，"非常、非常重要。我没有告诉你病毒的事，是因为这事必须对所有人保密。不过我真的以为，这样一直上诊所，你多少会猜到……你明白我在说什么吗？我不是故意要让你接受既定的事实。到目前为止，事情还不算完全定案。我求你，千万不要觉得有压力，也不需要完全听从我们。如果你认为自己还没准备好，或觉得这个任务不适合你，你可以收回刚才的话，任何人都不会怪你。我只想让你知道，即使换成另一个人，我也同样会瞒着他直到最后一分钟。这是为了所有人的安危，也是为了确保任务成功。"

"你怕我不能执行这个任务吗？"

"不是！"他激动地反驳，随后又恢复冷静。他的手指紧握方向盘，用力得连指关节都泛白了。"对不起，我不是故意要对你大声，只是觉得有些困惑，我还以为你会觉得被骗或被设计了。我在巴格达的时候警告过你，这个任务和以往的都不同，但是又不能告诉你更多，你明白吗？"

"现在明白了。"

他掏出手帕，擦了擦额角和后颈的汗。

"你恨我吗？"

"一点也不，赛义德。病毒的事情确实让我有些惊讶，但并不会影响我的决心。贝都因人是不说谎的。我们说出去的话就像子弹，发射后就再也收不回来。我会负责承载这个病毒。这是为了贝都因人，也是为了我们的国家。"

"自从把你交给医生，我就一直睡不着。不是因为担心你反悔，我知道你一定会坚持到底；但是这任务实在太重要了！你无法想象这次行动的重要性。这是我们最后的手段，你明白吗？之后，一个新的纪元即将来临，西方国家看我们的眼光会和以前大不相同。我不怕死，只怕我的死无法改变现状，怕我们的牺牲者白白浪费了他们的生命，这才是最残酷的事！对我来说，生命不过是一场疯狂的赌注，选择死亡的方式，才是唯一弥补损失的办法。我不想要我们的孩子也和我们一样受苦。若是我们的上一代在他们的时代就起身反抗，我们如今就能少受点苦。唉！他们只等着奇迹降临，却不晓得应该主动去寻找奇迹。如今，我们必须起来掌控自己的命运了！"

他转身面对我，脸色铁青，双眼闪烁着泪光。"看看现在的巴格达变成了什么样子，圣坛被玷污，教派彼此争战，手足互相残杀……我们已经走投无路了。我们一直呼吁大家冷静，可是没人听。没错，以前在萨达姆的时代，我们是被绑架的人质，如今我们却变成彼此残杀的活死人！墓园爆满，我们迫切的祷告和清真寺的尖塔一样遭到粉碎，怎么会弄到这个地步？我睡不着，是因为对你的期许太深了。现在我们只能依靠你，全都靠你了！你就是我们的终极手段，我们最后一场光荣的战役。如果你成功，一切将会拨乱反正，胜利的钟声也将为我们响起。医生对你解释过这个病毒是怎样的东西吗？"

"没必要解释给我听。"

"但是他应该解释。你必须知道你的牺牲对整个民族，以及地球上所有受压迫的人有什么意义；你将成为帝国主义霸权的终结者，结束所有的不幸，为所有正义之士带来平反……"

这次换我捉住他的手腕说："拜托你，赛义德，别怀疑我。这样会让我很痛苦。"

"我一点也不怀疑你。"

"那就别再说了，让事情自然发展。我不需要你陪，我自己知道该怎么做。"

"我只是想告诉你，你的牺牲……"

"没用的！而且你懂得卡拉姆村的规矩。若真的想实现一个计划，我们就不会去谈论它。愿望不说出来才会实现。所以，就让我们保持沉默吧。我一定会坚持到底，我有信心，你懂吗？"

赛义德点点头。

"你说得一点儿也没错。对自己有信心的人，不需要别人来打气。"

"没错，赛义德，完全正确。"

他倒车，然后沿着来路往回走，开上一条石子路，便掉头回贝鲁特了。

*****

我大半晚都待在饭店的露台，靠在栏杆上望着大街，希望贾拉勒博士会过来找我。我感觉很孤独，试着让自己振作起来。我需要贾拉勒的愤怒来填补我的空白，却找不到他。我去敲过他的房门，两次，他都不在房里。酒吧也找不到他。我从房间的阳台看着来往的车辆，寻找他的身影。许多人在饭店进进出出，他们的声音片段偶尔会飘进我耳中，然后消逝在夜晚的喧嚣声里。今晚新月在天，洁白锋利宛如镰刀。天空更高处，成串的星星排列闪烁。天气很冷，我呼出的空气化成丝丝白烟。我紧裹在夹克里，朝着握起的手里呼热气，双眼圆睁。从刚才我脑袋就一直放空。自从听见"病毒"这个词之后，好像就有种毒素在我的大脑里蔓延，只等待我一个讯号，就会爆发。但我不能给它机会在我的灵魂深处制造混乱。这种毒素是恶魔、是陷阱、是我的阻碍，会使我跌倒。我在我的守护神和祖先面前发誓，我一定不会认输。我站在原地，看着夜行者来来往往的大街，看着车辆来去，看着建筑物上闪烁的霓虹灯，看着顾客满盈的商店。我看着，只是睁大眼睛呆看着，脑袋里没有任何思绪。这个城市宛如拉客的妓女。就在昨天，她还因为寒冷与惊恐，褪去了昔日的光华与荣耀，从头到脚披上了白色的寿衣，今天却已经遗忘了那些为她牺牲生命的斗士，不再感到怜悯与同情了？贝鲁特，真是无可救药！尽管还笼罩着内战即将爆发的阴影，此刻却宴乐如常，一副没事的样子。这些在人行道上狂欢的人，就像阴沟里的蟑螂，他们到底想往哪里去？他们有何梦想？他们的明天又在哪里？不，我绝对不要跟他们一样。我绝对不要像他们！

凌晨两点。

街上人潮已经散去，商店也拉下铁门，连最后一个流连大街的鬼魂也消失了，贾拉勒博士依然没出现。我真的需要他吗？我回到房间，感觉冻僵了，却恢复了活力。冷空气对我有助益。脑袋里的那股毒素终于放弃侵略我了。我钻进被窝，熄灯。处在黑暗中，我觉得很自在，所有死去的、活着的亲人朋友都在我身边。当我们为了神圣的理由非报仇不可的时候，不论用病毒还是炸弹，有什么差别呢？今晚我不需要吃安眠药了。我已经好了，一切都正常了，就像赛义德说的，"生命不过是一场疯狂的赌注，选择死亡的方式，才是唯一弥补损失的办法"。传奇就此诞生了。

第二十章

一名中年男子来到饭店柜台。他很高，瘦骨嶙峋，脸色像禁欲主义者般蜡黄，穿着陈旧的黑色大衣，底下是深色西装，脚上穿了一双鞋跟坏了但却上过油的旧皮鞋。看他戴着厚重的玳瑁框眼镜，加上那条以前或许还算入时的领带，那副保有尊严却又透露着可悲的模样，很像是即将退休的教师。他腋下夹着一份报纸，紧缩着下巴，按了柜台的服务铃，静候人家来为他服务。

"先生，有什么事吗？"

"晚上好。请你通知贾拉勒博士，穆罕默德·西恩找他。"

柜台人员转身看向置放钥匙的柜子，没见到三十六号房的钥匙，却说谎道："贾拉勒博士现在不在房里。"

"但我看着他进来的，就在两分钟前，"那名男子坚持，"他应该是在忙，或者正在休息。我是他的老朋友。如果他知道我来了却没有通知他，会很不高兴的。"

当时我就坐在饭店大厅，正在喝茶。柜台人员看了那名访客一眼，搔搔耳后，然后拿起电话，并对访客说："我打电话看看他在不在酒吧。您刚说您是哪位？"

"穆罕默德·西恩，小说家。"

柜台人员拨了个号码，一边轻扯自己的领结，让它松开一点，一边咬着下唇。

对方接起电话。

"先生，这里是柜台。请问贾拉勒博士在酒吧吗？有一位穆罕默德·西恩先生在柜台想找他。好的，先生。"

柜台人员放下话筒，请小说家稍候。

博士没多久便出现在通往房间的楼梯间。他见到访客，立刻张开双臂，露出大大的微笑。"安拉真主啊！你这老头，什么风把你给吹来的，亲爱的朋友？哇！大人物西恩亲自来看我啦！"贾拉勒博士热情地招呼那名男子。他们俩亲切地揽住肩膀，亲吻彼此的脸颊，非常高兴见到对方。有好一阵子，他们不说一句话，只是相互看着，而且没完没了地亲切拍打对方的背。

"好棒的惊喜啊！"博士说，"你来贝鲁特多久了？"

"一个星期。法国协会邀我来的。"

"太棒了。真希望你可以停留久一点，那就正合我意了。"

"我星期日就得回巴黎了。"

"那还有两天。你看起来可真不错！我们到露台去看看夕阳。这饭店的夜景很美的。"

他们俩消失在电梯里。

*****

他们俩来到饭店露台的玻璃包厢坐下。我听见他们的笑声，还有彼此拍打肩膀的声音，因为我偷偷摸摸躲在一块木板后面观察他们。

穆罕默德·西恩脱下大衣，将它放到一旁沙发的扶手上。

"要不要喝一杯？"贾拉勒提议。

"不了，谢谢。"

"天啊！真的好久不见。你这几年都在哪儿啊？"

"到处流浪啊。"

"我看了你最新的书，简直太棒了！"

"谢谢。"

博士躺进沙发里，微笑地看着小说家，显然很开心与他重逢。

小说家将手肘压在膝盖上，双手如祈祷般交握，下巴轻靠在指尖。重逢的热情显然已从他身上消退了。

"别摆脸色啊，西恩。有什么烦心的事吗？"

"只有一件：就是你。"

博士干笑几声，坐回沙发里，但立刻敛起笑容，像是忽然明白了对方的意思。

"我做了什么事让你困扰吗？"博士问。

小说家抬起头，双手握着膝盖，说道："我就不拐弯抹角了，贾拉勒。我前天去了你的研讨会，到现在还惊讶不已。"

"研讨会结束后怎么不立刻来找我呢？"

"你身边围绕着那么多人，我怎么过去？事实上，我真的认不出你来。我太诧异了，所以演讲结束后还呆立在原地，直到所有人走光了，我才离开。我真的吓呆了，像被人当头打了一棒似的。"

贾拉勒博士的微笑消失了，反而渗出一种痛苦的神情。他变得阴沉，额头露出皱纹。良久，他抚摸着自己的下唇，似乎想借此找出几个字，以打破耸立在小说家与他之间的高墙。

他皱起眉头，慢条斯理地说："有那么严重吗，西恩？"

"说实话，我到现在还很惊讶。"

"那我想你来这里是为了教训我啰？很好，不必跟我客气。"

小说家拉起被压住的大衣，紧张地摸索口袋，拿出一包烟。他递给贾拉勒，但博士以断然的手势拒绝了。这粗鲁的动作没逃过作家的眼睛。

博士因为失望而抿着嘴，一脸防卫；他的表情纠结，眼神充满冰冷的敌意。

小说家在找打火机，但到处都找不到。贾拉勒也不打算借他。小说家最后终于放弃抽烟的打算。

"我还在等着你教训我呢。"贾拉勒博士用低沉的声音说。

小说家点点头，把烟收进烟盒，然后把那包烟放回沙发扶手上的大衣口袋里。这些动作显然是想争取时间，或者整理自己的思绪，因为现在他必须解释自己的想法。

他重重吸了一口气，突然开口："人的立场怎么能说变就变呢？"

博士一阵颤抖，脸上的肌肉抽搐，看来似乎对这样突然的正面冲突没有心理准备。他眼睛一动也不动，经过一段长时间的沉默之后，他反击说："我不是突然才改变立场的，西恩。我只是现在突然发现，'这'才是对的立场。以前我错了。"

"以前你才是对的，贾拉勒。"

"我也以为如此，但我错了。"

"就因为他们不颁给你二学院勋章吗？"

"你认为我不配得到吗？"

"你当然配。不过，就算得不到，也不是世界末日啊！"

"那却把我的梦想都粉碎了。证据就是，从那之后，一切都改变了。"

"什么改变了？"

"发牌的人。现在发牌的是我们，决定输赢的是我们。更棒的是，连游戏规则都由我们订立。"

"什么游戏，贾拉勒？屠杀游戏？这不是好玩的！相反地，你是在玩火自焚！你还是像以前那样比较好……"

"当个受控制的木偶吗？"

"你才不是木偶！你以前是个头脑清醒的人。如今，我们就是这世界的良心。你和我，我们这些如孤儿般的知识分子，总是被四周那些墨守成规的人喝倒彩；没错，我们是少数分子，但我们依然存在，而且是唯一有能力扭转事态的人。西方国家已经无能为力了，事态已经超出了他们的控制范围，然而真正的战斗发生在所有穆斯林精英分子之间，发生在你我和那些激进宗教领袖之间。"

"战斗发生在雅利安人和非雅利安人之间！"

"不！你很清楚这不是种族歧视的问题。如今冲突发生在我们内部。穆斯林想要有人为他们发声，管他是恐怖分子还是艺术家，管他是骗子还是正人君子，管他是被埋没的天才还是老朽的政客，都无所谓。他们需要的是神话，是偶像，是一个能代表他们、说出他们心声并捍卫他们的人。不管是用笔还是用炸弹做武器都好。而我们可以选择武器，贾拉勒，就是我们，你和我。"

"我早就选好武器了，而且除此之外，我们别无其他武器。"

"你不是真的这样想吧。"

"我就是。"

"不，不是的。你只是搞错了立场。"

"我不准你……"

"好！"小说家打断博士的话，"我来不是为了触怒你，但我必须跟你说，我们肩上都背负着沉重的担子，贾拉勒。一切就看我们怎么做。我们的胜利将是全世界的救赎，我们若失败，世界也将跟着沉沦。我们手上握有前所未见的工具，那就是我们的双重文化背景，它让我们知道两边各自的缺陷和错误。西方世界正处在怀疑中。他们自以为是绝对真理的知识，如今在反抗的冲击下崩毁，长久处在安逸之中的他们，如今顿失生活的指引，才会导致东西两方无法对话，一边自以为现代化，误指另一方为野蛮人。"

"西方并不现代化，只是比较富裕。而东方也不见得就是野蛮人，只是比较贫穷，没有现代化的本钱。"

"我完全同意你的说法，所以我们应该介入，缓和紧张气氛，重新调整视角，去除一切源于轻视的刻板印象。我们站在中间，贾拉勒，我们才是平衡点。"

"别自大了。我以前也和你一样相信这些，结果我这个博学之士捍卫的，竟然是把我弃之如敝屣的知识帝国主义！你说的那些话，我以前也说过，结果只是在自我催眠。我在电视上谴责自己的同胞、传统文化、宗教，谴责我的亲友和守护我的圣人，结果只是被西方给利用了！他们利用我来煽动反穆斯林的情绪。但我不会就这样被他们白白利用！我是一把双刃剑，他们弄钝了这一面，我还可以用另一面将他们开肠破肚。别以为我这么做都是因为没得到那个什么三学院勋章，那只不过是众多失望之一，事实重点不在于此。重点是，西方世界已经疯狂了，它太怀念过去的帝国荣耀，以致无法承认世界已经改变；它像个老朽而癫狂的人，变得偏执又令人恼火，完全无法以理说之，只能让它安乐死。留着老建筑，又怎能建造新气象呢？我们必须把一切扫平，从基础重新开始。"

"怎么个扫平法？用炸药？用邮包炸弹？还是劫机撞大楼？破坏本身不是建设；破坏就是破坏！我们必须弄清楚自己的立场，贾拉勒。在我们遭受同伴的背弃与不公对待时，我们必须超越愤怒，冷静自持，因为事关全人类的福祉。我们个人的失望与之相比，又有什么重要呢？没错，他们是待你不公平，我不否认……"

"容我提醒你，他们对你也一样。"

"但是这一小撮自以为是的学院人士，有资格影响国家的命运吗？"

"在我看来，这一小撮人正好代表着西方对我们的轻视。"

"你从前的那些追随者、同事，还有你在欧洲教过的学生，你难道忘了他们吗？他们才是重点，贾拉勒。那些不懂得你价值的人，管他们怎么想。'当一个天才出现在这个世界上，只要看他身边有多少白痴结盟反对他，就可以认出他来。'这是乔纳森·斯威夫特[1]说的。你的情况正是如此。你的胜利应该在于你留给他人什么，在于你开启了多少人的心智。教学带给你多少快乐与满足？你不能只因为一小群无知的人嫉妒你，就推翻一切。"

"西恩，你真的什么也不懂。你实在是人太好，天真到无可救药的地步。我现在不是在复仇，只是找回我应有的面貌，恢复我的正直，找回我应有的地位、我的荣耀，找回尊重。要让我接受被开除，把过去几年他们对我的排斥、他们的狭隘、迟钝和种族歧视都当作

---

1 乔纳森·斯威夫特（Jonathan Swift, 1667—1745），英国作家、政论家、讽刺小说大师。他最著名的作品是《格列佛游记》。

不存在，那是不可能的。我没必要复仇，我早就当上荣誉教授了。"

"以前是，贾拉勒，但你现在已经不配了。现在你站上蒙昧主义的讲台，只是向你以前的学生和那些看不起你的人证明，你确实不值得他们重视罢了。"

"他们也不值得我重视。他们觉得怎样才值得，对我来说已经不重要了。我有我自己的度量标准、我自己的行情，一切由我来定义。我决定从头开始，重新定义一切。事实是什么由我决定，再也不需要对别人阿谀奉承。要重建世界的秩序，就必须先解放被压迫的人。殖民保护的神话已经过去，我们现在有能力造反，不必再当笨蛋，可以站出来大声吼出我们的愤怒，说西方国家是低级的骗子，说这一切只是个巧妙的谎言，就像一套光鲜亮丽的廉价衣裳，我决定这就扒了她的衣服，看看她是什么货色！相信我，西恩，西方世界不是我们该支持的阵线。他们一直在哄骗我们，要到几时？我们应该说，够了！是他们该重新调整的时候了！以前，他们自以为可以随意定义整个世界，把当地人叫做土著，见到自由生活在野外的人，就叫他们是野蛮人。神话可以根据他们的喜好改了又改。我们的史诗作者被他们降级成市集里说唱的艺人，他们自己的江湖郎中却升格为神。今天，被侵犯的民族终于恢复发声的力量。我们有话要说，我们的武器要表达的就是这个！"

小说家用力击掌，说道："你疯了，贾拉勒。拜托你清醒点好不好？你不应该和屠杀者、恐怖分子站在同一阵线。你很清楚！我知道你很清楚！前天我仔细听了你的演讲。真可悲，在你鼓吹发泄愤怒的演讲中，我听不到一丝真诚，一点都不像你以前捍卫正义、对抗暴力、不幸和恐怖主义的时候那样……"

"够了！"贾拉勒博士终于受不了，"如果你愿意当一块卑贱的地垫任人践踏，那是你家的事。但别来告诉我，你吃的屎有多香。我大老远就能闻到那股屎臭味。你的装模作样让我恶心。我清楚地告诉你，西方国家一点都不喜欢我们。他们不喜欢我，也不喜欢你。别以为他们会把你放在心上，因为他们连心也没有。他们永远也不可能尊重你，因为他们压根就没把你当人看。你想继续当个卑贱的马屁精、阿拉伯仆人，当个受宠的贱民？你想继续期盼他们永远也无法给你的东西？好啊，那就等着瞧吧。或许他们的垃圾袋里，会不小心掉出一两块垃圾给你。但少拿你那副擦鞋小子的马屁理论来烦我，老兄。我很清楚我要的是什么，也很清楚我该走的道路。"

西恩扬起手做投降状，迅速拿起大衣，起身要离开。我赶紧溜走。

下楼的时候，我听见贾拉勒对小说家大吼："'我连月亮也摘下来，放在银盘上恭恭敬敬献给他们。但是他们却不屑一顾，反而说：月亮要怎么吃呢？'这话可是你写的吧。"

"别把我的书扯进来，贾拉勒。"

"怎么这段文字听起来这么苦涩啊，西恩？有什么理由你对他们大方，反而落得如此痛苦呢？就是因为他们不肯承认你的真正价值。他们只说你的'辞藻浮夸'，把你丰富的才华说成'风格大胆'。我在对抗的就是这种不公平，就是他们贬低我们天赋的眼光。那些人必须了解他们对我们所犯的错。他们必须了解，要是再这样看轻我们，他们就得付出惨痛的代价。就是这么简单。"

"世界上哪里的知识分子不是如此？彼此轻视、招摇撞骗的现象哪里都一样。知识界就像地下社会，一点也不谨慎，同时又缺乏荣誉感，无论他们自己人，还是我们这些外来人，都一样是受害者。

要是这么说会让你觉得好过些的话，我告诉你，我的同胞比其他任何地方的人都恨我、讨厌我。有句话说'没有人能在自己的国家当先知'，我要在这句话后面放上逗点，然后再加上一句，'也没有人能在其他国家当大师'。我的救赎就来自这一点——我既不想当大师，也不想当先知。我只是个作家，只想把自己的见解放进书中，希望有人能读懂，如此而已。"

"也就是说，你只要一点面包屑就满足了。"

"是这样没错，贾拉勒。我宁愿满足于面包屑，也不愿为了满足自己的荣耀，就去毁坏一切。只要我的痛苦不会伤害其他人，我就等于得到了补偿。选择带给其他人不幸，以弥补自己的不幸，这是最可悲的事。我宁愿处于不幸的黑夜里，也好过在黎明中看着朋友受伤。要是如此，我宁愿待在黑夜里继续做梦。"

我在一楼的走廊与他们相遇，假装自己刚从某人的房里出来。他们从我面前经过，因为太专注于他们的争执，根本没注意到我。

"你卡在两个世界中间，西恩，这种情况非常不舒服。我们处在文明冲突的交锋上，你非得选一边站不可。"

"我只站在我自己这边。"

"虚伪！自己一个人不算一个阵营，只是把自己孤立起来而已。"

"要是朝着光明走，就不会孤独。"

"什么光明？像希腊神话里的伊卡洛斯一样，因为太想接近光明的太阳，结果搞得翅膀被熔化而摔死？还是像黑夜的飞蛾一样扑火自焚？"

"我指的光明是自己的良心，任何阴影都不能蒙蔽的良心。"

贾拉勒突然停在原地，看着小说家走远。当小说家推开通往大厅的双扉门时，博士本想伸手拦住他，中途却又放手作罢。

"西恩！"他大喊，"世界正在全速向前，你却还忙着检视自己的良心！你这样做谁也不会感激你的！他们现在给你面包屑，有一天一定也会要你还的！你什么也得不到，我告诉你，什么也得不到！"

双扉门在吱嘎声响中合上，小说家的脚步声逐渐远离，然后消失，被大厅的地毯给吸收。

贾拉勒博士双手抱头，嘴里低声说着听不懂的咒骂。

"要不要我替你解决他？"我问他。

"不准你碰他！"他凶狠地瞪着我说，"生活不是只有屠杀！"

第二十一章

与小说家的一席话对贾拉勒博士并非毫无影响。他变得很少在中午前起床。晚上我常听见他在房里失眠踱步。沙基尔说他取消了预定在贝鲁特大学举办的研讨会，推掉媒体的访谈，连手边即将完成的书稿也停笔了。

我很难承认自己眼中坚强博学的贾拉勒，竟然会被一个乐于受奴役的抄写员给打败。就算是一条破抹布，博士也有办法将其提升为领导万军的王旗。智者被摇笔杆的低俗作家杀得措手不及，这令我十分生气。

这天早上，贾拉勒博士又瘫坐在饭店大厅的沙发里。他背对着柜台，手里的烟已逐渐烧成一条灰烬。他盯着关掉的电视，双腿岔开，一手靠着沙发的扶手，另一手垂在一边，让人想起中场累瘫在凳子上的拳击手。

我经过时，他甚至没抬头看我一眼。

他面前的桌上摆了不少空啤酒罐，还有一杯威士忌。烟灰缸里满满的都是烟头。

我离开大厅到餐厅里，点了烤牛排和生菜沙拉。博士没有过来。我在等他，眼睛一直盯着餐厅的门，等到咖啡都冷了。侍者过来记下我的房号，并把冷咖啡撤掉。餐厅入口的门依然紧闭，没有动静。

我回到大厅，博士仍待在原处，但头改为靠在沙发背部顶端的靠枕上，眼睛盯着天花板。我不敢靠近他，却也不敢回房，于是走到街上，混入人群里。

*****

"你跑到哪儿去了？"沙基尔一见我回来，一边拍掌，一边生气地问我。

他坐在房里的沙发上，脸色白得像蜡烛一样。

"我到处找你，你知道吗？"

"我到处乱逛忘了时间。"

"要命！你应该打电话说一声！再过一个小时，我就差点要拉警报了。我们约好了下午五点啊！"

"跟你说我忘了。"

沙基尔克制着自己，才没扑过来揍我。我的冷漠让他害怕，我的不在乎更让他狂怒。他举起手试着让自己冷静下来，然后捡起掉在他脚边的硬纸板文件夹，递给我。

"你的机票、护照和学校的文件。后天晚上六点十分飞伦敦。"

我接过文件夹，随手放在床头柜上，没有打开。

"你还好吗？"他问我。

"你为什么老是问我这个问题？"

"我在这儿的目的就是确认你一切安好。"

"我又没有抱怨哪里不对劲，不必一直问我。"

沙基尔双手扶膝，站了起来。他看起来很不好，双眼红得像是整夜没睡。

"我们两个都累了，"他厌倦地对我说，"尽量休息吧！我明天早上八点来接你去诊所。你必须保持空腹。"

他本来还想说什么，却又觉得没必要说了。

"我可以走了吗？"他问。

"当然。"我回答。

他摇摇头，临走前看了床头柜上的文件夹一眼，然后就离开了。我没听到他在走廊上远离的脚步声，他一定是站在门后偷听我的动静，一边摸着下巴琢磨着我也不清楚的想法。

我躺在床上，双手背在后颈，看着天花板上的灯。我在等沙基尔离开。我渐渐了解了他这个人，若是有什么事情他不明白，就一定要弄清楚真相才能决定下一步。过了许久，我终于听见他远离的脚步声。我重新坐下，拿起那个硬纸板文件夹查看。里面有一本护照、一张英国航空的机票、一张学生证、一张金融卡、两百英镑，还有大学的相关文件。

平常习惯吃的安眠药无法助我入睡。我一直醒着，好像喝了一大壶咖啡似的。我和衣躺着，连鞋也没脱掉，盯着天花板。外面的霓虹灯招牌反射的灯光，把天花板染成一片殷红如血的颜色；偶尔有车辆悄悄经过，像是在逗弄刚刚包围城市的沉默。隔壁房间，贾拉勒博士也醒着。我听见他在房里来回踱步。他的情况似乎越来越糟了。

我在想：为什么我没有把那个小说家来访的事情告诉沙基尔？

＊＊＊＊＊

隔天早上，沙基尔准时到达。他在房里等我沐浴更衣。之后我跟着他上了停在商场的车。尽管微风寒冷刺骨，天空却十分晴朗。阳光洒在车窗上，就像锋利的剃刀。

沙基尔没有把车开进诊所的内院，而是绕过大楼，从车库一条通往地下室的车道进入，把车停在地下室的小停车场里。我们由一道隐秘的楼梯进入诊所。加尼医生和赛义德在一间看似实验室的大房间前面等待我们。通往诊所上层的门都有铁锁。在一排顶灯照亮的走廊尽头，有一间非常明亮、墙面地板全都铺了闪亮瓷砖的房间，中央有一道玻璃，将房间一分为二，一边看起来很像牙医诊所，里面有张诊疗椅，椅子上方还有一具精巧的聚光灯。四周很多金属架，架上放满镀铬的金属盒子。

医生打发沙基尔先走了。

赛义德一直避免和我眼神接触，假装专注于医生。他们俩都很紧张。我也是。我的小腿好像有一堆蚂蚁在爬，心跳声沉重地在我太阳穴上敲打、回响，我觉得很想吐。

"一切都很顺利。"医生一边安抚我，一边指着旁边的位子让我坐下。

赛义德坐在我旁边，这样他就不用别过头避开我的视线了。我见他的双手因为紧张都拧红了。

医生依然站着，双手插在白袍的口袋里，宣布揭露真相的时刻已到。

"我们马上就要进行注射，"他的声音因为激动而有些颤抖，"我必须解释一下过程。临床上，你的身体非常适合接受所谓的'外来物质'。初期会有一些副作用，但不严重。可能刚开始几个小时会有些眩晕，也许伴随轻微的恶心，但很快一切就会恢复正常。为了让你放心，我在很多志愿者身上做过实验，逐渐调整了许多已知可能发生的并发症。你将注射的这个'疫苗'非常成功，你可以放一百二十个心。注射后，我们会请你留院观察一个上午，不过这只是安全的预防措施。你离开诊所的时候，身体将会处于最佳状态，不用担心。至于之前我开给你的药，疗程已经结束，不需要再吃了。我另外换给你两种新的药片，每天吃三次，吃一个星期。明天你就要出发去伦敦，到了那边，会有另一名医生协助你。第一个星期，你会照常生活。病毒在孕育期间并不会引起什么重大不适。孕育期大约需要十到十五天。发病的最初症状会有严重发烧，伴随痉挛。那里的医生会照顾你。之后，你的尿液会逐渐渗血。从这一阶段起，病毒就开始具有感染力。你只需要到地铁、车站、体育场或者大卖场去，总之尽量感染越多人越好。尤其是车站一定要去，这样才能把灾情扩散到英国的其他地区。病毒的传播将会非常快速。被你感染的人在六小时内就有能力感染其他人，然后才会病倒。一开始他们会以为是流行性感冒，但灾难将会导致大量人口死亡，他们才会发现这根本不是感冒。我们是唯一知道如何解救剩余人口的人。这是个无敌的病毒，而且很容易变异。它就是我们的终极武器，将会带来一场大革命。伦敦的医生会向你解释一切，你可以放心信任他，他是我最亲近的合作伙伴。你会有三到五天的时间，尽量到人最多的公共场所去。"

赛义德拿出手帕擦着前额和太阳穴的汗，看起来好像快昏倒了。

"我准备好了，医生。"

我说话的声音连我自己都认不出来。

我有种快昏厥的感觉，费了好大的劲儿才站起来走向通往玻璃另一边的气密室，幸好没昏过去。

有好几秒钟，我感觉视线模糊，每次呼吸似乎都得从身体最深处抽出一点空气；我的小腿肚一直很麻，双腿颤抖，感觉地板好像在我脚下塌陷了。医生穿上一套银光闪闪的工作服，把自己从头到脚包住，并戴上面罩和手套，赛义德则帮忙我穿上我的工作服，然后看着我们两人穿过气密室，到实验室的另一边。

我躺在诊疗椅上，椅子立刻在金属的细微声响中伸长、放平。医生打开一个铝制的盒子，从里面拿出一管好像来自未来世界的注射器。我闭上眼睛，屏住呼吸。当针头刺进我的肉里，我觉得好像全身的细胞都一举涌向那个伤口；好像冰冻的湖裂了一条缝，我就从那个缺口被吸入无底的深渊中。

* * * * *

赛义德带我去饭店附近的一家餐馆吃饭，算是饯别晚宴。然而在那种情况下，气氛显得既尴尬又奇怪。他好像忘了该怎么说话，甚至一个字也说不出口，更不敢看我的眼睛。

他不会陪我去机场，沙基尔也不会。明天下午四点，会有一辆计程车来接我。

注射之后，我在诊所的地下室待了一个上午。加尼医生有时会过来为我检查，而且对结果似乎一次比一次满意。经过连续四小时深沉无梦的睡眠之后，我只有两次感到眩晕。醒来时，我感觉像个溺水的人一样干渴。有人为我送来少量浓汤和生菜沙拉，但我根本吃不完。我没有觉得不舒服，只是有些头昏眼花，嘴巴有种黏糊糊的感觉，还不停耳鸣。下床时，我有些摇摇晃晃，但渐渐就能协调地控制自己的动作，平稳地走路。

医生甚至没来跟我道别，就让我离开了。

沙基尔已经先回去了，因此那天下午陪我的是赛义德。我们开着一辆租来的小车，从车库离开诊所。当时已经是晚上，城市的灯光一直延伸到山丘上，主要大道就像我的血管一样涌动沸腾。

我们选择了餐馆里侧的位置，以免受到打扰。餐馆里客人坐得满满的，有带着一堆孩子的家庭，有十指紧扣的情侣，有一群群开心的朋友，还有眼神贪婪的生意人。侍者四处奔忙，高明地维持平衡，端着满盈的托盘送餐，有些拿着小簿子快速记下客人的点餐。靠近门口处，有个高大的怪人笑得厉害，几乎要笑破颈动脉了。跟他一起吃饭的女伴看起来很不自在，频频对周围的人露出尴尬的微笑，像是在请大家原谅她同伴不合宜的举止。

赛义德又看了看菜单，依然决定不了要点什么。我怀疑他有些后悔邀我来吃饭。

我问他："你回过卡拉姆村吗？"

他吓了一跳，看起来好像没听懂我的话。

我重复了一遍。这问题似乎让他感觉放松了点。他放下刚才一直拿来当挡箭牌的菜单，看着我说道："不，我没有回去。在巴格达太忙了。不过我一直跟家乡的人有联络，他们经常打电话来告诉我那边的情况。最新的消息是，有支军队驻扎在海特姆家的果园。"

"我给我的双胞胎姐姐寄了一点钱，不知道她收到没有。"

"你的钱已经寄到了。我两个星期前才和卡德姆通过电话。他想找你，但我跟他说我不知道你在哪儿。然后他又叫巴希亚来听电话。她想谢谢你，还想知道你在做些什么。我答应她我一定会尽力找到你。"

"她不知道我在哪儿吗？"

"伊拉克没有人知道你在哪儿。我打算后天回巴格达。我会去你家拜访，我向你保证，我会照顾他们。"

"谢谢。"

之后我们就不知道该再多说些什么。

我们沉浸在各自的思绪中，沉默地吃着。

用完餐，赛义德送我到饭店门口。下车前，我转身看着他。他对我微笑，但表情悲惨，让我甚至不敢与他握手道别。我们就这样分开了，既没吻别，也没拥抱，像遇到岩石的河水，分裂成两条支流，不再有交集。

第二十二章

柜台有给我的留言，是一封用胶带封起来的信，信封里有张画着抽象图案的卡片，背后用粗签字笔写了一句话："认识你，让我觉得很骄傲。沙基尔。"

我把信放进外套里面的口袋。

大厅里，有个家庭围绕小圆桌而坐。孩子们在椅子上吵吵闹闹、跳上跳下，母亲怎么喊着要他们守规矩也管不住他们，父亲则大刺刺地拿着手机，对着话筒高声笑着。我见到贾拉勒博士坐在稍远处，正沉迷于杯中物。孩子们的喧闹让他感到厌烦。

我上楼回房，见到床上放着一个簇新的黑色旅行皮包。包里有两条新长裤、几件毛衣、三角裤、袜子、两件衬衫、一件粗毛线衣、一件外套、一双用小袋子装着的室内拖鞋，还有一套盥洗用具，以及四本关于英美文学的厚书。一根包带上贴了一张纸条，上面写着："这是你的行李。其他缺的，你到那儿再买。"没有署名。

贾拉勒博士突然未敲门就进到我房间。醉醺醺的他摇晃得厉害，得抓着门把才不致摔倒。

"你要去旅行吗？"

"我本来想明天再和你道别的。"

"我才不信你的鬼话。"

他摇摇晃晃，试了两次才好不容易关上门，靠在门上。他衣冠不整，衬衫一半都露在外头，裤子拉链还没拉上，看起来就像个流浪汉。他的长裤侧面有块脏分分的污痕，可能是在路上跌倒时弄脏的。他的脸色看来很糟糕，眼皮肿胀，眼神令人惶恐不安，鼻翼不停颤抖。

他用袖子擦了擦嘴，但嘴巴几乎无法好好说出两个字而不流口水。

"看样子，你是打算偷偷摸摸溜走了？我在大厅等了几个小时都没逮到你。你这家伙，经过我面前竟然没跟我打招呼……"

"我得收拾行李……"

"你在躲我吗？"

"不是，我只是需要独处。我得整理行李，还要收拾东西。"

他眯起眼睛，噘起嘴唇，有些迟疑；然后他重重呼出一口气，用尽全身的力气对我吼道："屁话！"

因为精疲力竭，这声大吼让他全身颤抖。他再次用手抓住门把。

"你可以告诉我你今天上哪儿去了吗？"

"我去看亲戚。"

"放屁！我知道你上哪儿去，小子。你想要我告诉你，今天你整天上哪儿去了吗？你去了一间诊所，我看八成是疯人院。这世界是有毛病是吧？"

我僵住了，非常惊讶。

"你以为我不知道？移植手术？鬼才信！你身上从头到脚连一条疤痕都没有！倒是脑袋里可能有些毛病。操！你到底知不知道在这间诊所里他们在你身上搞什么？白痴才会想跟这个加尼医生扯上关系。他是个不折不扣的疯子！根本连解剖老鼠都不会，还说什么医学博士。"

他不可能知道，我一直对自己说，没有人知道。他只是在吹牛罢了。一定是想刺探我的话。

"你在说什么？"我说，"什么诊所？你说什么医学博士？我刚才是去我亲戚家。"

"可怜的蠢货！你以为我在糊弄你？糊弄你的是那个蠢蛋加尼！我不知道他给你注射了什么，总之一定是些鬼东西！"博士双手抱头，"天哪！我们怎么了？这是科幻电影的情节吗？我听过那个疯子在塔利班战犯身上做的实验，但是现在他干的事真的太过分了！"

"请你离开我的房间。"

"办不到！你要做的这件事很严重，非常、非常、非常严重！想都不能想！不可想象！我知道这样行不通。那个该死的病毒只会把你给毁了，如此而已！但就算只是毁了你，我也不能任由你这么干；而且要是废物加尼真的成功了怎么办？你知道这灾难会有多大吗？这不只是恐怖袭击，或者这里放放炸弹、那里搞搞坠机的小事！病毒将会造成一场浩劫！会有好几十万、好几百万人死亡。要是那真的是个划时代的先进病毒，又容易变异，你想谁能终止这场灾难？用什么东西阻止？怎么阻止？做下去就回不了头了！"

"可是你说西方世界……"

"这不是问题所在，笨蛋！我一辈子说了一大堆蠢话，但是我绝对不会让你干这件事！任何战争都有限度，但是这件事已经超出了底线。浩劫之后，还剩什么？这世界除了一堆尸体和混乱之外，还有什么会留下来？就算真主自己也救不了我们！"

博士用手指着我。

"别干傻事！现在就停止，马上喊停！你哪儿也别去。还有你身上该死的病毒，也不许离开。教训西方国家是一回事，把整个世界拖下水，又是另一回事。我不玩这种游戏，我们不玩了！你马上去警局，马上去！说不定他们还有办法救你。否则，至少只有你会死……死了也好，你这个白痴！"

*****

沙基尔及时回到房间，气喘吁吁地跑来，仿佛有心电感应似的。当他进到我房里，发现贾拉勒博士倒在地毯上，头上还有一道血迹的时候，他立刻捂住嘴忍不住骂了一句脏话。见到我瘫在扶手椅上，他走到躺在地上的贾拉勒博士身边，检查他是否还有呼吸。他皱着眉头，手压在博士的颈边探了探脉搏，过了许久才收手起身，缓缓地对我说："你到隔壁去吧！这个问题交给我就好。"

我无法从扶手椅起身。沙基尔抓着我的肩膀，把我拉到套房的客厅里，带我到沙发上坐下，试图拿走我依然紧握在手上的烟灰缸。烟灰缸沾了点点血迹。我的指关节因为握紧而僵硬。

"把这个给我。现在没事了。"

我不懂这个烟灰缸怎么会在我手里，也不懂我的指关节怎么会磨破。但过了一会儿，突然一切都回来了，好像我的灵魂又重新与身体合而为一。一股战栗从头到脚传遍我全身，像闪电一般令人惊骇。

沙基尔好不容易松开我紧握的拳头，拿走我手上的烟灰缸，然后把它收到大衣内袋里。我听见他走进卧房打电话。

我起身想看看自己到底把博士怎么了，但沙基尔挡住我，把我推回客厅。动作虽然不粗鲁，却很坚决。

过了大约二十分钟，两个抬着担架的人抵达我房间，把博士放上担架，为他戴上氧气面罩，然后带走了他。我从窗户看见他们把博士推上救护车，关上门，接着救护车就在警笛声中离开了。

沙基尔已经把地毯上的血迹清理干净。他坐在我的床沿，双手撑着下巴，眼睛盯住刚才博士躺着的地方。

"严重吗？"

"他会好起来的。"他说，但声音听起来不太确定。

"你觉得医院会来找麻烦吗？"

"刚才那两个是我们诊所的人，他们会把博士带到诊所去，不用担心。"

"他什么都知道了，沙基尔。博士知道病毒的事、诊所的事，他也知道加尼医生。怎么会这样？"

"人生什么事都有可能发生。"

"但应该没有人知道啊！"沙基尔抬起头，眼里的湛蓝几乎消失了。

"这不是你的问题。博士现在在我们手上，我们会把事情弄清楚。你只要想着你的旅行就好。你的文件都在吗？"

"都在。"

"需要我为你做什么吗？"

"没有。"

"要不要我在这儿陪你待一会儿？"

"不用。"

"你确定？"

"我确定。"

于是他便起身往走廊走去。

临走前他说："如果有需要，我就在酒吧。"然后就关上房门离开了。没有跟我说再见，甚至没有对我个人有任何表示。

*****

下午四点，柜台通知我计程车到了。我拿起旅行包，回头环视一下卧室、客厅，还有沾染着阳光的窗户。我留下了什么，又带走了什么？我的鬼魂们是否会跟着我来？我的回忆没有了我，是否能好好存在？我低下头离开房间，踏上走廊。一对带着两个小女孩的夫妇正在把行李搬进电梯里。太太提不动一个很重的行李箱，先生却只是轻蔑地看着她，一点也没有想要帮忙的意思。我于是走楼梯下楼。

到了大厅，柜台人员正忙着帮两个年轻人登记。不必跟那经理道别，我觉得松了一口气。我大步穿过大厅，计程车正在饭店大门口等候。我上了后座，把旅行包放在身旁。司机从后视镜看着我。他是个很胖的年轻人，穿着很紧的白色 T 恤，长长的头发垂在背后，乌黑卷曲。不知道为什么，看着他的太阳眼镜，我突然觉得很好笑。

"到机场。"

他听了点点头，立刻发动引擎，无动于衷地将车子缓缓开动，绕过一辆小巴士和一辆货车，进入车阵中。以四月来说，今天还挺热的。刚下过的阵雨洗涤了冒着蒸汽的马路。阳光洒在车子上，好像子弹。

等红灯时，司机点起一根烟，然后打开音响，播放着法侬鲁兹的《我爱过你》。她的声音穿越时空，将我送往远方。我像颗流星，落在村子附近的那个小山丘上。在那里，卡德姆曾经给我听过他喜欢的歌。卡德姆！我看到他，依旧在家里看着第一任妻子的照片。他创作的那首新歌《巴格达的金嗓女妖》，我到现在依然不知道她唱出的究竟是美妙的歌声，还是如警报般的警世之音。我应该坚持要他唱给我听的。我知道要是我坚持，最后他一定会答应。我失去了听他的歌的机会……

"可以请你把音乐关小声点吗？"

司机蹙眉。

"这是法侬鲁兹啊！"

"拜托。"

他不太情愿，显然很讶异竟有人不喜欢法侬鲁兹。他粗短的肥胖脖子，从后面看起来好像一大块果冻。

"如果你想的话，我可以关掉。"

"那最好。"

他关掉收音机，看起来虽然有些不高兴，但还是照做了。

我试着不去想昨晚发生的事，却发现自己无法把它赶出我的脑海。贾拉勒博士的嘶吼不断敲击着我脑袋的护城河，蛇发女妖受伤后那如雷鸣的喊声可能就和他的呐喊不相上下。我将视线转向人行道上闲晃的人群，看着商店的橱窗、四处停靠的车子。然而不管望向哪边，我都只看见贾拉勒的身影，看见他不协调的动作，听见他迟钝的言语，以及他无懈可击的控诉。

车阵开始往机场方向的道路流动。我摇下车窗以驱散司机吐出的烟。车窗吹进的风鞭打着我的脸，却未能使我凉快些。我的太阳穴在沸腾，肠胃翻搅。我昨晚整夜未合眼，也没吃过东西。我一直躲在房里，数着一个个小时过去，对抗着想要抱着马桶把内脏都吐出来的冲动。

机场的登记柜台人山人海，广播传来一个带有鼻音的女声，机场里大家都在彼此拥抱、吻别、重逢，或在人群里寻找着某张脸。看起来好像所有人都打算离开黎巴嫩。我排队等着，口很渴，小腿又酸得要命。

轮到我的时候，一名年轻女孩要我把护照和机票交给她。她说了一句话，我却听不懂。"您没有其他行李了吗？"为什么问我有没有行李？她弯身看我的旅行包，问道："这是您的手提行李吗？"她这话到底是什么意思？她把一张条子贴在我的旅行包带子上，然后指着登机证上的号码、时刻，并伸手指向一群人正在彼此道别的地方。那里应该就是登机门。我提起包继续向检查柜台走去。一名安检人员要我将包放到滑动的输送带上。我的包经过一个黑色的大箱子。玻璃窗另一头有一位女士正透过屏幕检查输送带上的行李。安检人员交给我一个小盘子，要我把身上所有金属制品都放进去。"零钱也要。"他说。我放好后，穿过一个闸门，被一名男子拦下。他仔细搜过身，才放我通行。我拿回包、手表、皮带和零钱，然后走向登机证上标示的登机门。候机室里，柜台空无一人。我找个位子坐下，看着起降区里的一群群班机来回起舞。跑道上，班机依序起飞。我很紧张，因为这是我生平第一次到机场。

我想我有点昏昏沉沉的。

手表指向下午五点四十分，我身边的位子全都坐满了人。柜台后面出现了两位女孩，她们头上的屏幕也开始亮起。我在屏幕上看到我的班机号码，后面写着伦敦，接着是英国航空的标志。坐在我右手边的是一位老妇人，她从袋子里拿出手机，看了一下屏幕，然后又放回袋子里。过了两分钟，她再次拿出手机查看。她似乎十分烦躁，等着一直不来的电话。

坐在我对面的是一位即将成为父亲的男人，他热切地看着身穿孕妇装、腹部隆起的妻子，无微不至地照顾她。从他最细微的动作也看得出来他很开心。他的眼睛闪烁着亮光，有如置身云端。

自动售货机旁站着一对年轻情侣，两人紧紧拥抱在一起，那是两个金发的欧洲人。男孩很高，穿着很紧的牛仔裤，女孩得踮着脚才吻得到男朋友的唇。他们的拥抱热情、美妙而大方。亲吻一个人是什么感觉？我从未吻过任何女孩的唇。记忆中，也没有牵过任何表姐妹的手，或者和任何女孩谈过恋爱。在卡拉姆村，连在梦中偷偷看见那些女孩，我也离得远远的。我甚至将这样的梦当成自己的弱点，为此感到可耻。大学的时候，我认识了纳瓦勒。她是美丽的女孩，有一头棕色秀发和蜂蜜色的瞳孔。我们每天早上用眼神对彼此道早安，放学说再见时，也只敢偷偷摸摸的。可是我相信我们之间应该存在着某种情愫，只是谁也不敢弄清楚那到底是怎样的情感。我们不同班，但我们想尽办法在大厅相遇，尽管只有短暂的眼神交换，然而一个微笑便足以使我们感到幸福。这样的快乐可以延续好几堂课。放学的时候，她的父亲或哥哥会来学校门口接她，直到第二天，我才能再见到她。后来战争打碎了我的美梦。

广播宣布即将办理登机。我开始感到全身紧张。柜台前已经排了两条长龙，而我右边的那位女士并未起身。

不知道是第几次了，她又拿出手机，悲伤地盯着屏幕，最后还是死心，走过去排在队伍的最后面。一名女孩检查过她的护照后，递给她登机证的票根。老妇人回头看了最后一眼，然后消失在登机通道的尽头。

　　只剩下我还没上飞机。

　　柜台的女孩和另一名男士聊了几句。他想必说了什么好笑的话，因为女孩们都笑了起来。男士后来从一道玻璃门离开，过了几分钟又走回来。此时一个迟到的旅客赶过来，手提箱的轮子听起来很忧郁。他连声抱歉。女孩们让他进入登机通道，他也赶忙上了飞机。

　　刚才那个说笑的男士看着表，一脸不高兴。他的同事开始广播，催促最后一位旅客尽快登机。广播里叫的就是我。每隔五分钟，她就广播一次我的名字，最后她也放弃了，耸耸肩，快步跟着另外两个同事踏上飞机。

　　我的班机来到起降区中央。我看着它缓慢地转向，滑进起飞跑道。

　　柜台上方的屏幕也熄灭了。

*****

　　天已经黑了好一会儿。我身边的旅客来来去去，最后全都上了飞机。现在又有另一班飞机即将起飞，候机室里的座位重新坐满了人。"您是要去巴黎吗？"刚在我旁边坐下的矮个子男人问我，看来有些激动。

　　"什么？"

　　"往巴黎的班机是在这里等吧？"

"是的。"旁边的旅客回答他。

前往巴黎的空中客车气势万千地起飞了。候机区域的大厅逐渐静下来。候机室大部分都空了。一侧约有六十几个旅客聚在一起，正在祈祷。

一名安检人员靠近我，手上的对讲机很显眼。他已经巡逻过这一区域两三次，见我一直待在那里觉得有些好奇。他走到我面前，问我是否还好。

"我错过了我的班机。"

"我想也是。你要去哪儿？"

"伦敦。"

"今晚已经没有飞往伦敦的班机了。让我看看你的机票。嗯，英国航空啊。航空公司的办公室这时间也已经下班了，我恐怕帮不了你。你必须明天再回来，跟你的航空公司解释这情况。不过我先提醒你，他们很难搞。我想他们不会让你换机票。你今晚有地方去吗？不能在这里过夜喔！无论如何，你都必须去找你的航空公司。他们在免税区那边。来，跟我走。"

*****

我走向出口，脑袋一片空白，任凭自己信步乱走。但我得离开机场。所有的大厅都安静了，只剩下一个机场人员推着一长排行李推车，还有一个人在擦地板，角落还有几个人影。机场的餐厅和商店都已经打烊，我非得离开不可。

当我沉浸在紊乱的思绪中，一辆车突然停在我面前。车门打开，原来是沙基尔。

"上车。"他说。我上了前座。沙基尔绕过一个停车场，暂停了一下，就开向亮着成排路灯的大马路。有好一会儿，我们没有说话，也没有看对方。车并非开往贝鲁特，而是走向市区外围的环状道路。他的呼吸急促，与引擎发出的轰轰声彼此呼应。

"我就知道你会反悔。"

他声音嘶哑地说，但口气里没有责备的意思，反而有些猜中结果的高兴。

"我听到广播一直喊你的名字，就知道了。"

他突然趴在方向盘上，激动地吼着："到底为什么？你让我们费了那么多功夫，却在最后一刻临阵退缩？"

他试着冷静下来，松开握紧的拳头，这才发现自己紧踩着油门，于是立刻松开脚。道路下方，城市的夜景就像打开的首饰盒，装满了闪烁的珠宝。

"到底怎么回事？"

"我也不知道。"

"搞成这样，你却不知道是怎么回事？"

"我走到登机门前面，看着那些乘客上飞机，却无法跟着他们一起离开。"

"为什么？"

"我告诉你了，我不知道。"

沙基尔想了一下，终于发飙说："真是神经病！"

当车开到一个山坡上时，我要他停车。我想要看看城市的夜景。

沙基尔把车停到路边。他还以为我要吐，连忙叫我别弄脏他的车。我跟他说我想下车透透气，他却下意识地把手伸向腰际，握住他的枪。

"别耍花样。我会毫不迟疑地把你像条狗一样杀了。"他提醒我说。

"你以为我身上带着这个该死的病毒，还能跑哪儿去？"

我找了个黑暗的角落，坐在一块石头上。微风使我打起哆嗦，牙齿也冷得打战，手臂起了鸡皮疙瘩。远处，地平线的那一端有几艘油轮航行在黑暗中，好像被洪水淹没的萤火虫。浪潮来回的声音交叠成大海的呢喃，充塞了沉默而躁动的夜。靠这边近些、远离海岸浪潮拍打处，就是在满盈月光下计算着财富的贝鲁特。

沙基尔蹲在我身边，拿枪的手垂在两腿之间。

"我已经打电话通知人了，他们会在上面一点的农场等我们。他们很不高兴，非常不高兴。"

我紧缩在夹克里，好让自己感觉暖和些。

"我就待在这儿，哪儿也不去。"我对他说。

"别逼我拖着你走。"

"你爱怎样都随你，沙基尔。总之，我哪儿也不去。"

"好，那我就叫他们来这里找我们。"

他拿出手机叫人。对方很生气。沙基尔依然冷静，向他们解释我的拒绝合作。

他挂上电话，对我宣布他们很快就会到达这里。

我抱着腿，将下巴靠在膝盖上，望向城市的夜景。我的视线朦胧了，眼泪还在反抗着。我觉得很痛苦，但是为什么痛苦，我却不清楚。我的一生开始掠过我的脑海：卡拉姆村、我的同胞、死去的人、活着的人、我想念的人、我脑海中挥之不去的人。然而在我所有的回忆中，最清晰的却是最近发生的事：那个在机场里频频看着手机的女士；那个即将成为人父、手足无措的男人，他是多么开心；还有那对正在接吻的年轻欧洲情侣，他们值得再活千年，而我无权剥夺他们的吻、扰乱他们的梦想，或是打断他们的期待。我对我自己的命运做了什么？我才二十一岁，唯一能确定的就是我已经白白浪费了二十一个年头。

"没有人强迫你做任何事，"沙基尔低声抱怨，"到底什么事让你改变了主意？"

我没回答他。

说了也没用。

好几分钟过去，我觉得好冷，沙基尔在我背后绕圈踱步，大衣的衣角在风中翻飞。

他突然停下脚步，叫道："他们来了。"

两辆车正好驶离路面，往我们的方向过来。

出乎意料地，沙基尔突然把手放在我的肩上，同情地说："事情发展成这样，我感到很抱歉。"

随着车子越来越接近，沙基尔的手指也压得越来越用力，让我觉得有些疼痛。

"朋友，我告诉你一个秘密，你不要告诉别人。我一直痛恨西方国家，恨得无以复加；不过仔细想想，我认为你没上那班飞机还是对的。那不是个好主意。"

轮胎行驶在石子路上的声音回荡在岩石附近。然后我听见车门打开，人群走近的脚步声。

我对沙基尔说："让他们动作快一点。我不会恨他们。而且，我已经谁也不恨了。"

　　然后我便专注地看着城市的灯火。那是过去在人类的愤怒下，我一直都未注意到的美丽夜景。